KB063232

세상의 중심에서
사랑을 외친 짐승

"Basilisk," copyright © 1972 by Harlan Ellison.
Renewed, 2000 by The Kilimanjaro Corporation.

"The Beast That Shouted Love at the Heart of the World," copyright © 1968
by Harlan Ellison. Renewed, 1996 by The Kilimanjaro Corporation.

"The Deathbird," copyright © 1973 by Harlan Ellison.
Renewed, 2001 by The Kilimanjaro Corporation.

"Chatting with Anubis," copyright © 1995 by The Kilimanjaro Corporation.

"The Whimper of Whipped Dogs," copyright © 1973 by Harlan Ellison.
Renewed, 2001 by The Kilimanjaro Corporation.

"The Region Between," copyright © 1969 by Harlan Ellison.
Renewed, 1997 by The Kilimanjaro Corporation. Design and Graphics by Jack Gaughan.
Copyright © 1969 by Harlan Ellison. Renewed, 1997 by The Kilimanjaro Corporation.

"With Virgil Oddum at the East Pole," copyright © 1984 by The Kilimanjaro Corporation.

"Eidolons," copyright © 1988 by The Kilimanjaro Corporation.

THE TOP OF THE VOLCANO

Copyright © The Kilimanjaro Corp, 2014
All rights reserved.

Korean translation copyright © 2017 by Arzak Livres,
Korean translation rights arranged with RICHARD CURTIS ASSOCIATES, INC.
through EYA (Eric Yang Agency)

이 책의 한국어판 저작권은 EYA(Eric Yang Agency)를 통한
RICHARD CURTIS Associates, INC. 사와의 독점 계약으로 (주)아작이 소유합니다.
저작권법에 의해 한국 내에서 보호를 받는 저작물이므로 무단전재와 복제를 금합니다.

세상의 중심에서 사랑을 외친 짐승

The Beast that Shouted Love at the Heart of the World

할란 엘리슨 걸작선

3

잃어버린 사랑

할란 엘리슨 지음 **신해경, 이수현** 옮김

아작

일러두기

1. 이 책은《The Top of the Volcano》를 세 권으로 나누어 옮긴 것입니다.
2. 모든 주석은 옮긴이의 것입니다.

차례

바실리스크

Basilisk

1973년 로커스상 수상

1973년 휴고상 노미네이트

1973년 네뷸러상 노미네이트

무어인이 바실리스크를 죽이고
그 생명 없는 몸체를 모래 평원에 못 박았으나
교묘한 독이 창을 타고 올라 퍼졌으니
창 쥔 손은 독을 흡수하고, 승리자는 죽노라

— 마르쿠스 안나이우스 루카누스, 〈파르살리아〉 중에서

버논 레스틱 상병은 중포기지 방어선 너머로 야간 정찰을 나갔다가 돌아오는 길에 적군이 오솔길에 설치해 놓은 덫에 걸렸다. 그는 최근에 점령당한 제8구역에서 철수하는 정찰대를 후위에서 엄호하다가 너무 뒤처지는 바람에 수풀 속에서 길을 잃고 말았다. 자신이 정찰대 왼쪽으로 불과 30미터쯤 떨

어져 나란히 나아가는 중이라는 사실은 알 방도도 없이, 그는 정찰대와 만나기만을 바라며 계속해서 앞으로 나아갔다. 그는 비스듬하게 잘라 한없이 날카롭게 끝을 다듬은 다음 독을 발라 가장 효과적이면서도 가장 잔인한 각도로 땅에 박아놓은 푼지 죽창을 보지 못했다. 나란히 설치된 죽창 두 개가 군화 바닥을 꿰뚫었다. 족궁을 뚫고 들어온 하나는 몸무게가 실리자 군화 속 발목뼈 바로 아래로 튀어나왔다. 다른 하나는 발바닥을 뚫고 올라와 발꿈치 위 종아리뼈에 부딪히며 안에서 쪼개졌다.

모든 회로가 끊기고, 모든 전구가 터져나가고, 모든 진공청소기가 폭발하고, 뱀들이 허물을 벗고, 수레바퀴들이 삐걱거리고, 판유리 창문들이 산산이 부서지고, 치과 드릴이 신경 끝을 들어 올리고, 토사물이 식도를 태우며 솟구치고, 처녀막이 찢어지고, 칠판을 긁어내리는 손톱이 반으로 접히고, 물이 용암처럼 끓기 시작했다. 새로 태어나는 별의 고통. 레스틱의 심장이 멈췄다가 꿈틀거렸다가 다시 뛰기 시작했다가 머뭇거렸다. 그의 두뇌는 고통을 분담하기를 거부하면서 죽어갔다. 모든 감각이 완전 중지 상태에 이르렀다. 그가 무사한 왼발을 딛고 옆으로 비켜서자 땅에 박혔던 푼지 죽창 하나가 딸려 나왔다. 이렇게 단 한 번 움직이는 와중에도 그는 의식이 없었다. 그리고 그는 졸도했다. 너무도 극심한 고통 때문이었다.

그때 무슨 일이 일어났을까? 갈라진 틈 같은 입을 가진 거대한 검은 짐승이 바깥의 어둠을 뚫고 그에게 다가갔다. 거대한 검은 짐승이 경계를 뛰어넘어, 신화를 통과하여, 살갗이 뚫리기 직전의 시간을 향해 오는 중이었다. 기름막 덮인 웅덩이 같은 눈 깊은 곳에서 자외선 같은 죽음의 색을 뿜어내는 도마뱀 같은, 용 같은 그 짐승. 힘줄이 불거진 비단처럼 매끄러운 근육들이 털 없는 검은 가죽 밑에서 미끄러지듯 움직였다. 어느 잃어버린 땅에서 온 잘 훈련된 단거리 선수인 양 세심하게 조율된 힘이 드러나는 지극히 부드러운 움직임이었다. 한시도 잠들지 않는 신앙의 수호자가 지금, 다정한 발걸음으로 인간과 인간의 주인들을 분리하는 강력한 안개 장벽들을 헤치며 내려오는 중이었다.

군화가 죽창을 건드리기 직전의 시간에 바실리스크가 시간과 공간과 차원과 사고의 마지막 베일을 통과해 버논 레스틱이 있던 숲의 세계에서 뚜렷한 형태를 취했다. 그리고 그 변신은 놀라웠다. 죽음을 호흡하는 용 괴물의 검고 두껍고 매끈한 가죽이 희미하게 반짝였고, 번개가 편평한 대초원을 휩쓸었으며, 산맥 너머에 흩뿌려지는 금빛 섬광들이 보였다. 그 거대한 생물은 천 가지 색을 띠었다. 바실리스크의 가죽에서는 녹색 다이아몬드들이 타올랐다. 어느 이름 없는 신의 치명적인 백만 개 눈이었다. 세상의 여명기부터 호박 속에 갇힌 벌레들의 짙은 피를 채운 루비들이 맥동했다. 시시각각 색깔과 형태와 향과 특성이 변하는 귀한 보석들이 태피스트리 모자이크 같은 바실리스크의 피부 무늬를 그렸다. 끊임없이 변하는 섬세하고, 미묘하고, 화려하고, 복잡한 피부가 위협적인 거대한 근육을 단단히 감쌌다.

바실리스크가 홀연히 세상에 존재했다.

그리고 그때 레스틱은 아직 고통을 겪기 전이었다.

그 생물이 공단처럼 부드러운 발바닥을 들어 두 푼지 죽창을 밟았다. 천천히, 바실리스크는 긴장을 풀었고, 죽창이 극도로 예민한 검은 달 같은 발바닥을 꿰뚫었다. 김을 뿜는 검은 혈청이 죽창을 타고 흘러내려 동양의 독에 섞여들었다. 바실리스크가 발바닥을 거두자 두 상처 자국은 즉시 치료돼 아물어 사라졌다.

사라졌다. 요동치는 근육들과 공중으로 펄쩍 뛰는 몸과 검은 대기를 휘젓는 가마솥과 바실리스크가 무(無)로 튀어 올라 사라졌다. 사라졌다. 그 순간이 끝을 발산할 즈음에 버논 레스틱이 푼지 죽창을 밟았다.

자신의 피로 흡혈귀 브리콜라카스*의 갈증을 채워준 사람은 그 자신도 어둠을 마시는 자가 된다는 사실은, 주인인 신적 존재의 성찬식을 집행하는 사제이자 사도로서의 권능을 가지게 된다는 사실은 잘 알려져 있다.

그 바실리스크는 흡혈귀들에게서 비롯되지 않았을뿐더러, 그의 힘도 피를 마시는 자들의 권능이 아니었다. 바실리스크의 주인이 버논 레스틱 상병을 신병으로 모집하라고 그를 보낸 것도 우연이 아니었다. 어둠의 우주에는 질서가 있다.

* 그리스 설화에 등장하는 불사의 존재로 여러모로 뱀파이어와 유사하다.

*

그는 의식과 싸웠다. 감각이 돌아오면 어떤 고통이 기다릴지 어딘가 세포 단위에서부터 아는 것처럼. 하지만 붉은 물결이 더 높이 들이닥치며 점점 용해돼가는 그의 몸을 삼켰고, 마침내 핏빛 바다에서 고통이 우레와 같이 몰아쳐 길게 말리며 몰려오는 파도처럼 부서졌고, 그 체감이 고스란히 그를 덮쳤다. 그는 오랫동안 비명을 지르고 또 질렀고, 마침내 놈들이 그를 찾아 고통을 줄이는 뭔가를 주입했다. 그는 한때 자신의 오른발이었던, 엉망진창이 된 혼돈의 느낌을 잃었다.

다시 정신이 돌아왔을 때는 어두워서 그는 얼핏 밤이라고 생각했다. 하지만 눈을 떠도 여전히 어두웠다. 오른발이 무자비하게 가려웠다. 그는 다시 잠이 들었다. 혼수상태가 아니라 잠이었다.

다시 정신이 돌아왔을 때도 여전히 밤이었고, 눈을 뜬 그는 앞이 보이지 않는다는 사실을 깨달았다. 왼손으로 바닥을 짚어본 그는 짚으로 만든 요에 누워 있음을 알았고, 자신이 포로로 잡혔음을 알게 되었다. 그는 울기 시작했다. 손으로 더듬어보지 않아도 놈들이 그의 발을, 어쩌면 다리 전부를 절단했으리라는 걸 알았기 때문이었다. 그는 저녁을 먹기 전에 맥주를 한잔 하러 훌쩍 차에 올라탈 수 없다는 사실에 울었다. 그는 영화관에 갈 때마다 그에게 무슨 일이 생겼는지 보지 않으려 외면하는 사람들을 만나리라는 사실에 울었다. 그는 테레사를 생각하며, 지금쯤 그녀가 결심했을 일을 생각하며 울었다. 그는 자기가 입은 옷이 어떻게 보일지 생각하며 울었다. 그는 늘 설명하고 다녀야 할 것들을 생각하며 울었다. 그는 신발을 생각하며 울었다. 그리고 다른 많은 것들에 대해서도. 그는 부모님과 정찰대와 적군들과 그를 여기로 보낸 이들을 저주했고, 그들 중 누구라도 자신과 자리를 바꿔주기를 간절하게 원했고, 바랐고, 기도했다. 그리고 그가 긴 울음을 그치고 그저 죽기만을 바랄 때, 놈들이 오더니 그를 어느 초가로 데려가 질문하기 시작했다. 밤에. 늘 그와 함께하는 밤에.

그들은 노예생활의 전통을 지닌 오래된 민족이었고, 그래서 그들에게 격심한 고통 따위는 하늘에 뜬 별 중에서 제일 먼 별을 도는 황폐한 행성 높은 곳에 떠도는 진홍색 구름의 아주 희미한 속삭임 정도의 의미도 없었다. 하지만 그들은 고통의 쓰임새를 알았고, 고통을 활용하는 데에서 하등의 악도 느끼지 않았다. 노예생활의 전통을 지닌 민족에게 악이란 족쇄를 만드는 이들의 개념이었지, 족쇄를 차는 이들의 개념은 아니었다. 자유를 위해서라면 아무리 극악무도한 일이라도 지나치지 않았다.

그래서 그들은 레스틱을 고문했고, 레스틱은 놈들이 알고자 하는 건 모조리 말했다. 그가 아는 손톱만 한 정보까지 모두. 위치와 동선과 계획과 방어 정도와 부대 병력과 장비 수준과 자신이 맡은 임무의 성질과 어디선가 들은 소문들과 그의 이름과 계급과 생각나는 모든 일련번호와 캔자스에 있는 그의 집 주소와 운전면허증 번호와 주유용 신용카드 번호와 테레사의 전화번호까지. 그는 놈들에게 모조리 말했다.

아무것도 숨기지 않은 데 대한 보상인 듯, 유치원 교실 칠판에 분필로 적힌 이름 옆에 풀로 붙인 금빛 별인 듯, 시력이 아주 조금씩 돌아오기 시작했다. 회색 안개 너머로 보이는 깜박거림. 형태와 낮이 밤으로 바뀌는 변화를 알려주는 정도로만 허용된 빛. 그러다 시력은 한 번에 몇 분씩 실제로 뭔가를 볼 수 있을 정도로까지 나아졌다. 시력은 돌아왔다가도 사라지기를 반복했고, 그가 자신들을 볼 수 있다는 사실을 알게 된 놈들은 한층 더 격렬하게 심문을 재개했다. 하지만 그에게는 더 말할 것이 남아 있지 않았다. 그는 이미 자신을 탈탈 털었다.

하지만 놈들은 끈기있게 계속해서 그를 심문했다. 놈들은 그의 손상된 눈알에 대나무 침을 찔러넣겠다고 위협했다. 놈들은 그의 팔을 뒤로 묶고 어깨높이 나무 벽에 걸었다. 피가 돌지 않았고 몸무게 탓에 팔이 어깨에서 탈구됐다. 놈들은 긴 대나무와 나무 봉으로 그의 배를 두들겼다. 그는 더 이상 울 수도 없었다. 놈들이 음식과 물을 전혀 주지 않았으므로 눈물조차 생기지 않았다. 하지만 그의 숨결은 가슴 속 깊은 곳에서 거친 소리를 내며 경련하듯 새어 나와 또 다른 질문을 하려던 어느 심문자가 레스틱의 머리카락을 움켜잡아 고개를 홱 쳐들고 얼굴을 들이미는 실수를 하는 순간, 밑으로 떨어지고 또 떨어지던 레스틱이 살려고 발버둥 치는 순간, 깊은숨이 되어 나왔다. 그 숨이 있고 나서 끔찍한 일이 벌어졌다.

중포기지에서 파견된 정찰대가 마침내 적의 사령부를 점령했을 때, 휴이 헬리콥터가 공터에 내려앉았을 때, 그들은 주변의 적군이 한 명을 제외하고는 모조리 죽었다고, 적군의 장교 아홉이 말로 다 표현할 수 없을 정도로 끔찍하고 기묘하고 구역질 나게 죽어 널브러진 어느 오두막 흙바닥에서 군번 526-90-5416 버논 레스틱 해병대 상병이 의식을 잃은 채 발견됐다고 보고했다. 본부, 너희도 여기가 어떤지 한번 와서 봐야 해. 세상에, 여기 냄새가 어떤지 상상도 못 할걸. 이 산비탈들이 지금 어떤 상황인지 정말 한번 봐야 하는데, 뭔가 끔찍한 전염병이라도 돌았기에 이런 일이 벌어졌겠지. 신참 대위는 속이 확 뒤집혀서 토하고 난리가 났어. 전염병에 걸리기 전에 풀숲으로 기어 도망간 저놈은 어떻게 하면 좋겠어? 놈의 얼굴이 녹아내려. 그리고 우리 부대원들은 똥도 못 쌀 만큼 겁에 질렸어. 그리고….

그리고 그들은 즉시 정찰대를 철수시키고 대신 첩보부대를 보냈다. 첩보부대는 해당 지역의 상황을 극비에 부쳤다. 썩어가는 얼굴로 붙잡힌 유일한 적군 생존자는 죽기 직전에, 레스틱이 모든 걸 자백했다고 실토했다. 그들은 군용 헬리콥터를 보내 레스틱을 야전병원으로 후송했고, 다음엔 사이공으로, 다음엔 도쿄로, 다음엔 샌디에이고로 옮겼다. 그들은 반역 및 적과의 내통 혐의로 그를 군사법정에 세우기로 했고, 그 건은 신문들에 대서특필되었다. 군사법정은 비공개로 열렸다. 오랜 시간이 지난 후에야 그들은 레스틱의 명예를 인정하고 잃어버린 발과 실명에 대해 보상했다. 레스틱은 병원으로 이송돼 11개월을 보냈고, 검은 안경을 써야 하기는 했지만, 어느 정도 시력을 회복했다.

그러고 그는 캔자스에 있는 집으로 향했다.

레스틱은 시러큐스와 가든시티 사이를 운행하는 기차 창가에 앉아 노반 오물이 얇게 낀 차창 너머로 미끄러져 지나가는 바깥 캔자스 평원에 자신이 탄 기차의 희미한 상이 이중인화되는 모습을 지켜보았다. 진흙으로 부푼 아칸소 강이 지평선 밑에 두꺼운 갈색 줄을 그었다.

"어이, 당신 혹시 레스틱 상병?"

버논 레스틱은 눈의 초점을 움직여 창에 비친 유령 같은 상을 보았다. 고개를 돌려보니 막대사탕과 탄산음료, 흰 빵 또는 호밀빵에 올린 햄앤치즈, 신문과 리더스 다이제스트가 담긴 목판을 가슴팍에 걸친 행상인이 그를 쳐다보았다.

"고맙지만, 필요 없어요." 레스틱이 판매품을 거부하며 말했다.

"아니, 이봐, 정말로, 당신 그 레스틱 상병 아니요?" 그가 목판에 얹힌 신문 꾸러미에서 신문 하나를 꺼내더니 재빨리 펼쳤다. "그래, 맞아, 여기 있네. 보여요?"

신문 대부분을 이미 훑어본 레스틱이었지만, 그건 지방지인 〈위치토〉였다. 그는 주머니를 뒤져 동전을 찾았다. "얼마입니까?"

"10센트요." 행상인의 얼굴에는 놀란 표정이 떠올랐지만, 상황을 이해하고는 웃는 얼굴로 바뀌었다. "군에 있느라 외부 접촉을 못 했군, 신문값이 얼마인지도 생각나지 않을 정도로. 그렇지 않소?"

레스틱은 남자에게 5센트짜리 백동화 두 개를 주고는 신문을 다시 접으며 창문 쪽으로 홱 몸을 틀었다. 그는 그 기사를 읽었다. 단신이었다. 어느 사설을 보라는 언급이 있어서 그는 해당 사설을 찾아 읽었다. 사람들이 격분했다고, 사설은 말했다. 비밀 재판은 이제 끝내야 한다고, 사설은 말했다. 우리는 우리가 저지른 전쟁 범죄들을 직시해야 한다고, 사설은 말했다. 군과 정부가 벌인 뻔뻔스러운 행위라고, 사설은 말했다. 반역자들과 살인자들의 응석을 받아주고 심지어 미화하기까지 한다고, 사설은 말했다. 그는 신문을 잡은 손을 놓았다. 신문은 잠시 무릎에 걸려있다가 바닥으로 떨어졌다.

"이 말은 안 했는데, 당신은 총살됐어야 했어, 내 의견은 그래!" 행상인이 재빨리 복도를 지나가면서 이 말을 내뱉고는 반대방향으로 돌아와 객차 끝에 이르러 사라졌다. 레스틱은 돌아보지 않았다. 손상된 눈을 보호하기 위해 검은 안경을 썼지만, 그는 너무나 분명하게 볼 수 있었다. 그는 눈이 멀었던 몇 달간을 생각했고, 그 오두막에서 무슨 일이 있었는지 다시금 궁금해졌고, 자신이 여전히 눈이 먼 상태라면 얼마나 좋을까 생각했다.

록아일랜드선은 좋은 길이었다. 록아일랜드선은 돌아가는

길, 집으로 돌아가는 길이었다. 갑자기 세상이 배수구 깊숙이 빨려 나가며 어둑해지는 것처럼 바깥 풍경이 어둑해졌다. 복구된 시력은 그저 일시적인 것이라 경고하듯이, 시력에 동력을 공급하는 발전기가 시시때때로 꺼지기라도 하는 것 같았다. 그러더니 빛이 다시 새어들어 앞을 다시 볼 수 있게 되었다. 하지만 그의 눈앞엔, 풍경 앞엔 안개가 끼었다.

어딘가 또 다른 안개 속에, 거대한 짐승이 보석으로 장식된 가죽에서 색색의 불을 떨구면서 등을 구부린 채 앉아 검은 달 모양 발바닥 주변으로 거대한 발톱이 솟은 앞발로 부드러운 뭔가를 쥐고 물어뜯었다. 지켜보면서, 숨 쉬면서, 레스틱의 시야가 맑아지기를 기다리면서.

그는 위치토에서 차를 빌려 그래프턴까지 100킬로미터 가량을 되돌아갔다. 록아일랜드선 기차는 더 이상 그래프턴에 서지 않았다. 캔자스 주에서 여객용 기차는 거의 지난 시절의 물건이었다.

레스틱은 조용히 운전했다. 라디오도 켜지 않았다. 콧노래도 부르지 않았고, 기침도 하지 않았고, 지나치는 산이나 계곡처럼 캔자스가 완전히 편평하다는 신화가 거짓임을 증명하는 땅의 굴곡들에도 시선을 던지지 않고 똑바로 앞만 보며 운전했다. 그는 자신을 짜디짠 바닷물로 곧장 돌진하는 바다거북이라고 생각하는 사람처럼 운전했다. 그에게 그런 상상력이 있었는지는 모르겠지만.

그는 아칸소 남쪽에 띠처럼 늘어선 모래 언덕들을 따라 달리다가 허치슨에 못 미친 엘머에서 96번 도로를 벗어나 17번 도로를 타고 남쪽으로 향했다. 그 도로들을 달린 지 3년이나 지났다. 그동안에 수영을 하거나 자전거를 타지도 않았다. 그러나 한 번 배우면 잊어버리지 않는 것들이 있다.

테레사라거나.

집이라거나. 잊어버릴 리가 없다.

그 오두막이라거나.

그 냄새라거나. 잊어버릴 리가 없다.

그는 체니 저수지 서쪽 끄트머리인 노스 포크를 가로질러 프리티 프레리에 닿기 전에 17번 도로를 벗어나 서쪽으로 방향을 틀었다. 그리고 어둑해지기 직전, 고름이 흐르는 거대한 태양의 상처가 언덕 너머로 자신을 빨아들이기 직전에 그래프턴에 들어섰다. 가장 가까운 언덕 너머에서 문을 닫은 지 이제 12년째인 아연 광산의 황량한 건물들이 손을 펴든 거인의 검은 손가락처럼 하늘을 배경으로 우뚝 섰다.

그는 시내 쇼핑몰과 병사와 수병이 조각된 전쟁기념비와 장식품에 불과한 허물어진 야외 음악당을 차로 한 바퀴 돌았다. 시청에는 조기가 게양됐다. 그리고 우체국에도.

날이 어두워졌다. 그는 전조등을 켰다. 눈앞에 드리운 안개가 한때는 익숙한 동시에 낯설었던 땅과 자신을 분리해주는 것처럼 이상하게 안심이 되었다. 피치 거리의 가게들은 닫혔지만 유토피아 극장 입구의 차양이 번쩍거렸고, 몇몇 사람들이 매표소가 열리길 기다리며 모여 서 있었다. 그는 아는 사람이라도 있는지 보려고 차의 속도를 늦추었고, 사람들이 그를 마주 쳐다보았다. 십 대로 보이는 낯선 소년 하나가 손으로 그를 가리키더니 친구들 쪽으로 몸을 돌렸다. 레스틱은 백미러로 그들 중 두 명이 줄에서 벗어나 극장 옆 사탕가게로 향하는 걸 보았다. 그는 상업지구를 통과해 자신의 집으로 향했다.

전조등을 더 밝혀도 그의 앞길을 덮은 흐릿함을 없애기에는 역부족이었다. 그가 상상력이 풍부한 사람이었다면, 자신이 뭔가 특별한 짐승의 눈으로 세상을 본다고 상상했을지도 모른다. 하지만 그는 상상력이 풍부한 사람이 아니었다.

그의 가족이 16년간 살았던 집은 비어 있었다.

손질하지 않은 앞 잔디밭에 부동산 중개업체가 내건 '팝니다' 팻말이 꽂혔다. 잡초가 잔디밭을 점령했고, 앞마당에 자라던 떡갈나무는 누가 전동 톱으로 베어버렸다. 떡갈나무가 쓰러질 때 꼭대기 가지들이 스치는 바람에 집 측면 베란다 한 쪽이 뜯겼다.

그는 집 뒤편 석탄 투입구를 통해 간신히 안으로 들어가 어둑어둑한 남은 시력으로 방마다, 위층과 아래층을 모두 뒤졌다. 수색은 느렸다. 알루미늄 목발을 짚고 걸었으니까.

가족들은, 어머니와 아버지와 니올라는 황급하게 떠났다. 벽장마다 옷걸이들이 서로에게서 위안을 찾는 겁에 질린 생물들처럼 한데 엉겨 있었다. 마트에서 가져온 빈 골판지 상자들이 부엌 바닥에 흩어졌고, 상자 하나에는 손잡이가 떨어진 찻

잔 하나가 엎어져 있었다. 벽난로 연통도 열린 채여서 들이친 비 탓에 받침대에 남은 재가 검은 곤죽이 되었다. 부엌 식료품 보관함 선반에 남겨진 뚜껑 열린 검은딸기 절임에는 곰팡이가 슬었다. 모든 것에 먼지가 앉았다.

그가 거실 창에 걸린 찢어진 블라인드를 매만지는데 진입로로 꺾어 들어오는 차 불빛들이 보였다. 차 세 대가 앞뒤로 바싹 붙은 채 섰다. 두 대가 더 연석에 멈춰 섰고, 그 차들의 전조등이 거실을 채우며 흐릿하게 빛났다. 문을 쾅쾅 두드리는 소리가 났다.

레스틱은 목발을 짚고 뒤로 물러나서는 옆으로 비켜섰다.

건장한 형체들이 모여서 얘기를 하는 것처럼 전조등 불빛 앞에서 어정거렸다. 그중 하나가 무리에서 떨어져 나오더니 한쪽 팔을 쳐들었고 순간적으로 불빛에 뭔가가 번쩍하는 것이 보였다. 그러더니 묵직한 멍키 스패너가 정면 유리창을 산산 조각내며 안으로 날아들었다.

"레스틱, 이 씨발 개새끼야, 당장 밖으로 나와!"

그는 어색한 걸음걸이로 소리 없이 거실을 지나 부엌으로 가서 지하실 계단을 내려갔다. 그는 조심스럽게 석탄 통을 딛고 석탄 투입구 창을 열어 그 좁은 틈으로 밖을 내다보았다. 누군가가 바깥에서 움직였다. 놈들이 집을 온통 둘러쌌다. 발밑의 석탄이 허물어질 듯했다.

그는 창이 조용히 닫히도록 두고는 다시 위층으로 올라갔다. 지하실에 갇히고 싶은 마음은 추호도 없었다. 위층에서 창문이 박살 나는 소리가 들렸다.

목발이 아무 소용 없어서 그는 계단 난간을 붙잡고 서투른 몸짓으로 지하실 계단을 올라 1층으로 간 다음 재빨리 집안을 가로질러 2층으로 이어진 계단을 올랐다. 부모님 침실이었던 방에 2층 베란다로 나가는 문이 있었다. 그는 잠금쇠를 풀고 베란다 문을 열었다. 방충문이 경첩 하나에만 매달려 기울어진 채 바깥벽에 기대섰다. 그는 쓰러진 나무 때문에 구조적으로 약해졌을 만한 곳을 세심하게 피하면서 베란다로 발걸음을 옮겼다. 벽에 찰싹 붙은 채 아래를 내려다보았지만 아무도 보이지 않았다. 그는 절뚝거리며 난간으로 다가가 알루미늄 목발을 어둠 속으로 던지고는 난간을 넘어 어린 시절 잠자리에 든 척하고 몰래 놀러 나갈 때처럼 허벅지를 베란다 기둥에 단단히 붙이고는 타고 내려가기 시작했다.

그 일이 너무 갑작스레 벌어지는 바람에 그는 지나고 나서도 실제로 무슨 일이 벌어졌는지 통 알 수가 없었다. 발이 땅에 닿기도 전에 누군가가 뒤에서 그를 잡아챘다. 그는 나무 막대기에 붙은 원숭이처럼 기둥에 붙어 있으려 안간힘을 썼고, 그 와중에 온전한 쪽 발로 상대를 차 내려고까지 했다. 하지만 레스틱은 기둥에서 뜯겨 난폭하게 바닥으로 내동댕이쳐졌다. 몸을 굴려 벗어나려니 뽕나무가 가로막았다. 몸을 웅크린 채 소리를 내지 않으려 했지만 누군가가 옆구리를 걷어차자 그만 뒤로 벌렁 나자빠지고 말았다. 검은 안경이 벗겨져 어디론가 날아갔다. 거무스름한 안개 속에서 레스틱은 누군가가 그의 가슴을 찍어누르려고 몸을 던지는 걸 겨우 알아볼 수 있었다. 그 형체 위로 뭔가 두툼하고 긴 것이 올라왔고… 그는 그게 뭔지 보려고 필사적으로… 필사적으로….

그 순간 자신을 덮치려던 형체가 비명을 질렀다. 그러고는 손에 들었던 무기를 떨구고는 양손으로 제 머리를 쥐어뜯었다. 그 형체는 휘청거리며 일어나 여전히 비명을 지르면서 뽕나무들을 헤치고 비틀비틀 사라졌다.

레스틱은 주변을 더듬어 안경을 찾아 걸쳤다. 알루미늄 목발이 등 밑에 깔려 있었다. 그는 넘어졌다가 자세를 바로잡는 스키 선수처럼 목발을 짚고 일어섰다.

그는 절뚝거리며 옆집 뒷마당을 돌아 여전히 연석에 코를 박고 뿌연 전조등 빛으로 자신의 집을 적시는 빈 차들로 다가갔다. 어느 차의 운전석에 살며시 앉은 그는 차가 수동형인 걸 보고 한 발로는 제대로 조작할 수 없겠다고 판단했다. 그는 살금살금 빠져나와 두 번째 차가 자동형인 걸 확인하고는 조용히 차 문을 열었다. 그는 슬며시 운전석으로 기어든 다음 차 열쇠를 힘껏 돌렸다. 차가 부릉거리며 살아나자 한 떼의 형체들이 집 옆에서 쏟아져 나왔다.

하지만 그는 놈들이 길로 나오기 전에 그 자리를 떴다.

그는 어둠 속에, 시야를 가린 거무스름한 안개 속에 앉아 있었다. 그는 훔친 차 안에 있었다. 테레사의 집 바깥에. 그가 떠났던 3년 전에 그녀가 살던 집이 아니라 레스틱의 이름이 처음으로 신문 지상을 도배했을 때인 6개월 전에 결혼한 남자의 집이었다.

그는 먼저 테레사 부모님의 집으로 차를 몰았지만, 불이 꺼져 있었다. 그는 문을 깨고 들어가 기다릴 수도 없었고, 그럴 생각도 없었다. 우체통에 테레사 맥코스랜드 앞으로 오는 편지를 모두 다른 주소로 전송해 달라고 우체부에게 알리는 쪽지가 붙어 있었다.

그는 손가락 끝으로 톡톡톡 운전대를 두드렸다. 아까 떨어진 탓인지 오른쪽 다리가 아팠다. 셔츠 소맷자락도 찢어졌고, 왼쪽 팔뚝에는 뽕나무에 스친 길고 얕은 상처가 났다. 하지만 피는 멈췄다.

마침내 그는 차에서 기어 나와 천을 댄 목발 받침대를 겨드랑이에 끼우고 배 타기에 익숙해진 선원처럼 구르듯이 현관으로 다가갔다.

'하워드'라고 적힌 작은 문패가 바로크풍 장식판에 붙은 하얀 플라스틱 단추에 빛을 비추었다. 그가 단추를 누르자 문 안쪽 어디에선가 초인종 소리가 울렸다.

푸른 데님 반바지와 남편의 헌 옷임이 분명한 해진 남성용 흰색 버튼다운 셔츠를 입은 그녀가 문을 열었다.

"버논…." 그녀가 '아'나 '대체'나 '사람들이'나 '안돼!'라고 말하기도 전에 말꼬리를 흐렸다.

"들어가도 돼?"

"가, 버논. 남편이…."

안에서 어떤 목소리가 물었다. "테레사, 누구야?"

"제발 가." 그녀가 속삭였다.

"부모님과 니올라가 어디로 갔는지 알고 싶어."

"테레사?"

"말해줄 수 없어…. 가!"

"대체 무슨 일이 벌어지는 건지, 난 알아야겠어."

"테레사? 거기 누구야?"

"잘 가, 버논. 난…." 테레사가 문을 쾅 닫았다. 그녀는 '미안해'라는 말을 하지 않았다.

그는 돌아서 나왔다. 어디선가 힘줄이 불거진 거대한 근육덩어리가 긴장했고, 뱀처럼 구불거리는 목이 고개를 들었고, 날카로운 발톱이 별을 향해 번득였다. 시야가 흐려졌다가 일순간 맑아졌다. 그 순간 분노가 그를 집어삼켰다. 그는 현관으로 돌아가 벽에 기댄 다음 목발로 문틀을 후려쳤다.

안에서 뭔가 움직이는 소리가 나더니 문가로 나오려는 누군가를 막으려 설득하고 탄원하는 테레사의 목소리가 들렸다. 하지만 1초 후에 문이 벌컥 열리고, 문간에 선 개리 하워드가 보였다. 그는 레스틱이 기억하는, 서로 마지막으로 봤던 고등학교 3학년 때보다 나이가 들었고 어깨는 더 두툼해졌으며 그 때보다 더 화가 나 있었다. 성경 외판원이나 심장기금 모금자나 걸스카우트 쿠키 판매자나 저녁 무렵 초인종을 누르고 다니는 장난꾸러기를 기대했던 성가시다는 표정이 능글거리는 웃음으로 변했다.

하워드가 팔짱을 끼고 문설주에 기대섰다. 소매 없는 녹색 티셔츠 위로 서로를 밀어대는 가슴 근육이 불거졌다.

"오랜만이군, 버논. 언제 돌아왔어?"

레스틱은 목발을 겨드랑이에 단단히 끼우고 몸을 바로 세웠다. "테레사와 얘기하고 싶어."

"네가 언제 굴러들어올지는 몰랐지만, 버논, 우리는 네가 나타날 걸 알고 있었어. 전쟁은 어땠어, 친구?"

"그녀와 얘기할 수 있게 해줘."

"아무도 그녀를 막지 않아, 친구. 예전 남자친구와 얘기하는 문제에서 내 아내는 완전 자유야. 다시 말하지만, 내 아내지. 얘기는 들었겠지… 친구?"

"테레사?" 레스틱은 몸을 기울여 하워드 뒤쪽에다 대고 소리쳤다.

개리 하워드가 여성들이 짝을 고르는 댄스 타임 때 짓는 미소를 짓더니 한 손으로 레스틱의 가슴을 밀었다. "소란 피우지 마, 버논."

"난 그녀와 얘기해야 해, 하워드. 지금 당장, 널 밀치고 들어가야 하는 한이 있어도 말이야."

하워드가 여전히 손바닥을 레스틱의 가슴에 댄 채 몸을 똑바로 일으켰다. "이 불쌍한 겁쟁이 개자식." 그가 아주 상냥하게 말하고는 밀었다. 뒤로 떠밀리며 버둥거리는 바람에 목발이 떨어졌고, 레스틱은 현관 앞 계단으로 굴렀다.

하워드가 그를 내려다보았다. 3학년 교실을 군림하던 제왕의 미소가 사라졌다.

"다시 올 생각은 마, 버논. 다음번에는 그 빌어먹을 가슴에 구멍을 내줄 테니까."

문이 쾅 닫혔고, 안에서 목소리들이 들렸다. 큰 소리가 일더니 하워드가 테레사를 때리는 소리가 들렸다.

레스틱은 목발 쪽으로 기어가 벽을 짚고 일어섰다. 문을 때려 부수고 들어갈까 생각도 했지만, 그는 육상선수였던 레스틱에 불과했다. 그것도 선수로 뛴 건 딱 한 번뿐이었다. 하워드는 풋볼 선수였다. 여전히 그랬다. 앞으로도 그럴 것이다. 일요일 오후면 아이들을 데리고 풋볼을 할 것이다. 테레사와 침대에서 뒹굴며 보낸 어느 근사한 토요일 밤에 생긴 아이들을.

그는 차로 돌아가 어둠 속에 앉았다. 얼마나 거기 앉아 있었던가. 차창 위로 움직이는 웬 그림자에 그가 홱 고개를 돌렸다.

"버논…?"

"들어가. 너한테 더 이상 문제가 생기는 걸 원치 않아."

"하워드는 위층에서 판매보고서인가 뭔가를 쓰는 중이야. 공군에서 제대하면서 아주 괜찮은 직업을 얻었거든. 자동차 영업사원이야. 우린 잘 살아, 버논. 그는 나한테 진짜 잘해줘…. 아, 버논… 왜? 왜 그런 짓을 했어?"

"너, 들어가는 게 좋겠어."

"난 기다렸어. 내가 기다렸다는 거 너도 알 거야, 버논. 하지만 그때 그 끔찍한 일이 일어났지…. 버논, 왜 그랬어?"

"이봐, 테레사. 나 피곤해. 날 그냥 내버려 둬."

"마을 전체가 그랬어, 버논. 다들 부끄러워 죽을 지경이었어. 사방에 기자들이며 방송국 사람들이 득실댔고, 아무 데나 쑤시고 다니면서 아무나 붙잡고 말을 붙였어. 네 부모님과 니올라는 더 이상 여기서 살 수가 없었어."

"그들은 어디로 갔어, 테레사?"

"멀리 이사했어, 버논. 캔자스시티인 것 같아."

"아, 세상에."

"니올라는 가까이 살아."

"어디?"

"너한테 알리고 싶지 않아 해, 버논. 아마도 결혼했을 거야. 성을 바꾼 거로 알아…. 레스틱이라는 성은 이 주변에선 더 이상 좋은 성이 아니니까."

"테레사, 난 동생과 얘기를 해야 해. 제발, 니올라가 어디 사는지 말해줘."

"난 못해, 버논. 약속했으니까."

"그럼 동생한테 전화해줘. 그 애 번호를 갖고 있어? 그 애와 연락할 수 있지?"

"그래, 연락은 될 것 같아. 아, 버논…."

"그 애한테 전화해줘. 얘기할 때까지 난 이 도시에 있을 거라고. 오늘 밤에 만나자고 해줘. 제발, 테레사!"

그녀는 말없이 서 있다가 입을 열었다. "좋아, 버논. 너희

집에서 만날 생각이야?"

그는 번득이는 전조등 불빛에 비치던 우락부락한 형체들을 생각했고, 뽕나무 덤불 옆에 누워 있을 때 비명을 지르며 달아난 뭔가를 생각했다.

"아니. 교회에서 보자고 전해줘."

"세인트 매튜 교회?"

"아니. 하베스트 침례교회에서."

"하지만 거긴 폐쇄됐잖아. 닫은 지 오래됐어."

"알아. 거긴 내가 떠나기 전에 폐쇄됐지. 들어가는 길을 알아. 그 애도 기억할 거야. 내가 기다린다고 전해줘."

현관문으로 빛이 분출하자 테레사가 고개를 들어 훔친 차 지붕 너머로 집 쪽을 건너다보았다. 그녀는 작별인사조차 하지 않았지만 잠시 차가운 손을 그의 얼굴에 가져다 댔다. 그러고 그녀는 집으로 뛰어들어갔다.

다시 한 번 여행을 떠날 시간이라는 걸 안 치명적인 괴물이 용의 숨을 내쉬면서 구불텅구불텅 몸을 일으키고는 한없는 영원의 안개 속을 조심스럽게 걸어가기 시작했다. 부드러운, 기대에 찬 그르렁거리는 소리가 목구멍을 울렸고, 그 끔찍한 눈은 기쁨으로 불타올랐다.

그가 신도석에 누운 채 뻗어 있는데 제의실 벽의 느슨해진 판자들이 삐걱거렸다. 레스틱은 동생이 온 것을 알았다. 그는 흐릿한 눈에서 잠기운을 씻어내며 일어나 앉아 검은 안경을 썼다. 어쨌든, 안경이 도움이 되니까.

동생이 어둠을 헤치며 제단 정면 복도로 나오더니 제자리에 멈춰 섰다.

"오빠?"

"여기야."

동생이 신도석 쪽으로 다가오다가 세 줄 앞에서 멈췄다. "왜 돌아왔어?"

입안이 말랐다. 그는 맥주를 마시고 싶었다. "내가 여기 말고 어디로 가겠어?"

"그만큼 부모님과 날 괴롭혔으면 충분하지 않아?"

그는 동남아시아 어딘가에 놓고 온 자신의 오른발과 시력 얘기를 하고 싶었다. 하지만 어둠 속에 떠오른 밝은 얼룩 같은 피부만으로도 동생의 얼굴이 더 늙고 지치고 변했다는 게 보여서 차마 그런 얘기를 꺼낼 수 없었다.

"끔찍했어, 오빠. 끔찍했다고. 사람들이 와서 계속 얘기를 하자고 우릴 못살게 굴었어. 그리고 텔레비전 카메라를 여기 저기 세우고 집을 찍어대는 바람에 밖에 나갈 수조차 없었어. 그 사람들이 가고 나니까 마을 사람들이…, 마을 사람들이 훨씬 심했지. 아 세상에, 오빠. 놈들이 무슨 짓을 했는지 상상도 못 할 거야. 어느 날 밤에 놈들이 와서 다 때려 부쉈어. 놈들이 나무를 잘랐고, 아빠가 놈들을 말리려고 하니까 아빠를 마구 때렸어. 그때 아빠를 봤어야 해. 오빠도 보면 울었을 거야."

그리고 그는 자신의 발을 생각했다.

“우린 떠났어, 오빠. 그래야만 했어. 우린….” 동생이 말을 멈췄다.

“내가 유죄 판정을 받아 총살되거나 투옥되기를 바랐겠지.”

동생은 아무 말도 하지 않았다.

그는 그 오두막과 그 냄새를 생각했다.

“좋아. 알겠어.”

“미안해, 오빠. 정말 미안해. 하지만 대체 우리한테 왜 그런 거야? 왜?”

그는 오랫동안 아무 대답을 하지 않았고, 결국 동생이 다가와 그를 안고 목에 입을 맞추고는 어둠 속으로 미끄러져 들어갔고, 벽의 판자들이 삐걱거렸고, 그는 홀로 남았다.

그는 멍하니 신도석에 앉았다. 어둠을 응시하던 그는 마침내 헛것을 보았다. 춤추듯이 움직이는 작은 불빛들이 보이는 것 같았다. 그러다가 그 희미한 불빛들이 변하며 합쳐지더니 색이 붉어졌다. 처음에 그는 거울을 보나 했다가 이내 거울이 아니라 뭔가 괴물 같은 생물의 눈을 들여다보는 중이라는 걸 깨달았다. 머리가 지끈거리고 눈알이 타는 듯했다.

바로 눈앞에서 교회의 형체가 변하더니 녹아내리며 소용돌이쳤다. 그는 필사적으로 숨 쉬려 애쓰며 목을 뽑았고, 그때 교회가 다시 형체를 갖추더니 예전에 그가 있던 그 오두막이 되었다. 놈들이 그를 심문했다.

그는 기었다.

그는 흙바닥에 고랑을 내면서 갈퀴 같은 손가락으로 몸통을 끌고 바닥을 기었다. 기어서 놈들한테서 벗어나려고.

"기어! 기어 봐. 그러면 혹시라도 널 살려줄지 모르지!"

그는 기었다. 놈들의 다리가 눈앞에 있었다. 어느 다리에라도 닿을라치면 놈들이 그를 때렸다. 다시, 또다시. 하지만 그 고통은 아무것도 아니었다. 끝없이 이어지는 낮과 밤 동안 놈들이 그를 가둬놓았던 그 원숭이 우리. 일어서기에 너무 낮고 눕기에도 너무 작은 그 우리. 비가 거침없이 들이치고 벌레들이 마음대로 들어와 살점이 드러난 잘린 다리에 둥지를 틀고 알을 낳던 그 우리. 그리고 옆구리에 소인들이 화살을 쏘아대던 것 같은 그 가려움. 나무 사이로 얼기설기 끌어온 전깃줄에 매달린 그 불빛. 낮이고 밤이고 절대 꺼지지 않던 그 불빛. 그리고 수면 부족, 그리고 심문, 끝없는 질문들…. 그리고 그는 기었다. 그가 얼마나 기었는지 신은 아시리라. 잠만 잘 수 있다면, 고통의 화살을 멈출 수만 있다면, 피맺힌 두 손과 한 다리로, 무릎으로 바닥을 문지르며 기어서 지구를 한 바퀴 돌래도 그는 돌았을 것이고, 그는 지구의 중심까지 기어가 행성이 흘리는 생리혈이라도 들이마셨을 것이다. 잠깐의 고요를 위해서라면, 한 번만이라도 다리를 쭉 펼 수 있다면, 잠시라도 눈을 붙일 수 있다면….

'우리한테 왜 그런 거야, 왜?'

내가 인간이기 때문이고, 내가 약하기 때문이고, 그런 일을 감당할 수 있는 사람은 없는 게 당연하기 때문이지. 난 사람이지, 그런 걸 감당해야 한다고 말하는 규정집이 아니기 때문이야. 내가 잠이 없는 곳에 있었기 때문이고, 내가 그곳에 있고 싶지 않았기 때문이고, 그곳엔 날 구해줄 사람이 아무도 없었기 때문이지. 살고 싶었기 때문이야.

나무판자가 끽끽거리는 소리가 들렸다.

그는 눈을 깜박이고는 조용히 일어나 귀를 기울였다. 교회 안에서 인기척이 느껴졌다. 검은 안경으로 손을 뻗었지만 팔이 닿지 않았다. 팔을 더 뻗자 신도석에 기대 세워놓은 목발이 미끄러지면서 우당탕 소리가 났다. 그러고 놈들이 그를 덮쳤다.

아까와 같은 놈들인지 알 길은 없었다.

놈들이 다가와 신도석을 에워싸더니 그가 아까 집에서 맞닥뜨린 형체한테 했던 것처럼 어떻게든 저항을 해보기도 전에 그를 덮쳤다. 그 형체, 아직 어린 그 아이는 지금 시트에 쌓인 채 시청사 탁자 위에 누워 있다. 시트에 녹색 얼룩과 이상한 썩은 냄새가 배어 나왔다.

놈들이 덤벼들어 그를 두들겨댔다. 그는 무더기로 덮쳐오는 놈들 틈에서 몸부림을 치며 흉포한 눈을 한 육식 원숭이 같은 어느 놈의 얼굴을 똑바로 바라보았다. 상대방도 그를 쳐다보았다.

그는 레스틱을 쳐다보았다. 죽음의 짐승이 덮치기라도 한 것처럼.

남자가 비명을 지르며 제 얼굴을 할퀴었다. 얼굴이 뭉텅뭉텅 떨어져 나가고 썩은 살점이 손가락 사이로 흘러내렸다. 그 남자가 뒤로 넘어지는 바람에 다른 두 명이 딸려 넘어졌다. 레스틱은 문득 그 오두막에서 무슨 일이 일어났는지 기억해냈다. 힘들게 숨을 쉬며 놈들을 쳐다봤던 것이 생각났다. 지금 여기 신의 전당에서처럼, 놈들은 그가 고개를 돌리는 대로 한 명씩 한 명씩 사라졌다. 그는 깊게 숨을 들이쉬고는 놈들의 얼굴에 숨을 내뿜었다. 그는 다른 우주에 존재하는 사악한 황무지의 밤을 가로질러 놈들을 노려보았다. 놈들이 비명을 지르며 죽어 나자빠졌고, 그는 마침내 혼자가 되었다. 니올라를 미행한 다른 놈들이, 아내를 후려쳐서 정보를 얻어낸 개리 하워드의 전화를 받은 다른 놈들이 제의실 벽을 통해 들어오더니 제자리에 멈춰 섰고, 이내 몸을 홱 돌려 줄행랑을 놓기 시작했다.

그래서 먼 곳에 있는 이름없는 사악한 존재의 종복인 바실리스크의 형제 레스틱만이 조금 전까지만 해도 사람이었던 뒤틀린 형체들 가운데 홀로 남았다.

홀로 서 있었다. 속에서 펄떡대는 힘과 분노를 느끼며, 자신의 눈이 이글대는 것을 느끼며, 자신의 혀에, 자신의 목구멍 깊숙이에 감도는 죽음을, 자신의 폐 안에서 불어대는 죽음을 느끼며.

그리고 그는 마침내 밤이 내렸음을 알게 되었다.

놈들이 도시에서 나가는 길 두 곳을 다 막았다. 그러고는 건전지 여덟 개짜리 손전등과 캠핑용 랜턴과 동굴탐사용 램프를 들었고, 몇 년 전에 아연 광산에서 일했던 놈들은 전구가 달린 채굴용 헬멧을 썼으며, 심지어 곤봉에 헝겊 조각을 감은 다음 등유에 적셔 횃불을 밝혔다. 놈들은 자기 아들과 남편과 형제를 죽인 더러운 배신자 새끼를 찾으러 나섰다. 옛날 영화에서나 보던 장면처럼 시내를 가로질러 움직이는 불빛 무리를 보고도 아무도 웃지 않았다.

괴물을 사냥하는 영화였다. 횡으로 나란히 늘어서지는 않았지만, 설사 나란히 늘어섰더라도 아무도 웃지 않았을 것이다.

밤새 수색을 했지만 그를 찾지 못했다. 그리고 동이 트자 놈들은 각자의 불빛을 껐다. 주차등 대신 전조등을 켠 차량 행렬이 마을을 둘러쌌지만, 여전히 그를 찾지 못했다. 그래서 결국 놈들은 어떻게 할지 결정하기 위해 쇼핑몰에 모였다.

그리고 그가 거기 있었다.

그가 저 위에, 병사와 수병을 조각한 전쟁기념비에 서 있었다. 그는 밤새 거기 30구경 총을 치켜든 제1차 세계대전 때의 보병 발치에서 밤을 보냈다. 그는 거기 있었다. 그 상징적 의미가 놈들의 머리를 그냥 지나치지 않았다.

"놈을 끌어내려!" 누군가가 외쳤다. 놈들이 대리석과 청동으로 만든 기념비를 향해 몰려들었다.

버논 레스틱은 거기 서서 놈들이 몰려드는 걸 지켜보았다. 장총과 곤봉과 전쟁 기념품인 독일제 반자동 권총이 다가오는데도 태연해 보였다.

처음으로 동상의 대좌를 기어오른 사람은 개리 하워드였다.

아래를 꽉 메운 사람들이 박수갈채를 보내자 하워드는 의기양양한 웃음을 지어 보였다. 레스틱은 검은 안경에 가린 눈을 크게 뜨고는 정말 아무렇지도 않은 듯이 안경을 벗고 만면에 웃음이 가득한 그 덩치 큰 자동차 영업사원을 바라보았다.

뒤틀린 테레사 남편의 시체가 연기를 뿜으며 두 팔을 활짝 펼친 채 머리 위로 떨어지자 군중이 한목소리로 비명을 질렀다. 다가오던 군중의 물결이 뚝 제자리에 멈췄다.

뒤쪽에 있던 놈들이 달아나려 했다. 레스틱은 놈들을 쓰러뜨렸다. 군중이 움직임을 멈췄다.

한 남자가 그를 죽이려고 리볼버 권총을 들었다가 이내 총을 떨어뜨리고 말았다. 얼굴이 불타 사라졌고, 눈이 있던 곳에서는 물집 잡힌 뭉개진 살점이 연기를 뿜었다.

놈들은 멈춰 섰다. 벌벌 떠는 근육들과 빠져나갈 곳 없이 날뛰는 에너지의 세계에 꼼짝없이 갇힌 채.

"내가 알려주지!" 레스틱이 외쳤다. "그게 어떤 기분인지! 너희들이 알고 싶어 하니까, 알려줘야지!"

그가 숨을 쉬었고, 사람들이 죽어 나자빠졌다. 그러더니 그가 쳐다보았고, 또 다른 사람들이 쓰러졌다. 그러고는 그가 말했다. 아주 나직하게. 그래도 사람들은 그의 말을 들을 수 있었다. "쉬운 일이지, 문제가 생기기 전까진. 애국자 나리들, 너희들은 절대 몰라! 너희들은 목숨을 걸지도 않으면서 이러쿵저러쿵 말들을 해대고, 무엇이 용감한 일인지 따지는 온갖 규정들을 만들지. 너희들은 절대 몰라. 알게 되는 바로 그 순간까지는 말이야. 난 알게 되었어. 그게 쉬운 일이 아니라는 걸. 이제 너희들도 알게 될 거야!"

그가 바닥을 가리켰다.

"애국자 양반들, 무릎을 꿇고 기어 봐! 여기까지 기어 오면 내가 살려줄지도 모르지. 짐승들처럼 엎드려 배를 깔고 여기로 기어 와."

군중 속에서 외침 소리가 났다. 소리친 남자는 죽었다.

"기어, 기라고! 이리로 기어 와!"

섰던 사람들이 무릎을 꿇자 사람들이 듬성듬성 시야에서 사라졌다. 맨 뒤쪽에 있던 여자가 도망가려다가 그가 태워버리자 빈 껍데기가 되어 쓰러졌다. 여자의 얼굴에서 피어오르는 연기를 본 주변 사람들이 일시에 무릎을 꿇었다. 그러더니 그 주변 전체가 몸을 굽혔고, 그러고는 그쪽 전체가 푹 꺼졌다. 다음 순간 놈들이 모두 무릎을 꿇었다.

"기어! 기라고, 용감하신 양반들아, 기어라, 내 신실한 백성들아! 기어, 그리고 개똥밭에 굴러도 이승이 낫다는 걸, 살아 있는 편이 낫다는 걸 배워. 왜냐하면 너희는 인간이니까! 기어, 그러면 너희들의 구호가 다 똥이고 너희들의 규칙이 다 남한테만 해당한다는 걸 알게 될 거야! 너희 빌어먹을 목숨을 위해 기어. 그러면 알게 돼! 기어!"

그리고 그들은 기었다. 그들은 손과 무릎으로 잔디밭을 가로지르고, 시멘트 바닥과 진흙과 소소한 풀무더기를 가로지르고, 흙바닥을 가로질러 앞으로 기었다. 그들은 그를 향해 기었다.

그리고 아득히 먼 곳, 어둠의 안개 너머에서 투구를 쓴 이가 바실리스크를 발치에 거느린 채 우뚝 솟은 왕좌에 앉아 웃었다.

"기어, 이 빌어먹을 놈들아!"

하지만 레스틱은 자신이 섬기는 신의 이름을 알지 못했다.

"기어!"

군중 가운데에 전사한 가족을 기리는 금색 별을 집 창문에 달아놓은 여자가 하나 있었다. 앞으로 기다가 손에 32구경 권총이 걸리자 그녀는 총을 그러쥐고 재빨리 일어나 소리쳤다. "케니를 위하여…!" 그리고 그녀는 방아쇠를 당겼다.

총알이 레스틱의 쇄골을 산산조각냈다. 몸이 옆으로 비틀린 그는 미군 조각상의 각반에 몸을 기댔다. 그는 자세를 바로잡으려고 했지만 목발이 아래로 떨어졌다. 이제 사람들은 다들 일어나 레스틱에게 총을 갈기고 또 갈겨댔다.

그들은 그의 시체를 아무런 표시도 없는 무덤에 묻었고, 아무도 그 일에 대해서 말하지 않았다. 그리고 아득히 먼 곳, 높은 왕좌에 앉아 충성스러운 마스티프 종 개처럼 그의 발치를 싸고도는 바실리스크의 매끈한 가죽을 쓰다듬는 '무장한 이' 조차 그 일에 대해서는 아무 말도 하지 않았다. 그 일에 대해 말할 필요는 없었다. 레스틱은 없어졌지만, 그건 예상했던 바였다.

그 병기는 무력화되었지만 마르스, 영원한 이이자 절대 죽지 않는 신이자 미래의 주인이자 어두운 곳들의 관리자이자 언제나 강력한 분쟁의 귀공자이자 인간의 주인인 마르스는 자못 만족스러웠다.

신병모집 건은 잘 끝났다. 민중에게 권력을.

세상의 중심에서
사랑을 외친 짐승

The Beast That Shouted Love
at the Heart of the World

1969년 휴고상 수상

볼티모어 시 럭스턴 지구에 사는 윌리엄 스테로그는 한 달에 한 번 집 주변을 방역하러 오는 방역업체 직원과 한가로운 잡담을 나눈 뒤에 방역 트럭에서 치명적인 살충제인 말라티온 한 캔을 훔쳤고, 어느 날 아침 일찍 밖으로 나가 동네 우유 배달부의 배달 경로를 따라가며 70가구의 뒷문 계단에 놓인 우유병마다 그 살충제를 한 숟가락씩 떠넣었다. 윌리엄 스테로그가 움직인 뒤 6시간 만에 200명의 남자와 여자, 어린이들이 경련을 일으키며 고통스럽게 죽었다.

버펄로에 사는 이모가 악성 림프종으로 죽어간다는 소식을 들은 윌리엄 스테로그는 황급히 어머니를 도와 여행 가방 세 개를 싸고는 프렌드십 공항까지 차로 모셔가서 이스턴항공 비행기에 태워드렸다. 어머니가 든 휴대용 여행 가방에는 웨스트클록스 자명종 시계와 다이너마이트 막대 네 개로 만든, 간단하지만 효과적인 시한폭탄이 들어 있었다. 여객기는 펜실베이니아 주 해리스버그 시 상공 어딘가에서 폭발했다. 윌리엄 스테로그의 어머니를 포함한 93명이 그 폭발로 사망했고, 화염에 휩싸인 잔해물이 폭포처럼 시립수영장에 떨어지면서 사망자 숫자에 7이 더해졌다.

11월 어느 일요일에 윌리엄 스테로그는 33번가에 있는 베이브루스 플라자로 향했다. 그는 볼티모어 콜츠와 그린베이 패커스의 경기를 보려고 메모리얼 경기장을 가득 메운 54,000명의 팬 중 한 명이었다. 그는 회색 플란넬 바지와 짙은 청색 터틀넥 풀오버에 손으로 짠 두툼한 아일랜드 양모 스웨터와 파카까지 따뜻하게 챙겨 입었다. 4번째 쿼터가 끝나기 3분 13초 전, 17대 16으로 간신히 이기던 볼티모어가 그린베이의 18야드 선에 있을 때, 윌리엄 스테로그는 2층 특별석 위쪽 출구로 향하는 통로로 올라가 파카 안에서 버지니아 주 알렉산드리아 시에 사는 군용 물품 우편판매상한테 49.95달러를 주고 산 군용 M-3 경기관총을 꺼냈다. 3점 골을 넣기에 딱 알맞은 위치에 버티고 선 쿼터백에게 공이 날아들자 53,999명의 팬이 소리를 지르며 벌떡 일어섰고, 그 바람에 사격범위가 상당히 넓어졌다. 윌리엄 스테로그는 아래쪽에 밀집한 팬들의 등을 겨냥하고 총을 난사했다. 사람들이 그를 제압했을 때는 이미 44명이 죽은 뒤였다.

조각실자리에 위치한 타원형 은하로 파견된 첫 탐험대가

'플라마리옹 세타'라고 명명한 4등급 항성의 두 번째 행성에 착륙했을 때, 암석이 아니라 지금까지도 정체를 밝히지 못한 금속 성질을 가진 청백색 물질로 만들어진 9미터 높이의 인체 조각상을 발견했다. 조각상의 인물은 맨발이었고 토가 비슷한 의상을 걸쳤으며, 머리에는 딱 맞는 야구모자를 쓰고, 왼손에는 완전히 다른 물질로 구성된, 고리와 둥근 구가 붙은 기묘한 장치를 들었다. 인물상의 표정은 이상할 정도로 행복에 겨워 보였다. 광대뼈가 튀어나왔고, 눈은 움푹 꺼졌으며, 입은 너무 작아서 거의 이상하게 느껴질 정도였고, 코는 넓데데하고 콧구멍이 넓었다. 거대한 인물상이 솟은 지점은 구덩이가 파이고 무너진, 어느 이름 모를 건축가가 설계했을 곡선형 건축물 한가운데였다. 탐사대원들은 저마다 조각상의 얼굴에 나타난 기묘한 표정에 대해서 한마디씩 했다. 그곳의 항성은 그때쯤 상상할 수도 없을 만큼 먼 시공간에 뜬 지구를 파리하게 비추고 있을 태양과는 완전히 색이 달랐다. 거기 황혼녘의 항성과 동시에 하늘에 뜬 멋들어진 황동색 위성 아래에 선 사람 중에 윌리엄 스테로그라는 이름을 들어본 이는 아무도 없었다. 그러니 그 거대한 조각상의 얼굴이 독가스실을 이용한 사형을 선고하려는 최종심 재판관들 앞에 섰을 때의 윌리엄 스테로그와 똑같다는 걸 알 만한 사람도 없었다. 그는 소리쳤다. "저는 세상 사람 모두를 사랑합니다. 정말이에요. 맹세코, 전 여러분을 사랑해요, 여러분들 다, 전부!"

*

크로스웬(crosswhen)이라는 시공간이 있다. 크로스웬은 시간이라 불리는 사상(思想)의 틈새들 사이에, 공간이라 불리는 반사상(反射想)들 사이에 존재하는 또 다른 그때이자 또 다른 지금이다. 크로스웬은 '저기' 어디쯤에 있는 여기이다. 관념을 뛰어넘은, 마침내 '만약'이라는 꼬리표를 단 단일성의 변형이다. 마흔 몇 걸음 옆으로 떨어진 곳이지만 나중, 아주 오랜 나중이다. 모든 것이 거기 크로스웬에서 바깥으로 방사되어 무한히 복잡해져 나간다. 그곳은 대칭과 조화와 분배의 수수께끼가 섬세하게 조율된 '이곳'의 질서와 함께 노래하는 궁극의 중심이다. 모든 것이 거기서 시작했고, 시작하고, 늘 시작할 것이다. 크로스웬은 중심이다.

또는, 크로스웬은 1억 년 후의 미래고, 측량 가능한 우주의 가장 먼 가장자리에서도 1억 파섹 더 떨어진 곳이고, 평행우주들을 가로지르는 계산할 수도 없는 시차(視差)의 휨이고, 마침내 인간의 사고를 벗어난 무한한 정신의 도약이다.

그곳이, 크로스웬이다.

연자주색 층에서, 미치광이는 굽은 몸을 웅크리고 세척수 깊은 곳에 숨어서 기다렸다. 그는 끝으로 갈수록 가늘어지는 밧줄 같은 꼬리를 둥글고 뭉툭한 몸통 밑에 말아 넣은 용이었다. 둥글게 굽은 등에서부터 꼬리 끝까지 작고 두껍고 끝이 뾰족한 방패 모양 뼈들이 줄줄이 솟았고, 가슴 앞에 포개진 작달막한 앞발에는 기다란 발톱이 달렸다. 고대의 케르베로스 같은 개 머리가 일곱 개나 달렸다. 일곱 개의 머리가 각자 굶주리고 광기에 사로잡힌 채, 경계하며 기다리고 있었다.

연자주색 물을 뚫고 이리저리 움직이면서도 꾸준하게 다가오는 밝은 노란색 빛이 보였다. 그는 도망갈 수 없다는 걸 알았다. 움직이는 즉시 그 유령 불빛이 그를 발견해낼 것이다. 공포가 미치광이의 숨통을 조였다. 순진함과, 겸손과, 다른 아홉 가지의 감정적 상태를 시도해봤지만, 그 유령 불빛은 흔들림 없이 그를 쫓았다. 놈들이 자신의 냄새를 추적하지 못하도록 뭔가를 해야 했다. 하지만 그 층에는 아무도 없었다. 그 층은 감정 찌꺼기를 걸러내기 위해 조금 전에 닫혔다. 살육을 저지른 후에 그렇게 심하게 혼란스러워하지만 않았더라도, 그렇게 완전히 얼이 빠지지만 않았더라도, 그가 이 닫힌 층에 갇히는 일은 없었을 것이다.

이제 그는 여기, 숨을 곳이라곤 전혀 없는 이곳, 체계적으로 그를 포획할 유령 불빛을 피할 곳이라곤 전혀 없는 이곳에 있었다. 그러고 놈들이 걸러내려는 감정 찌꺼기는 바로 그였다.

미치광이는 마지막 남은 희망에 매달렸다. 연자주색 층이 이미 닫혔지만, 그는 지푸라기라도 잡는 심정으로 마음을, 일곱 개의 뇌를 모두 닫아 보았다. 그는 모든 생각을 중지하고, 발산되는 감정에 둑을 쌓았으며, 마음에 동력을 공급하는 신경회로를 잘라버렸다. 최고의 효율을 자랑하는 거대한 기계가 서서히 멈추는 것처럼 그의 사고가 느려지고 시들고 희미해졌다. 그러더니 그가 있던 곳이 공백이 되었다. 개의 얼굴을 한 일곱 개의 머리는 잠이 들었다.

사고의 측면에서 보자면 이제 용은 존재하지 않았다. 달리 추적할 대상을 찾지 못한 유령 불빛이 그를 발견하지 못하고 지나쳤다. 하지만 미치광이를 쫓는 이들은 그처럼 미치지 않은, 정신이 멀쩡한 사람들이었다. 그들은 정연한 제정신으로 발생할 수 있는 모든 긴급 사태들을 사전에 고려했다. 유령 불빛 뒤에는 열추적 광선이 있었고, 열추적 광선 뒤에는 질량 감지기가, 질량 감지기 뒤에는 닫힌 층에 존재하는 낯선 물질의 자취를 추적할 수 있는 추적장치들이 따라왔다.

그들은 미치광이를 발견했다. 차갑게 식은 태양처럼 닫혔지만, 그들은 그의 위치를 파악해 이송했다. 그는 이송되는 걸 알아채지 못했다. 고요한 자기 두개골들 안에 갇혀 있었으니까.

하지만 완전한 사고 폐쇄에 따르는 시간감각 상실 상태에서 깨어나 다시 사고를 펼치기로 했을 때, 그가 꼼짝없이 갇힌 곳은 제3 적색활성층에 있는 배출실이었다. 그때 일곱 개의 목구멍에서 비명이 울려 퍼졌다.

물론 그 소리는 그가 제정신을 차리기 전에 놈들이 부착해 놓은 성대 차폐장치들 탓에 들리지 않았다. 들려야 할 소리가 들리지 않자 그는 더욱 공포에 질렸다.

그는 안락한 호박색 물질에 감싸여 있었다. 지금 이곳이 아니라 아주 오래전, 다른 세계, 다른 연속체에서였다면 속박용 끈에 묶인 채 병상에 누워 있을 터였다. 하지만 지금 용이 갇힌 곳은 크로스웬의 적색층이었다. 그의 병상은 아무 무게도 느껴지지 않는 지극히 편안한 반중력 장치였고, 그의 뻣뻣한 가죽을 통해 진정제와 안정제, 영양분들을 공급했다. 그는 배출되기를 기다리는 중이었다.

리나가 둥둥 뜬 채로 배출실로 들어왔고, 셈프가 뒤를 따랐다. 셈프는 바로 '배출'이라는 메커니즘을 발견한 자였다. 그리고 그의 가장 유력한 적수 리나는 '감독관'의 지위로 공개 승격되고자 하는 자였다. 둘은 호박색 물질에 쌓여 줄줄이 늘어선 환자들 사이로 떠내려왔다. 두꺼비들, 셔터형 뚜껑이 달린 수정 입방체들, 외골격을 가진 것들, 변형하는 위족류들, 그리고 머리가 일곱 개 달린 용. 둘은 미치광이 앞에 멈춰 서서 내려다보았다. 미치광이가 머리 위에 멈춘 둘을 올려다보았다. 일곱 뇌에 일곱 상이 맺혔지만, 아무 소리도 낼 수 없었다.

"결정적인 이유를 찾자면, 여기 딱 좋은 이유가 있네." 리나가 머리를 까딱여 미치광이를 가리키며 말했다.

셈프가 호박색 물질에 분석용 침을 찔러넣었다 빼서 신속하게 환자의 상태를 확인했다. "너한테 필요한 게 더 큰 경고라면." 셈프가 조용히 말했다. "이게 딱 좋은 경고일 거야."

"과학은 대중의 의지를 따르지." 리나가 말했다.

"그 말을 믿어야 한다는 게 싫군." 셈프가 재빨리 대꾸했다.

그의 목소리에서 뭐라고 딱 짚어내기 힘든 감정이 느껴졌지만 말 자체가 지닌 공격성에 가려버렸다.

"그렇게 되게 할 거야, 셈프. 진심이야. 난 평의회에서 그 결의안이 통과되도록 만들고야 말 거야."

"리나, 우리가 서로 안 지 얼마나 됐지?

"네가 세 번째로 변천한 때부터지. 내 두 번째 변천이었고."

"대략 그럴 거야. 그동안 내가 너한테 거짓말을 하거나 너한테 해가 될 일을 하라고 부탁한 적이 있었어?"

"아니. 내가 기억하기론 없어."

"그러면서 왜 이번에는 내 말을 듣지 않아?"

"왜냐하면, 네가 틀렸다고 생각하기 때문이지. 난 정치광이 아니야, 셈프. 이걸로 정치적 성과를 올리려는 게 아니라고. 난 이게 우리에게 주어진 역사상 최고의 기회라는 느낌이 아주 강하게 들어."

"하지만 우리 이외의 모든 존재와 모든 곳에 재앙이 될 거야. 아주 옛날로 거슬러 올라가서까지. 이 일이 얼마나 먼 시차에까지 영향을 미칠지는 신만이 아시겠지. 우린 우리 둥지를 더럽히지 않으려고 지금껏 존재했던 다른 모든 둥지를 희생시키려는 거야."

리나가 괜히 손을 펼쳐 보이며 말했다. "생존이 다 그렇지."

셈프가 천천히 고개를 저었다. 몸짓에 밴 피로감이 표정에도 고스란히 드러났다. "나도 저걸 배출할 수 있으면 좋겠어."

"못할 이유가 있어?"

셈프가 어깨를 으쓱거렸다. "난 뭐든 배출할 수 있어. 하지만 배출하고 남은 건 가지고 있을 만한 가치가 없는 걸 거야."

호박색 물질의 색이 바뀌었다. 깊숙한 안쪽에서부터 강렬한 푸른색이 뿜어져 나왔다. "환자가 준비됐어." 셈프가 말했다. "리나, 한 번만 더 생각해줘. 내가 빌어서 될 문제라면 빌기라도 할게. 제발, 다음 회기까지만 미뤄줘. 평의회가 당장 이래야만 할 필요는 없잖아. 몇 가지만 더 실험해보게 해줘. 이 쓰레기가 얼마나 먼 과거까지 악취를 풍길지, 얼마나 큰 손해를 입힐지 보게 말이야. 내가 보고서를 준비할게."

하지만 리나는 강경했다. 리나가 그 얘기는 이제 그만이라는 투로 고개를 저었다. "배출하는 거 같이 봐도 될까?"

셈프가 긴 한숨을 내쉬었다. 그는 패배했고, 그도 그걸 알았다. "그래, 좋아."

말 없는 내용물을 감싼 호박색 물질이 둘과 나란한 높이까지 떠오르더니 매끄럽게 미끄러지듯이 둘 사이를 통과했다. 둘은 개 머리를 단 용을 감싼 그 부드러운 물질을 따라 둥둥 떠갔다. 셈프는 뭔가 할 말이 더 있는 눈치였지만, 말을 해봐야 더는 소용이 없었다.

호박색 요람이 희미해지더니 사라졌다. 둘의 실체도 옅어지다가 더는 존재하지 않게 되었다. 그들은 다시 나타난 곳은 배수실이었다. 전송대가 비어 있었다. 호박색 요람이 아무 소리도 없이 전송대에 내려앉았다. 별안간 호박색 물질이 흘러내려 사라지자 안에 박혔던 용이 드러났다.

미치광이는 움직이려고, 몸을 일으키려고 필사적으로 몸부림쳤다. 일곱 개의 머리가 움찔거렸지만 아무 소용없었다. 광증이 진정제의 효과를 넘어서자 그는 광포함과 분노와 새빨갛게 타오르는 혐오에 사로잡혔다. 하지만 움직일 수 없었다. 그가 할 수 있는 일이란 그저 제 형태를 유지하는 것뿐이었다.

셈프가 왼쪽 손목에 찬 띠를 돌렸다. 띠가 내부에서부터 짙은 금빛으로 빛났다. 공기가 주입되는 소리가 진공이었던 방을 채웠다. 전송대에는 공기 자체에서 나는 것 같은, 출처를 알 수 없는 은색 빛이 넘쳐 흘렀다. 그 빛이 용을 적시자 일곱 개의 거대한 입이 겹겹이 돋은 뾰족한 이빨들을 드러내며 동시에 쩍 벌어졌다. 그러더니 용의 이중 눈꺼풀이 닫혔다.

머릿속에서 느껴지는 고통이 어마어마했다. 수백만 개의 입이 쭉쭉 빨아대는 것 같은, 뇌가 뒤틀리는 것 같은 무시무시한 고통이었다. 그의 일곱 뇌가 추출돼 눌리고 압축된 다음 걸러졌다.

셈프와 리나는 꿈틀거리는 용의 몸뚱이를 보다가 방 건너편 배출 탱크로 시선을 옮겼다. 배출 탱크가 밑에서부터 차올랐다. 거의 아무 색이 없는 연기 같은 구름이 불꽃을 일으키며 뿜어져 들어와 사납게 소용돌이쳤다. "왔군." 셈프가 괜히 한마디를 내뱉었다.

리나는 탱크에서 시선을 돌렸다. 일곱 개의 개 머리가 달린 용이 부들부들 떨었다. 얕은 물 속에 잠긴 물체를 보는 것처럼, 미치광이의 형태가 일렁이기 시작했다. 탱크에 내용물이 채워질수록 미치광이는 제 형태를 유지하기가 어려워졌다. 탱크에 든 불꽃을 튕기는 구름 같은 물질이 짙어질수록, 전송대에 놓인 생물의 형태는 갈수록 심하게 일렁거렸다.

마침내, 형태를 유지하기가 불가능해지자 미치광이는 포기했다. 탱크가 더 빨리 채워지고, 미치광이의 형태가 흔들리고 변화하고 쪼그라들더니 머리가 일곱 개 달린 용에 한 남자의 형상이 겹쳐졌다. 탱크가 4분의 3쯤 채워졌을 즈음 용은 이미 바탕에 깔린 그림자이자 희미한 흔적이자 배출이 시작됐을 때 무엇이 있었는지 짐작 정도나 할 수 있는 암시가 되었다. 이제 인간의 형상이 시시각각 지배적인 실체를 형성해갔다.

마침내 탱크가 다 채워지자 전송대에는 제멋대로 펄떡거리는 근육을 가진 평범한 남자 하나가 눈을 감은 채 숨을 헐떡이고 있었다.

"그는 배출됐어." 셈프가 말했다.

"다 탱크에 들어갔어?" 리나가 부드럽게 물었다.

"아니, 전혀 아니야."

"그러면…."

"저건 잔여물이야. 해가 없어. 민감한 사람들에게서 걸러낸 시약을 쓰면 중화될 거야. 위험한 본성, 전쟁터를 채운 타락한 군대 같은 것들은… 갔어. 이미 배출됐어."

처음으로 리나가 뭔가 신경 쓰이는 듯한 표정을 지었다. "어디로 갔어?"

"넌 동포들을 사랑해? 말해 봐."

"이봐, 셈프! 난 그게 어디로 갔느냐고 물었어…. 언제로 갔어?"

"그리고 나는 너한테 누구든 다른 사람을 신경이나 쓰느냐고 물었어."

"내 대답은 알잖아…. 넌 날 알잖아! 난 알고 싶어. 말해 봐, 네가 아는 것만이라도. 어디로 갔는지, 언제로 갔는지…?"

"그렇다면 날 용서해야 할 거야, 리나. 왜냐하면 나도 동포들을 사랑하기 때문이지. 언제에 있든, 어디에 있든, 난 그래야 해. 난 비인간적인 분야에서 일하지만, 그걸 고수해야 해. 그러니… 넌 날 용서할 거야…."

"너, 무얼 하려고…."

인도네시아에는 그런 걸 일컫는 말이 있다. '잠 카레트', 길게 늘인 여분의 시간.

라파엘은 교황 율리오 2세를 위해 설계한, 바티칸 궁에서 두 번째로 큰 방인 '헬리오도로스의 방'에 452년에 있었던 교황 레오 1세와 훈족의 왕 아틸라의 역사적 만남을 주제로 한 웅장한 프레스코화를 그렸다(완성은 제자들이 했다).

이 그림에는 훈족의 약탈과 방화를 앞둔 절체절명의 순간에 성스러운 도시 로마의 영적 권력자가 나서 도시를 구했다는 모든 기독교도의 믿음이 반영돼 있다. 라파엘은 교황 레오 1세의 개입에 힘을 보태기 위해 천국에서 내려온 성 베드로와 성 바울을 그려 넣었다. 라파엘의 해석은 원래 있던 전설을 각색한 것인데, 원래의 전설에는 검을 빼 들고 교황 뒤에 선 사도 베드로만 나온다. 그리고 그 전설 자체도 고대를 통과하며 대부분 변형된 사실을 각색한 것에 불과하다. 사실을 보자면, 교황 레오 1세는 어느 추기경도 대동하지 않았다. 확실히 신령한 사도는 한 명도 없었다. 그는 그저 사절단 3인 중의 한 명일 뿐이었다. 다른 두 명은 로마 세속권력의 고관들이었다. 전설에 나오는 것처럼 이 만남이 로마로 통하는 관문 바로 밖에서 이루어진 것도 아니었다. 만남이 있었던 곳은 오늘날 '페스키에라'라고 부르는 곳에서 멀지 않은 북부 이탈리아 어딘가였다.

이외에 그 만남에 대해 알려진 바는 전혀 없다. 하지만 거칠 것 없었던 아틸라는 로마를 무너뜨리지 않았다. 그는 돌아갔다.

'잠 카레트'. 1만 년에 두 번, 시차의 중심인 크로스웬에서 에너지 장(場)이 분출하여 시간과 공간과 인간의 마음을 맥동치며 관통했다. 그 장이 갑자기 뚝 끊어지자 훈족의 왕 아틸라가 양손으로 제 머리를 쳤다. 두개골 안에서 그의 마음이 밧줄처럼 꼬였다. 잠시 흐릿해졌던 눈이 맑아지자 그는 깊이 숨을 들이쉬었다. 그러고는 군대에 퇴각 신호를 보냈다. 위대한 레오 1세는 신과 구세주 그리스도께서 생생하게 보여준 권능에 감사했다. 전설은 성 베드로를 덧붙였다. 라파엘은 거기다 성 바울을 추가했다.

1만 년에 두 번, 잠 카레트, 장이 맥동하다가 찰나이거나 몇 년이거나 수천 년일 수도 있는 '잠시' 후에 끊겼다.

전설은 진실을 말하지 않는다. 더 정확하게 말하자면, 전설은 진실의 전부를 말하지 않는다. 아틸라가 이탈리아를 침략하기 40년 전에 로마는 고트족의 왕 알라리크에게 정복당해 약탈당했다. 잠 카레트. 아틸라가 물러난 지 3년 후에 로마는 다시 한 번 모든 반달족의 왕인 겐세릭에게 정복당하고 약탈당했다.

머리 일곱 달린 용의 마음에서 배출된 광기의 찌꺼기가 모든 곳과 모든 때로 흘러가지 않게 된 데에는 이유가 있었으니….

종족의 배반자 셈프가 평의회 의원들 앞에 떠 있었다. 그의 친구이자 이제 마지막 변천을 앞둔 리나가 청문회를 감독했다. 그는 부드럽지만 웅변적인 어조로 이 위대한 과학자가 무슨 짓을 했는지 얘기했다.

"탱크가 비워질 때 그가 제게 말했습니다. '날 용서해, 내가 동포들을 사랑하기 때문이야. 동포들은 언제에도 있었고, 어디에도 있어. 난 그래야만 해. 난 비인간적인 분야에서 일하지만, 그 점을 고수해야 해. 그러니 넌 날 용서할 거야.' 그러고는 자신을 끼워 넣었습니다."

크로스웬에 존재하는 각 종족을 대표하는 60명의 평의회 의원들이, 새를 닮은 생물들과 푸른 물체들과 커다란 머리를 단 인간들과 섬모가 난 오렌지 항들이 몸서리를 쳤고… 모두 가 둥둥 떠 있는 셈프를 쳐다보았다. 그의 몸과 머리는 갈색 종이봉투처럼 구겨졌다. 머리카락은 모두 사라졌다. 눈은 흐릿하고 물기에 젖었다. 발가벗은 그가 흔들리며 한쪽으로 떠가자 벽 없는 실내에 문득 한 줄기 산들바람이 불어 그를 제자리로 돌려보냈다. 그는 자신을 배출해버렸다.

"저는 그에게 최후의 변천을 선고해야 한다고 평의회에 요청하는 바입니다. 그의 개입은 아주 잠깐이었지만, 우리는 그 행위가 크로스웬에 어떤 피해나 어떤 비정상적인 결과를 일으킬지 알 수 없습니다. 저는 그의 의도가 과도한 부하를 걸어 배출 기능이 작동하지 못하게 하려던 것이었다는 의견을 제출합니다. 그의 행위 탓에 이곳 중앙에 존재하는 육십 종족은 여전히 광기가 팽배한 미래를 맞이해야 할지도 모릅니다. 그의 이 짐승 같은 행위는 오직 종말로서만 처벌받을 수 있습니다."

평의회 의원들이 머리를 비우고 명상에 잠겼다. 무한한 시간이 흐른 후에 그들은 다시 서로를 연결하고 감독관의 고발을 받아들였다. 감독관이 구형한 형벌이 선고되었다.

고요한 사고의 물가에서, 종이 남자가 친구이자 사형집행인인 감독관의 팔에 안겨 옮겨졌다. 거기, 다가오는 밤의 먼지 자욱한 고요 속에서 리나는 셈프를 탄식의 그늘에 내려놓았다.

"왜 나를 막았어?" 주름뿐인 입이 물었다.

리나는 몰려오는 어둠 너머를 바라보며 아무 답도 하지 않았다.

"왜 나를 막았냐니까."

"왜냐하면, 여기, 중심에 기회가 있기 때문이야."

"그러면 그들에게는, 바깥에 있는 그들 전부에게는… 전혀 기회가 없는 거야?"

리나가 천천히 앉으며 두 손으로 금빛 안개를 파냈다. 손목 너머로 뿌려진 안개가 때를 기다리는 세상의 살로 돌아갔다. "우리가 여기서 시작할 수 있다면, 우리가 우리의 경계를 바깥으로 넓힐 수 있다면, 그러면 언젠가, 가능성은 희박하지만 언젠가는 시간의 끝에 닿을 수 있을지 몰라. 그때까지는 광기가 없는 하나의 중심이 있는 게 나아."

셈프가 서둘러 말을 꺼냈다. 종말이 빠르게 그를 덮쳤다. "네가 그들 모두에게 선고를 내렸어. 광기는 살아 있는 증기야. 힘이라고. 어딘가에 가둘 수는 있지. 아주 손쉽게 마개가 뽑히는 병에 갇힌 가장 강력한 지니지. 그리고 넌 그들에게 언제나 그것과 더불어 살아야 하는 운명을 선고했어. 사랑이라는 이름으로 말이야."

리나가 뭔가 말을 하려는 듯 소리를 냈지만 이내 입을 닫았다. 셈프가 손이었던 떨림으로 리나의 손목을 만졌다. 손가락이 부드럽고 따뜻한 느낌으로 녹아내렸다. "유감이야, 리나. 너의 저주는 진정한 사람이 되도록 만들 거야. 세상은 분투하는 자들을 위해 만들어졌어. 넌 어떻게 그렇게 됐는지 절대 알지 못하겠지."

리나는 대답하지 않았다. 그의 생각은 지금은 영구적인 기능이 되어버린 '배출'에만 머물렀다. 자신의 필요에 따라 작동을 시작하고 지금도 작동 중인 배출을.

"날 위해 기념물을 세울 거야?" 셈프가 물었다.

리나가 고개를 끄덕였다. "전통이니까."

셈프가 부드럽게 미소를 지었다. "그럼 내가 아니라 그들을 위해서 해줘. 난 그들에게 죽음을 날라주는 수단을 구상한 사람인 데다, 기념물이 필요하지도 않으니까. 하지만 그들 중에서 한 명을 골라. 아주 중요한 사람은 말고, 그들이 발견했을 때 이 모든 일의 의미를 알아차리고 이해하는 데 도움이 될 만한 사람으로 말이야. 거기에다 내 이름을 붙여서 기념물을 세워줘. 그래 줄 거지?"

리나가 고개를 끄덕였다.

"그래 줄 거지?" 셈프가 다시 물었다. 눈이 감겨서 리나가 고개를 끄덕이는 걸 보지 못했기 때문이었다.

"그래. 그럴게." 리나가 말했다. 하지만 셈프는 듣지 못했다. 변천이 시작됐고, 끝났다. 리나는 응집된 고독의 침묵 속에 홀로 남았다.

그 조각상은 아직 태어나지도 않은 아주 오래전 시간에 어느 먼 항성의 어느 먼 행성에 세워졌다. 그건 나중에 올, 또는 절대 오지 않을 사람들의 마음속에 존재했다.

하지만 사람들이 왔다면, 그들은 지옥이 그들과 함께했음을, 천국이라고 불리던 곳이 있었음을, 그리고 모든 광기가 흘러나온 중앙이 그곳에 있었음을, 그래서 한때 그 중앙이 평화로웠음을 알게 될 것이다.

슈투트가르트였던 곳에서, 셔츠를 만드는 공장이었던 무너진 건물 잔해들에서, 프리드리히 드루커가 알록달록한 상자 하나를 발견했다. 굶주림과 몇 주 동안이나 인육을 먹은 기억 때문에 미친 남자는 피투성이 토막만 남은 손가락을 움직여 뚜껑을 뜯어냈다. 어딘가를 누르자 상자가 활짝 열리면서 미친듯한 소용돌이가 튀어나와 공포에 질린 프리드리히 드루커의 얼굴을 스치고 지나갔다. 소용돌이 바람과 날개가 달린 얼굴 없는 까만 형체들이 밤하늘로 날아 사라지자 썩은 치자꽃 향기를 강하게 풍기는 자주색 연기 한 가닥이 그 뒤를 따랐다.

하지만 프리드리히 드루커는 그 자주색 연기의 의미를 생각할 겨를이 별로 없었다. 다음 날, 제4차 세계대전이 발발했다.

죽음새

The Deathbird

1974년 휴고상 수상

1974년 로커스상 수상

1974년 네뷸러상 노미네이트

1

이것은 시험입니다. 유념하세요. 이 시험이 최종 점수의 ¾을 차지할 것입니다. 힌트: 체스에서, 킹과 킹은 서로를 상쇄하고 바로 옆 칸에 있을 수 없고, 따라서 만능이면서도 무력하며, 서로에게 영향을 미칠 수 없어 교착 상태를 초래한다는 점을 기억하세요. 힌두교는 다신교이며 아트만 종파는 인간 안에 있는 생명의 성스러운 불꽃을 숭배합니다. 이는 사실상 "그대가 곧 신이니라"라는 말입니다. 한쪽 후보는 황금 시간대에 2억 명이 보는 미디어에 나갈 수 있는데 반대쪽은 구석에 놓인 임시 연단만 받는 식으로는 균등 시간 배분이라 할 수 없습니다. 모두가 진실을 말하지는 않습니다. 추가정보: 이 항들은 숫자 배열대로 따라가지 않아도 됩니다. 자신에게 가장 명확한 방식으로 재배열하십시오. 시험지를 뒤집어 시작하십시오.

2

그 마그마 웅덩이 위에는 무수한 바위층이 있었다. 녹은 니켈-철 외핵이 무섭게 부글거리는 백열의 마그마 웅덩이는 진동하며 불티를 뱉어냈지만, 그 기이한 지하묘의 매끄러운 거울 같은 표면에 구멍을 뚫지도, 까맣게 태우지도, 연기를 내지도 않았고 조금의 상처를 입히지도 않았다.

네이선 스택은 그 지하묘 안에 누워서 조용히 자고 있었다.

그림자 하나가 바위를 통과해 움직였다. 셰일층을 통과하고, 석탄층을 통과하고, 대리석층을 통과하고, 정판암층을 통과하고, 석영층을 통과했다. 몇 킬로미터 두께의 인산염 매장층을 통과하고, 규조토를 통과하고, 장석층을 통과하고, 섬록암층을 통과했다. 습곡과 단층을 통과하고, 배사구조와 단사구조를 통과하고, 경사와 향사(向斜)*를 통과했다. 지옥불을 통과했다. 그리고 거대한 동굴 천장을 통과하고, 마그마 웅덩이를 보고 떨어져 내려, 그 그림자는 지하묘에 이르렀다.

눈이 하나 달린 삼각형의 얼굴이 지하묘 안을 들여다보고, 스택을 보았다. 네 손가락 달린 두 손이 지하묘의 서늘한 표면에 닿았다. 네이선 스택은 그 접촉에 깨어났고, 지하묘는 투명해졌다. 네이선 스택은 자기 몸에 손이 닿은 게 아닌데도 깨어났다. 그의 영혼은 그림자의 압력을 느꼈고 그는 눈을 떠서

* 지층이 오목하게 들어간 부분

주위 행성핵의 찬연함을 보고, 한 눈으로 빤히 자신을 쳐다보는 그림자를 보았다.

그 구불구불한 그림자는 지하묘를 감쌌고는 다시 위로 흘러올라 지구의 맨틀을 뚫고 지각으로 향했다. 재만 남은 지상으로, 지구라는 망가진 장난감으로 향했다.

지상에 이르자 그림자는 지하묘를 독성 바람이 닿지 않는 장소로 지고 가서 열었다.

네이선 스택은 움직여보려 했다가, 어렵사리 살짝밖에 움직이지 못했다. 다른 삶의 기억이 머릿속에 쏟아져 들어왔다. 수많은 다른 사람으로 산 수많은 다른 인생의 기억들이었다. 그러다가 기억이 느려지더니 무시할 만한 배경음으로 녹아들었다.

그림자는 한 손을 뻗어 스택의 맨살을 만졌다. 그림자는 부드럽지만 단호하게 스택을 부축해 일으키고, 의복과 짧은 칼이 담긴 목걸이 주머니와 보온용 돌과 다른 물건들을 건넸다. 그림자가 손을 내밀자 스택은 그 손을 잡고, 25만 년 동안 지하묘에서 자고 나서 처음으로 병든 행성 지구 표면으로 걸어나갔다.

그러자 그림자는 독바람에 맞서 허리를 숙이고 걸어가기 시작했다. 다른 선택지가 없었던 네이선 스택은 몸을 구부리고 그림자를 따라갔다.

3

전령을 받은 디라는 명상을 마치고 최대한 빨리 찾아갔다. 정상에 도착해보니 아버지들이 그를 기다리고 있다가 다정하게 자기들의 굴속으로 안내했고, 그 안에 모두 자리를 잡자 발언을 시작했다.

"우리는 중재에 패했다." 똬리-아버지가 말했다. "우리는 떠나고 그에게 맡겨야 한다."

디라는 믿을 수가 없었다.

"하지만 그들은 우리의 주장을, 우리의 논리를 듣지 않았습니까?"

송곳니-아버지가 서글프게 고개를 젓고 디라의 어깨를 건드렸다. "합의를… 해야 했다. 그들에게 맡겼으니 어쩔 수 없다. 그러니 우리는 떠나야 한다."

똬리-아버지가 말했다. "우리는 네가 남는 것으로 결정했다. 관리직으로 한 명은 허락받았다. 우리의 지명을 받아들이겠느냐?"

엄청난 영예였으나, 디라는 아버지들이 떠난다는 말을 들으면서 벌써 외로움을 느꼈다. 그래도 그는 받아들였다. 왜 하필 자신을 선택했을까 의아하기는 했다. 이유가 있을 텐데, 언제나 이유가 있는데, 물어볼 수가 없었다. 그래서 디라는 그 영예와 그에 따르는 슬픔을 모두 받아들였고, 그들이 떠나자 뒤에 남았다.

그의 관리 업무에 주어진 제한은 가혹했다. 그는 어떤 중상이나 전설이 퍼져도 자신을 방어할 수 없고, 이제 이곳을 차지하게 된 상대편이 신뢰를 깨뜨리고 있음이 확실하지 않은 한 행동을 취할 수도 없었다. 그리고 죽음새를 제외하면 어떤 위협수단도 갖지 못했다. 그것은 최후의 방책이 필요할 때만, 즉 너무 늦었을 때만 쓸 수 있는 최후의 위협이었다.

그러나 그는 참을성이 강했다. 아마 동족 중에서 가장 참을성이 강했을 것이다.

몇천 년이 흐른 후, 상황이 어떻게 끝나야 할지 의심할 여지가 남지 않고 운명이 어떻게 흐르는지 이해했을 때, 그는 왜 자신이 뒤에 남겨졌는지 이유를 이해했다.

이유를 안다고 외로움이 덜어지지는 않는다.

이유를 안다고 지구를 구할 수도 없었다. 오직 스택만이 할 수 있었다.

4

1 그런데 뱀은 여호와 하나님이 지으신 들짐승 중에 가장 간교하니라 뱀이 여자에게 물어 이르되 하나님이 참으로 너희에게 동산 모든 나무의 열매를 먹지 말라 하시더냐

2 여자가 뱀에게 말하되 동산 나무의 열매를 우리가 먹을 수 있으나

3 동산 중앙에 있는 나무의 열매는 하나님의 말씀에 너희는
먹지도 말고 만지지도 말라 너희가 죽을까 하노라 하셨느니라
4 뱀이 여자에게 이르되 너희가 결코 죽지 아니하리라
5 (누락)
6 여자가 그 나무를 본즉 먹음직도 하고 보암직도 하고 지혜
롭게 할 만큼 탐스럽기도 한 나무인지라 여자가 그 열매를 따 먹
고 자기와 함께 있는 남편에게도 주매 그도 먹은지라
7 (누락)
8 (누락)
9 여호와 하나님이 아담을 부르시며 그에게 이르시되 네가
어디 있느냐
10 (누락)
11 이르시되 누가 너의 벗었음을 네게 알렸느냐 내가 네게 먹
지 말라 명한 그 나무 열매를 네가 먹었느냐
12 아담이 이르되 하나님이 주셔서 나와 함께 있게 하신 여자
그가 그 나무 열매를 내게 주므로 내가 먹었나이다
13 여호와 하나님이 여자에게 이르시되 네가 어찌하여 이렇
게 하였느냐 여자가 이르되 뱀이 나를 꾀므로 내가 먹었나이다
14 여호와 하나님이 뱀에게 이르시되 네가 이렇게 하였으니
네가 모든 가축과 들의 모든 짐승보다 더욱 저주를 받아 배로 다
니고 살아 있는 동안 흙을 먹을지니라
15 내가 너로 여자와 원수가 되게 하고 네 후손도 여자의 후
손과 원수가 되게 하리니 여자의 후손은 네 머리를 상하게 할 것

이요 너는 그의 발꿈치를 상하게 할 것이니라 하시고

— 창세기 3장 1절~15절*

토론 주제

(올바른 답변에 5점씩)

1. 멜빌의 모비딕은 "내 이름은 이슈마엘."로 시작합니다. 우리는 이 소설이 1인칭이라고 말하는데요. 창세기는 몇 인칭으로 서술되나요? 누구의 시점으로?

2. 이 이야기에서 "좋은 사람"은 누구입니까? "나쁜 사람"은 누구입니까? 역할 반전에 대해 강력한 논거를 댈 수 있습니까?

3. 전통적으로는 뱀이 이브에게 먹으라고 한 과일이 사과라고 여겨집니다. 하지만 사과는 근동지역 고유 과일이 아닙니다. 다음 중 더 논리적인 대안을 하나 고르고, 신화가 어떻게 탄생하고 긴 시간에 걸쳐 손상되는지 논하십시오: 올리브, 무화과, 대추야자, 석류.

4. 왜 주님(Lord)은 언제나 대문자로 시작하며 하나님(God)도 언제나 대문자로 강조할까요? 뱀의 이름도 대문자로 강조해야 하지 않나요? 아니라면 어째서일까요?

* 개정개역판 옮김

5. 하나님이 만물을 창조했다면(창세기 1장 참조), 왜 골치 아프게 자신의 창조물들을 타락시키는 뱀을 창조했을까요? 왜 하나님은 아담과 이브가 알지 못했으면 하는 나무를 하나 창조한 후, 특별히 그 나무에 대해 경고했을까요?

6. 미켈란젤로가 시스티나 예배당 천장에 그린 '낙원에서의 추방'과 히에로니무스 보쉬의 '세속적 쾌락의 정원'을 비교 대조하세요.

7. 아담은 이브를 탓했을 때 신사다웠나요? 배신한 쪽은 누구인가요? 등장인물의 결함으로 "변덕"에 대해 논하세요.

8. 하나님은 자신의 권위가 도전받았음을 알고 화가 났습니다. 하나님이 전지전능하다면 과연 몰랐을까요? 어떻게 아담과 이브가 숨었을 때 그 둘을 찾을 수 없었을까요?

9. 하나님이 아담과 이브가 금지된 나무 열매를 맛보기를 원치 않았다면, 왜 뱀에게 경고하지 않았을까요? 하나님은 뱀이 아담과 이브를 유혹하지 못하게 막을 수 있지 않았을까요? 만약 할 수 있었다면, 왜 하지 않았을까요? 할 수 없었다면, 뱀이 하나님만큼 강력한 존재일 가능성을 논하세요.

10. 두 가지 다른 미디어 저널의 예를 이용하여 "편파적인 뉴스"라는 개념을 설명하세요.

5

유독한 바람이 울부짖으며 땅을 뒤덮은 가루를 흩어놓았다. 그곳에는 아무것도 살지 않았다. 치명적인 녹색 바람이 하늘에서 떨어져 지구의 사체를 할퀴며 무엇이든 움직이는 것을, 무엇이든 아직 살아 있는 것을 찾고 또 찾았다. 하지만 아무것도 없었다. 가루, 활석, 부석뿐.

그리고 네이선 스택과 그림자 생물이 첫날 온종일 향해 간 새까만 첨탑 산뿐이었다. 밤이 내리자 그들은 동토에 구덩이를 팠고 그림자 생물은 스택의 목걸이 주머니에 들어 있던 접착제만큼 빽빽한 물질을 구덩이 위에 발랐다. 스택은 보온용 돌을 가슴팍에 쥐고 주머니에 들어 있던 필터 튜브로 숨을 쉬면서 자다 깨다 하며 그날 밤을 보냈다.

한번은 거대한 박쥐 같은 생물체들이 머리 위를 날아가는 소리에 깨어나기도 했다. 그는 그 박쥐 같은 생물들이 평평한 궤도를 그리며 황야를 가로질러 땅에 파인 그의 구덩이 쪽으로 낮게 날아오는 것을 보았다. 하지만 그들은 그와 그림자 생물이 구덩이 속에 누워있음을 알아차리지 못한 모양이었다. 그들은 밤새 빛나는 가느다란 형광 실을 분비해놓고 평야에서 사라졌다가, 위로 솟구쳐올라 빙글빙글 돌면서 바람에 실려 갔다. 스택은 어렵사리 다시 잠을 청했다.

아침이 오고, 얼음 같은 빛에 뒤덮여 모든 것이 푸르스름하게 물들자 그림자 생물은 숨 막히는 가루 속을 허위허위 빠져나가 땅 위를 기어가다가, 부스러지는 지면을 잡으려고 손가락을 구부린 채 드러누웠다. 그 뒤 가루 속에서는 스택이 지면 쪽으로 움직여, 한 손을 위로 뻗어 흔들며 도움을 청했다.

그림자 생물은 밤새 더 강해진 바람에 맞서 싸우며 땅바닥을 기어서 그들의 구덩이였던 푹신한 가루 속으로, 그 속에서 빠져나온 손이 있는 곳으로 돌아왔다. 그림자가 손을 잡자 스택의 손가락에 경련하듯 힘이 들어갔다. 그림자 생물은 힘을 써서 변덕스러운 부석 더미 속에서 스택을 끌어냈다.

그들은 땅바닥에 나란히 누워서 앞을 보려고 애쓰고, 숨 막히는 죽음으로 폐 속을 채우지 않으면서 호흡을 하려 안간힘을 썼다.

"왜 이런 거야…. 무슨 일이 있었던 거지?" 스택은 바람에 맞서서 소리를 질렀다. 그림자 생물은 대답하지 않고 한참 동안 스택을 쳐다보더니, 아주 조심스럽게 손을 들어 올려 스택의 눈앞에 두고 천천히 손가락을 구부려 네 손가락을 새장 모양으로 만들었다가, 주먹을 쥐었다가, 아플 정도로 꽉 쥐었다. 말보다 그 몸짓이 더 웅변이었다. '파멸.'

그런 다음 그들은 산을 향해 기어가기 시작했다.

6

칠흑 같은 첨탑 산은 지옥에서 솟아나서 갈기갈기 찢긴 하늘로 힘겹게 뻗어 올라갔다. 엄청난 오만함이었다. 그 황량한 땅에서 그런 높이를 시도해선 안 되는 거였다. 그러나 검은 산은 시도했고, 성공하기도 했다.

그 산은 마치 노인 같았다. 주름이 깊게 패고, 오래되었으며, 파인 홈마다 흙이 두껍게 쌓였고, 한창때가 지났으며, 고독했다. 검고 황량했으며, 단단함 위에 단단함을 쌓은 형국이었다. 그 산은 중력과 기압과 죽음에 굴복하지 않았다. 하늘을 향해 올라가려 애썼다. 너무나 고독하게도, 황량한 지평선을 깨뜨리는 것이라곤 오직 그 산 하나뿐이었다.

다시 2,500만 년이 지나면 그 산도 닳아서 신령한 하늘에 바치는 작은 마노 공물처럼 매끈하고 단조로워질지 몰랐다. 하지만 가루 평원이 소용돌이치고 유독한 바람이 산봉우리 측면에 부석을 문질러대도, 아직은 그 덕분에 산 옆선만 날카로움이 무뎌졌을 뿐이었다. 마치 신성한 개입이 그 첨탑을 지키기라도 하는 듯했다.

빛이 그 정상 근처로 움직였다.

7

스택은 전날 밤에 박쥐 같은 생물이 평야에 분비한 형광 실이 무엇인지 알게 되었다. 그 실들은 낮의 희미한 빛 속에서 기묘한 출혈 식물로 변하는 포자였다.

그들이 새벽 내내 기어 이동하는 동안 사방에서는 그들의 온기를 감지한 작은 생물들이 활석 가루를 뚫고 솟아오르기 시작했다. 죽어가는 태양의 희미한 붉은 잔화(殘火)가 힘겹게 하늘을 오르고, 출혈 식물은 벌써 성숙기에 이르렀다.

스택은 그 덩굴 촉수 하나가 발목을 감고 조이자 비명을 질렀다. 두 번째 덩굴은 그의 목에 감겼다.

산딸기 같은 검은 피의 얇은 막이 그 덩굴을 덮고는, 스택의 살에 고리 자국을 남겼다. 그 고리 자국은 끔찍하게 타들어 갔다.

그림자 생물은 엎드려서 스택에게 기어 돌아갔다. 그림자 생물은 삼각형의 머리를 스택의 목 가까이 가져가더니, 덩굴을 깨물었다. 덩굴이 갈라지면서 걸쭉한 검은 피가 뿜어나왔고, 그림자 생물은 스택이 다시 숨을 쉴 수 있을 때까지 면도날처럼 날카로운 이빨로 줄질해서 덩굴을 잘라냈다. 스택은 격하게 몸을 접어 돌리고는, 목에 걸린 주머니에서 짧은 칼을 뽑아 발목에 단단히 감긴 덩굴을 썰어냈다. 덩굴은 잘려나가는 순간 비명을 질렀다. 스택이 전날 밤 하늘에서 들었던 것과 같은 소리였다. 잘린 덩굴은 몸부림을 치며 활석 가루 속으로 물러났다.

스택과 그림자 생물은 다시 죽어가는 땅에 납작 붙어서 앞으로 기어갔다. 산을 향해서.

피투성이 하늘 높이 죽음새가 원을 그렸다.

8

고향 세계에서 그들은 빛을 발하는 기름벽 동굴 안에 수백만 년을 살면서 진화하여 우주 여기저기로 퍼져나갔다. 제국 건설은 이만하면 됐다 싶어지자 그들은 안으로 방향을 돌렸고, 복잡한 지혜의 노래들을 쌓고 수많은 종족을 위해 훌륭한 세계를 설계하는 데 많은 시간을 보냈다.

그러나 설계를 하는 다른 종족들도 있었다. 그런 종족들 사이에서 관할 구역을 두고 분쟁이 생기자, 고소와 맞고소의 엉킨 실타래를 푸는 영리함과 공정함에 존재 이유를 두는 어느 종족이 중재를 맡아 판결을 내렸다. 이 종족은 이런 일에서 나무랄 데 없이 법을 적용하는 데 명예를 걸었고, 수백 년 동안 점점 더 복잡해지는 중재의 장에서 재능을 갈고닦아 마침내는 최종적인 권한을 쥐게 되었다. 소송 당사자들은 판결에 따를 수밖에 없었는데, 그 판결이 언제나 현명하고 독창적으로 공정해서만이 아니라, 그 판결이 의심을 받는다면 재판관 종족이 자살해버릴 것이기 때문이기도 했다. 그들은 자기네 행성에서 가장 성스러운 장소에 종교적인 기계를 하나 세웠다. 그 기계가 활성화해서 내뿜는 음은 그 종족의 수정 등껍질을 박살 낼 수 있었다. 그들은 정교하고 아름다운 귀뚜라미 비슷한 종족으로, 크기가 인간의 엄지손가락 정도였다. 문명 세계 전역이 그들을 귀하게 여겼고, 그들을 잃는다면 재난이 될 터였다. 그들의 명예와 가치를 의심하는 자는 없었다. 모든 종족이 그들의 판결에 따랐다.

그래서 디라의 동포들은 그 특정 세계에 대한 관할권을 포기하고, 디라와 죽음새만을 남겨두고 떠났다. 죽음새는 중재관들이 판결에 창의적으로 짜 넣은 특별한 관리방식이었다.

디라와 디라에게 그 자리를 맡긴 이들 사이에 있었던 마지막 회의가 기록되어 있다. 중재관들이 디라가 속한 종족의 아버지들에게 급하게 가져온 자료들은 무시할 수 없는 것이었고, 아버지들은 무시하지 않았다. 그리고 똬리를 튼 위대한 분이 마지막 순간에 디라에게 와서 이 세상을 넘겨받은 미친 자에 대해 알리고, 디라에게 그 미친 자가 무슨 일을 할지 알렸다.

똬리를 튼 위대한 분이 낀 반지들은 수백 년 동안 온화함과 통찰력과 수많은 세계를 아름답게 설계해준 깊은 명상을 통해서 획득한 지혜의 고리들이었다. 디라의 종족에서도 가장 성스러운 분이, 디라에게 찾아오라 명령하지 않고 디라를 찾아오는 영예를 베풀었다.

'그들에게 우리가 줄 선물이 단 하나 남았다.' 그는 말했다.

'지혜다. 이 미친 자는 와서 그들에게 거짓말을 하고, 자신이 그들을 창조했노라 말할 것이다. 그리고 우리는 떠나고 없을 테니, 그들과 그 미친 자 사이에는 너밖에 남아 있지 않을 것이다. 너만이 그들에게 때가 이르면 그자를 물리치게 해줄 지혜를 선사할 수 있다.' 말하고 나서 똬리를 튼 위대한 분은 제의적인 애정을 담아 디라의 피부를 어루만졌고, 디라는 깊이 감동하여 대답도 하지 못했다. 그러고 나서 그는 홀로 남겨졌다.

미친 자가 와서 사이에 끼어들었고, 디라는 그들에게 지혜를 선사했다. 그리고 시간이 흘렀다. 그의 이름은 디라가 아니라 '뱀'이 되었고, 새로운 이름은 괄시받았다. 그러나 디라는 똬리를 튼 위대한 분이 내린 해석이 옳았음을 알 수 있었다. 그래서 디라는 선택을 했다. 그들 중 한 남자를 선택하여, 그에게 그 불꽃을 선사했다.

이 모든 것은 어딘가에 기록되어 있다. 이것은 역사다.

9

그 남자는 나사렛의 예수가 아니었다. 그보다는 사도 시몬이었을지 모른다. 칭기즈칸이 아니라, 그 군대에 속한 일개 보병이었을 것이다. 아리스토텔레스가 아니라, 아마도 광장에 앉아서 소크라테스의 말에 귀 기울이던 사람이었을 것이다. 바퀴를 발명한 사람도 아니었고 처음으로 자기 몸을 파랗게 칠하기를 그만두고 그 색깔을 동굴 벽에 칠한 연결고리도 아니었다. 하지만 그들에 가까운 사람, 바로 근처에 있던 사람이었다. 그 남자는 사자왕 리처드도, 렘브란트도, 리슐리외도, 라스푸틴도, 로버트 풀턴도, 마흐디도 아니었다. 평범한 사람이었다. 불꽃을 지닌.

10

디라는 아주 이른 시기에 한 번 그 남자를 찾아갔다. 불꽃은 그대로 있었으나, 그 빛을 에너지로 전환할 필요가 있었다. 그래서 디라는 그 남자에게 찾아가서 미친 자가 알기 전에 해야 할 일을 했다. 미친 자는 디라가, 즉 '뱀'이 접촉한 것을 알자 얼른 설명을 만들어냈다.

이 전설은 파우스트 이야기로 우리에게 전해졌다.

믿거나 말거나.

11

빛을 에너지로 전환한다는 것은, 이런 식이었다:

자신이 어느 영겁 속에 있는지 도무지 알지 못한 채 500번째 화신으로 산 지 40년 되던 해, 그 남자는 얇고 납작하게 불타는 태양 아래 끔찍하게 메마른 땅을 헤매고 있었다. 그는 그늘을 제공할 때 기뻐하기 위해서가 아니라면 그림자에 대해 생각조차 하지 않는 베르베르 부족민이었다. 그 그림자는 이집트의 캄신 열풍처럼, 소아시아의 시뭄*처럼, 하르마탄**처럼, 그가 기억하지 못하는 다양한 삶에서 알았던 모든 바람처럼 모래밭을 가로질러 그에게 왔다. 그 그림자는 시로코***처럼 왔다.

그 그림자는 그의 폐에서 호흡을 훔쳐냈고 남자는 눈을 뒤집고 바닥에 쓰러졌다. 그림자는 그를 데리고 모래를 뚫고, 지구 속으로 한참을 내려갔다.

어머니 지구.

나무와 강과 돌다운 깊은 생각을 지닌 바위들로 이루어진 이 세계는 살아 있었다. 그녀는 숨을 쉬었고, 감정을 지녔으며, 꿈을 꾸고, 생명을 낳고, 웃고, 수천 년간 사색에 잠겼다. 이 거대한 생물은 우주 공간 속을 헤엄치고 있었다.

'이 얼마나 경이로운가.' 이제까지 지구가 자신의 어머니라는 사실을 전혀 이해하지 못했던 남자는 생각했다. 이전까지 그는 지구에게 따로 삶이 있다는 사실을, 지구가 인류의 일부이면서 동시에 인류와는 완전히 다른 존재임을 제대로 이해하

* 아라비아 사막의 모래 섞인 뜨거운 바람
** 아프리카 서해안의 건조한 열풍
*** 북아프리카에서 남유럽으로 부는 후텁지근한 열풍

지 못했다. 자기 삶이 있는 어머니라는 사실을 말이다.

디라, 뱀, 그림자…는 남자를 데리고 내려가서, 남자가 지구와 하나가 되면서 빛의 불꽃이 에너지로 변화하도록 했다. 남자의 살이 녹아 조용하고 서늘한 흙이 되었다. 남자의 눈은 행성의 가장 어두운 중심부에서 반짝이는 광채를 발했고 남자는 어머니가 어린 자식들을… 벌레와 나무뿌리, 거대한 동굴의 어마어마한 절벽 위로 몇 킬로미터를 떨어지는 강들, 나무껍질들을 돌보는 방식을 보았다. 그는 다시 한 번 거대한 지구 어머니의 가슴에 안겨, 어머니 지구의 삶의 기쁨을 이해했다.

'이것을 기억하라.' 디라는 남자에게 말했다.

'이 얼마나 경이로운가.' 남자는 생각했다….

…그리고 그는 사막의 모래밭으로 돌아갔다. 자연 어머니와 함께 자고, 사랑하고 그 몸을 맛본 일은 기억하지 못했다.

12

그들은 산 아래, 녹색 유리 동굴 안으로 들어갔다. 깊은 동굴은 아니지만 심하게 굽어진 덕분에 바람에 날린 부석 가루가 닿지 않았다. 그들이 네이선 스택의 돌을 동굴 바닥에 난 흠에 집어넣자 열기가 빠르게 퍼지며 그들의 몸을 데워주었다. 삼각형 머리를 지닌 그림자 생물은 그림자 속으로 돌아가서 눈을 감고 사냥 본능으로 먹을 것을 찾았다. 바람에 날카로운 비명소리가 실려 돌아왔다.

한참 후에, 식사를 꽤 잘하고 배가 든든해진 네이선 스택은 그림자 속을 응시하며 그곳에 앉은 생물에게 말을 걸었다.

"내가 그 밑에 얼마나 오래 있었지…? 얼마나 오랫동안 잔 거야?"

그림자 생물은 속삭였다. 「25만 년.」

스택은 반응하지 않았다. 믿을 수 없는 숫자였다. 그림자 생물은 이해하는 것 같았다.

「한 세계의 삶에서는 아무것도 아닌 시간이다.」

네이선 스택은 적응할 줄 아는 남자였다. 그는 얼른 웃으며 말했다. "내가 정말 피곤했나 봐."

그림자는 반응하지 않았다.

"난 이게 별로 이해가 안 돼. 욕 나오게 무서워. 죽었는데, 깨어나 보니… 여기라니. 이렇게."

「너는 죽지 않았다. 사로잡혀 그 아래 놓여 있었지. 끝에 가서는 다 이해하게 될 것이다. 약속하지.」

"누가 날 그 밑에 놓아뒀는데?"

「내가 했다. 때가 이르자 내가 너를 찾아내어 그곳에 내려놓았다.」

"난 아직 네이선 스택인가?"

「네가 원한다면.」

"하지만 난 네이선 스택이지?"

「넌 언제나 너였다. 너에게는 수많은 다른 이름과 수많은 다른 몸이 있었지만, 불꽃은 언제나 너의 것이었지.」 스택이 뭐라고 말을 하려 하는데 그림자 생물이 덧붙였다. 「너는 언제나 지금의 네가 되는 길에 있었다.」

“하지만 내가 뭔데? 난 아직 네이선 스택이냐고, 젠장!”

「네가 원한다면.」

“이봐, 넌 그 부분에 대해 그다지 확신이 없어 보여. 네가 날 찾아왔잖아. 깨어나 보니 네가 있었다고. 그러니 내 이름이 뭔지 너보다 잘 아는 사람이 누가 있겠어?”

「너는 여러 번 여러 이름을 지녔다. 네이선 스택은 네가 기억하는 이름에 불과하다. 오래전 처음에는, 내가 처음 너에게 갔을 때는 전혀 다른 이름이었지.」

스택은 답을 듣기가 두려웠지만, 묻고 말았다. “그때 내 이름은 뭐였는데?”

「이시 릴리스. 릴리스의 남편이라는 뜻이지. 릴리스를 기억하나?」

스택은 생각에 잠겨 과거를 열어보려 했지만, 그런 과거는 지하묘에서 자면서 보낸 25만 년만큼이나 이해할 수 없었다.

“아니. 하지만 다른 때에 다른 여자들이 있었지.”

「많았다. 릴리스를 대체한 여자가 하나 있었지.」

“난 기억이 나지 않아.”

「그 여자 이름은… 중요하지 않다. 하지만 미친 자가 네게서 릴리스를 빼앗고 다른 여자로 대체했을 때… 그때 나는 이렇게 끝날 것을 알았다. 죽음새로 끝날 것을.」

"멍청한 소리를 하고 싶진 않지만, 무슨 말을 하는 건지 하나도 모르겠어."

「끝나기 전에는 다 이해하게 될 것이다.」

"그 말은 전에도 했잖아." 스택은 말을 멈추고, 몇 분 동안 그림자 생물을 응시하다가 물었다. "네 이름은 뭐였지?"

「너를 만나기 전에 내 이름은 디라였다.」

그는 디라라는 이름을 자신의 모국어로 말했다. 스택은 발음할 수 없었다.

"나를 만나기 전에는 말이지. 그럼 지금은?"

「뱀.」

뭔가가 동굴 입구를 미끄러지듯 지나갔다. 그것은 멈추지 않았지만, 수렁 속으로 빨려 들어가는 젖은 진흙 같은 소리를 질렀다.

"왜 날 그곳에 내려놓았지? 애초에 왜 날 찾아온 건데? 무슨 불꽃? 왜 난 그 다른 삶들도 내가 누구였는지도 기억을 못하지? 나에게 뭘 원하는 거야?"

「너는 자야 한다. 춥고 긴 등반이 될 것이다.」

"난 25만 년이나 잤어. 별로 피곤하지 않아. 왜 날 골랐지?"

「나중에. 이제 자라. 잠에는 다른 쓸모도 있지.」

'뱀' 주위의 어둠이 짙어지면서 동굴 안으로 스며 나왔고, 네이선 스택은 보온용 돌 가까이 드러누웠다. 어둠이 그를 집어삼켰다.

13

보충 독서

이하는 어느 작가의 수필입니다. 명확하게 감정에 호소하는 글인데요. 읽으면서 이 글이 토의 중인 문제에 어떻게 적용되는지 자문해보세요. 작가는 무슨 말을 하려 하고 있나요? 작가가 주장을 전달하는 데 성공하나요? 이 수필이 토의 중인 문제에 관점을 밝혀 주나요? 이 수필을 읽은 후, 시험지 뒷면을 사용하여 사랑하는 존재의 상실에 관한 본인의 수필을 (500단어 이하로) 쓰세요. 사랑하는 존재를 잃은 적이 없다면, 지어내서 쓰세요.

아흐부

어제 내 개가 죽었다. 아흐부는 11년 동안 내게 가장 가까운 친구였다. 많은 독자가 읽어준 한 소년과 개에 대한 단편소설도 아흐부 덕분에 썼다. 그 소설은 성공적으로 영화화되기도 했는데, 영화에 나온 개가 아흐부를 많이 닮았다. 아흐부는 애완동물이 아니라 한 인격이었다. 아흐부를 의인화하기는 불가능하고, 그 녀석도 그건 참지 못했을 것이다. 하지만 아흐부는 독자적인 생물이었고, 강력한 개성이 있었으며, 자신이 선택한 이들과만 삶을 공유하겠다는 결심이 굳었으니, 단순히 개로만 생각하기도 불가능하다. 유전자 때문에 어쩔 수 없는 갯과 특유의 특징들을 제외하면, 아흐부는 단 하나뿐인 존재로서의 위엄을 갖췄다.

우리는 내가 웨스트 로스앤젤레스 동물 보호소에 찾아갔을 때 처음 만났다. 개를 키우고 싶었던 건 내가 외로웠고, 어렸을 때 다른 친구가 없던 나에게 개가 어떻게 친구가 되어주었는지 기억하고 있었기 때문이다. 어느 해인가 여름 캠프에 갔다가 돌아왔더니 아버지가 출근한 사이에 같은 동네에 사는 끔찍한 노파가 내 개를 신고해서 안락사시켰음을 알고 말았다. 그날 밤 그 노파의 뒷마당에 숨어 들어갔더니 빨랫줄에 깔개가 걸렸고, 깔개 떨이가 기둥에 걸려 있었다. 나는 깔개 떨이를 훔쳐다가 묻어 버렸다.

동물 보호소에서 내 앞에 줄을 선 남자가 하나 있었다. 그 남자는 몇 주밖에 안 된 강아지를 한 마리 데려왔다. 풀리라고, 헝가리산 양치기 개였다. 슬퍼 보이는 강아지였다. 그 남자는 새끼가 너무 많이 태어나서 이 강아지는 다른 사람이 데려가거나 아니면 안락사시키려고 보호소에 데려왔다고 했다. 보호소에서 그 강아지를 안으로 데려가고, 카운터에 선 사람이 내 차례를 불렀다. 내가 개를 한 마리 데려가고 싶다고 했더니 나를 데리고 안으로 들어갔고, 우리는 줄줄이 놓인 개 우리 사이를 걸었다.

그 우리 중 하나에서, 방금 들어온 작은 풀리 강아지가 진작부터 들어가 있었던 덩치 큰 개 세 마리에게 공격당하고 있었다. 그 강아지는 작았고, 바닥에 깔린 채로 당하고 있었다.

그래도 녀석은 힘껏 분투하고 있었다.

“저 녀석을 꺼내줘요! 내가 데려갈게요. 내가 데려갈 테니까 저기서 꺼내요!” 나는 소리를 질렀다.

그 녀석에게 2달러가 들었다. 그보다 잘 쓴 2달러가 내 평생 있었을까.

집으로 차를 모는 동안, 그 녀석은 앞좌석 옆자리에 누워서 나를 물끄러미 보고 있었다. 애완동물에게 무슨 이름을 붙일지 막연한 생각 정도는 있었는데, 그 녀석을 보고 그 녀석이 나를 마주 바라보자 갑자기 알렉산더 코다의 1939년 영화 〈바그다드의 도둑〉에 나오는 장면이 떠올랐다. 콘래드 바이트가 분한 사악한 대신이 사부가 맡은 어린 도둑 아흐부를 개로 바꿔버리는 장면. 영화에서는 개의 얼굴 위에 인간의 얼굴을 잠시 겹쳐서, 개의 얼굴에 묘하게 지적인 표정을 씌웠다. 그 작은 풀리도 똑같은 표정으로 나를 보고 있었다. 나는 말했다. “아흐부.”

그 녀석은 그 이름에 반응하지 않고 무시했다. 그래도 그 순간부터 아흐부가 녀석의 이름이었다.

내 집에 들어온 사람은 누구나 아흐부의 영향을 받았다. 아흐부는 느낌 좋은 사람이 오면 곧장 가서 그 발치에 드러누웠다. 아흐부는 긁어주는 손길을 좋아했고, 몇 년이나 계속 꾸짖었는데도 식탁에서 구걸하기를 그만두지 않았다. 내 집에 식사하러 오는 사람들은 대부분 채플린 영화 〈키드〉의 재키 쿠건 같은 아흐부의 비통한 눈빛을 뿌리치지 못하는 어수룩한 이들임을 아호부가 눈치챘기 때문이다.

하지만 아호부는 쓸모없는 자들을 알려주는 지표이기도 했다. 몇 번이고 내가 어떤 사람을 좋아하는데 아호부가 그 사람과 상종하지 않으면, 언제나 그 사람은 악당으로 드러났다. 나는 아호부가 새로운 사람에게 취하는 태도를 눈여겨보았고, 고백건대 그 태도는 내 반응에 영향을 미쳤다. 아호부가 피하는 사람은 언제나 경계했다.

나와 불만스러운 관계를 맺었던 여자들도 가끔, 내 개를 보기 위해 다시 찾아오곤 했다. 아호부에게는 친밀한 친구들이 있었는데, 그중 상당수가 나와는 아무 관계가 없었고, 그중에는 할리우드에서 가장 아름다운 여배우들이 여러 명 포함되었다. 어느 우아한 숙녀분 하나는 일요일 오후에 해변에서 뛰놀기 위해 운전기사를 보내어 아호부를 태워가기도 했다.

그럴 때 무슨 일이 있었는지 아호부에게 물어본 적은 없다. 녀석도 말하지 않았고.

작년에 아호부의 건강이 쇠퇴하기 시작했는데, 녀석이 거의 마지막까지 강아지같이 구는 바람에 나는 미처 깨닫지 못했다. 그러다가 녀석이 지나치게 잠을 많이 자기 시작했고, 음식을 넘기지 못하게 되었다. 심지어 같은 동네에 사는 마자르 사람들이 만들어준 헝가리 음식도 못 넘겼다. 그리고 작년의 로스앤젤레스 대지진 중에 아호부가 겁에 질리자, 뭔가 잘못되었다는 게 분명해졌다. 아호부는 원래 아무것도 겁내지 않았다. 아호부는 태평양을 공격하고 심술궂은 고양이떼 주위를 뻐기며 걷는 녀석이었다. 그런데 그런 녀석이 지진에 겁에 질려 내 침대로 뛰어 올라와서 앞발로 내 목을 잡았다. 나는 동물에게 목이 졸려 죽은 유일한 지진 피해자가 될 뻔했다.

아호부는 올해 초 내내 동물병원을 들락거렸고, 멍청한 수의사는 언제나 식단이 문제라고 했다.

그러던 어느 일요일에 뒷마당에 있던 아호부가 진흙을 뒤집어쓰고 계단 밑에 엎드려 있는 것을 발견했다. 너무 심하게 토하다 못해 담즙만 올리고 있었다. 녀석은 제 오물을 뒤집어쓴 채 서늘함을 찾아 필사적으로 흙 속에 코를 집어넣으려 하고 있었다. 숨도 간신히 쉬었다. 나는 녀석을 다른 수의사에게 데려갔다.

처음에 수의사는 그저 노환이라고… 회복시킬 수 있다고 했다. 그러나 결국 병원에서 X레이를 찍었고, 아호부의 위와 간에 암이 퍼졌음을 알아냈다.

나는 그날을 최대한 미루려고 했다. 아호부가 없는 세상을 도무지 상상할 수가 없었다. 그러나 어제 결국 수의사를 찾아가서 안락사 서류에 서명했다.

"그 전에 잠시만 같이 시간을 보내고 싶은데요." 나는 말했다.

그들은 아호부를 데려다가 스테인리스 진찰대에 눕혔다. 너무 말랐다. 언제나 볼록 나와 있던 뱃살도 없었다. 뒷다리 근육은 탄력 없이 약하게 늘어졌다. 그 녀석은 나에게 다가와서 내 품에 머리를 밀어 넣었다. 심하게 떨고 있었다. 내가 그

머리를 들어 올리자 녀석은 언제나 〈울프맨〉의 로렌스 탈봇처럼 보인다고 생각했던 우스꽝스러운 얼굴로 나를 쳐다보았다. 아호부는 마지막까지 예리했다. 어이 오랜 친구? 아호부는 알고 있었고, 겁에 질렸다. 거미줄 같은 다리에 이르기까지 온몸을 벌벌 떨고 있었다. 어두운 카펫 위에 이 털뭉치를 놓아두면, 머리가 어디인지 꼬리가 어디인지도 구분할 수 없이 양가죽 깔개로 착각할 수 있을 정도였다. 빼빼 말라서는 자신에게 무슨 일이 일어날지 알고 부들부들 떨고 있었다. 그러나 아직도 강아지였다.

나는 울었고, 우느라 코가 부풀자 눈을 감았다. 아호부는 내 품 안에 머리를 묻었다. 우리는 서로가 우는 데 별로 익숙하지 못했다. 나는 아호부만큼 상황을 받아들이지 못하는 나 자신이 부끄러웠다.

"이렇게 해야 해. 넌 고통스러운 데다 먹지도 못하잖아. 이렇게 해야 해." 하지만 아호부는 그걸 알고 싶어 하지 않았다.

수의사가 들어왔다. 수의사는 상냥한 사람이었기에, 나보고 밖에 나가서 일이 끝나기를 기다리겠냐고 물었다.

그때 아호부가 일어나서 나를 쳐다보았다.

카잔과 스타인벡의 〈혁명아 자파타〉에서 말론 브랜도의, 그러니까 브랜도가 연기한 자파타의 친한 친구 하나가 연방군과 공모했다는 판결을 받는 장면이 있다. 자파타가 산속에서 싸울 때부터, 혁명이 시작됐을 때부터 함께 했던 친구다. 그리고 그들은 총살을 위해 그 친구를 오두막으로 데려가는데,

브랜도가 나가려 하자 그 친구가 한 손을 팔에 얹고 막더니 크나큰 우정을 담아 말한다. "에밀리아노, 자네가 직접 해."

아호부가 나를 쳐다보았다. 아호부가 평범한 개라는 사실은 알지만, 혹시 아호부가 인간의 언어로 말할 수 있다 해도 그 표정보다 더 웅변을 토하지는 못했을 것이다. '날 낯선 이들에게 두고 가지 마.'

그래서 나는 수의사가 아호부의 오른쪽 앞다리에 끈을 매어 핏줄이 불거져 나오도록 묶는 동안 아호부를 안고 있었다. 나는 아호부의 머리를 끌어안고 있었고, 녀석은 주삿바늘이 들어가자 나에게서 고개를 돌렸다. 언제 아호부가 삶에서 죽음으로 넘어갔는지 말하기란 불가능했다. 그 녀석은 그저 내 손에 머리를 기대고 파르르 눈을 감더니, 떠났다.

나는 수의사의 도움을 받아 시트로 아호부를 감싸고, 11년 전 집에 데려갔을 때처럼 녀석을 옆자리에 앉힌 채 집으로 차를 몰았다. 아호부를 뒷마당으로 데려가서 무덤을 파기 시작했다. 나는 울다가 혼잣말을 하다가 시트에 싸인 아호부에게 말을 하다가 하면서 몇 시간이나 땅을 팠다. 사면을 매끄럽게 파내고, 떨어진 흙은 손으로 떠낸 아주 깔끔한 사각형 무덤이었다.

그 사각형 구멍 속에 녀석을 눕히자, 살았을 때는 그토록 크고 털투성이에 재미있었던 개가 너무나 작아 보였다. 나는 흙을 다시 덮고, 구멍을 다 메우고 나서는 처음에 떠냈던 잔디를 다시 옮겨 심었다. 그게 다였다.

그래도 아호부를 낯선 자들에게 보낼 수는 없었다.

〈끝〉

토론을 위한 질문

1. 신(god)이라는 단어를 뒤집으면 개(dog)가 된다는 데 어떤 의미가 있을까요? 있다면 무슨 의미일까요?

2. 작가는 인간이 아닌 생물에게 인간적인 특징을 주려고 하나요? 왜일까요? "그대는 신"이라는 구절에 비추어 의인화에 대해 논하세요.

3. 이 수필에서 작가가 보여주는 사랑에 대해 논하세요. 다른 형태의 사랑… 남자가 여자에게 품는 사랑, 어머니가 아이에게 품는 사랑, 아들이 어머니에게 품는 사랑, 식물학자가 식물에 보이는 사랑, 생태학자가 지구에 보이는 사랑 등과 비교 대조하세요.

14

네이선 스택은 자면서 지껄였다.

"왜 날 골랐지? 왜 나를…?"

15

지구와 마찬가지로, '어머니'도 아팠다.

저택은 아주 조용했다. 의사도 떠났고, 친척들은 저녁을 먹으러 시내에 나갔다. 그는 침대 가에 앉아서 어머니를 내려다보았다. 어머니는 회색빛으로 늙고 쭈글쭈글했다. 피부는 가루 같았고, 나방이 남긴 가루 같은 잿빛을 띠었다. 그는 조용히 울고 있었다.

무릎에 닿는 손길을 느끼고 고개를 들어보니 어머니가 그를 쳐다보고 있었다. "절 못 보고 가시는 줄 알았어요."

"못 봤다면 실망했겠지." 어머니의 목소리는 아주 가늘고, 아주 잔잔했다.

"어때요?"

"아프구나. 벤이 약을 많이 주지 않았나 봐."

그는 아랫입술을 깨물었다. 의사는 진통제를 대량 투입했지만, 통증이 더 컸다. 어머니는 갑작스러운 고통이 들이닥치자 움찔하며 떨었다. 충격이 퍼졌다. 그는 어머니의 눈에서 생명이 빠져나가는 모습을 보았다.

"네 누나는 어떻게 받아들이니?"

그는 어깨를 으쓱였다. "샬린이 어떤지 아시잖아요. 유감스러워하기는 하지만, 누나는 모든 걸 이지적으로만 받아들이죠."

어머니는 입가에 잔물결 같은 미소를 일으켰다. "그런 말을 하다니 심하구나, 네이선. 하지만 네 누나가 세상에서 제일 호감 가는 사람은 아니지. 네가 여기 있어 기쁘다." 어머니는 말을 멈추고 생각하다가 덧붙였다. "네 아버지와 내가 유전자 풀에서 뭔가 빠뜨렸을지도 몰라. 샬린은 완전하지가 않아."

"뭐라도 좀 가져다 드릴까요? 물이라든가?"

"아니야. 괜찮아."

그는 마약성 진통제 앰플을 보았다. 주사기는 그 옆의 깨끗한 수건 위에 가만히 놓여 있었다. 어머니의 시선이 느껴졌다. 그가 무슨 생각을 하는지 아는 것이다. 그는 시선을 돌렸다.

"담배 한 대 피우고 싶어 죽겠다."

어머니의 말에 그는 웃고 말았다. 예순다섯 살에 두 다리를 잃고, 남은 몸뚱이 왼쪽은 마비된 채로, 치명적인 젤리처럼 암이 심장을 향해 퍼져가고 있는데도 어머니는 여전히 집안의 가장이었다. "담배는 못 드리니 잊어버리세요."

"그렇다면 그 주사기를 써서 날 보내 주지 그러니."

"닥쳐요, 어머니."

"맙소사, 네이선. 운이 좋으면 몇 시간이고, 운이 나쁘면 몇 달은 걸릴 거야. 전에도 이런 대화를 했잖니. 내가 늘 이긴다는 거 알잖아."

"어머니가 정말 성질 나쁜 할망구라는 말 했던가요?"

"여러 번 했지. 그래도 난 널 사랑한단다."

그는 일어서서 벽 쪽으로 걸어갔다. 벽을 뚫고 나갈 수는 없었기에, 방 안을 빙 돌았다.

"넌 도망칠 수 없어."

"어머니, 제발!"

"알았다. 사업 이야기나 하자."

"지금은 사업 따윈 아무래도 좋아요."

"그러면 무슨 이야기를 할까? 나이 많은 여자가 마지막 순간에 이용할 수 있는 고상한 수단?"

"어머니 진짜 병적인 거 알죠. 역겨운 방식으로 이 일을 즐기는 것 같아요."

"달리 이걸 즐길 방법이 뭐가 있겠니."

"모험처럼요."

"가장 큰 모험이지. 네 아버지에겐 음미할 기회가 없었다는 게 안타깝구나."

"아버지가 액압프레스에 눌려 죽는 느낌을 음미하셨을 것 같진 않은데요."

말하고 나서 그는 잠시 생각해 보았다. 어머니의 입가에 다시 미소가 떠올라 있었기 때문이다. "알았어요, 음미했을지도 모르죠. 두 분은 너무나 이상한 사람들이니, 그 자리에 앉아서 무슨 느낌인지 의논하고 펄프를 분석하고도 남았을 거예요."

"그리고 넌 우리의 아들이지."

그랬다. 정말 그랬다. 그 사실을 부인할 수 없었고, 부인한 적도 없었다. 그는 부모님과 똑같이 용감하고 온화하며 무모했고, 브라질리아 너머 정글에서 보낸 나날과 케이맨 해구에서의 사냥, 그 밖에 아버지와 함께 공장에서 보내던 날들을 기억했다. 그리고 때가 오면 그 자신도 어머니처럼 죽음을 음미하리라는 사실을 알았다.

"뭐 하나 말해줘요. 언제나 알고 싶었는데, 아빠가 톰 골든을 죽였나요?"

"그 주사기를 쓰면 말해주마."

"난 스택 가문 사람이에요. 뇌물은 안 먹혀요."

"나도 스택 가문 사람이고, 너에게 호기심이 얼마나 강한지 알아. 그 주사기를 쓰면 말해주마."

그는 반대 방향으로 방 안을 돌았다. 어머니는 공장의 큰 통처럼 눈을 반짝이며 그를 지켜보았다.

"이 개 같은 노친네."

"부끄러운 줄 알아라, 네이선. 네가 개자식이 아닌 건 알잖니. 네 누나보다 낫지. 누나는 네 아버지 자식이 아니라는 말을 해줬던가?"

"아뇨. 하지만 알고 있었어요."

"너도 걔 아버지를 좋아했을 거야. 스웨덴 사람이었지. 네 아버지도 그 사람을 좋아했어."

"그래서 아버지가 그 사람 양팔을 부러뜨린 건가요?"

"그럴지도 모르지. 하지만 그 스웨덴 사람이 불평하는 소리는 못 들었다. 그 무렵의 나와 같이 보낸 하룻밤이면 팔이 부러질 가치가 있었지. 그 주사기 써라."

마침내, 친척들이 앙트레와 디저트 사이 식사를 즐기고 있을 때 그는 주사기를 채워서 어머니에게 주사했다. 그 물질이 심장을 때리자 어머니는 눈을 크게 떴고, 죽기 직전에 온 힘을 다 모아서 말했다. "거래는 거래지. 네 아버지는 톰 골든을 죽이지 않았어. 내가 죽였지. 넌 굉장한 사람이야, 네이선. 넌 우리가 원했던 방식 그대로 우리와 싸웠고, 우리 둘 다 네가 알지 못할 만큼 너를 사랑했단다. 다만, 젠장. 넌 교활한 개자식이야. 너도 알지?"

"알아요." 그는 대답했고, 어머니는 죽었다. 그리고 그는 울었다. 그만큼 시적인 순간이었다.

16

「그자는 우리가 가는 걸 알아.」

그들은 새카만 산 북면을 오르고 있었다. '뱀'이 네이선 스택의 발에 두꺼운 풀을 발라준 덕분에, 시골길 산책 같지는 않아도 계속 발을 딛고 위로 올라갈 수 있었다. 이제 그들은 뾰족한 바위턱에 잠시 멈춰서 쉬었는데, '뱀'이 그들이 가는 곳에서 기다리는 존재에 대해 처음으로 말을 꺼낸 참이었다.

"그자?"

뱀은 대답하지 않았다. 스택은 바위턱 벽에 몸을 기댔다. 산비탈 아래쪽에서는 스택의 살에 달라붙으려 드는 민달팽이 비슷한 생물들과 마주치기도 했는데, 뱀이 쫓아내자 그들은 다시 바위를 빨던 일로 돌아갔다. 그들은 뱀 근처에는 얼씬도

하지 않았다. 더 올라가자 스택은 산정에서 깜박거리는 빛을 볼 수 있었다. 뱃속에서 두려움이 스멀스멀 올라왔다. 이 바위턱에 이르기 조금 전에 그들은 박쥐 같은 생물들이 자는 동굴을 하나 지나쳤었다. 그 박쥐 같은 생물들은 인간과 '뱀'의 존재에 발광했고, 그들이 내는 소리는 스택에게 현기증을 일으켰다. '뱀'이 부축해서 그곳을 지나칠 수 있었다. 이제 그들은 멈춰 있었고 '뱀'은 스택의 질문에 대답해주지 않았다.

「우리는 계속 올라가야 한다.」

"그자가 우리가 여기 있는 걸 알기 때문이지." 스택의 목소리에는 비꼬는 기색이 역력했다.

뱀이 움직이기 시작했다. 스택은 눈을 감았다. 뱀이 멈칫하더니 돌아왔다. 스택은 외눈박이 그림자를 올려다보았다.

"한 발자국도 더 못 가."

「네가 모를 이유는 없다.」

"네가 나에게 아무것도 말해주지 않을 거란 느낌만 빼면 말이지."

「아직 네가 알 때가 아니다.」

"이봐, 내가 묻지 않았다고 해서 알고 싶지 않다는 뜻은 아니야. 넌 내가 감당할 수 없는 온갖 미친 이야기들을 해줬어. 내 나이가 무려… 얼마나 된 건지도 잘 모르겠지만, 넌 내가 아담이라고 말하려던 것 같은데…."

「그러하다.」

"…어." 그는 떠들기를 멈추고 그림자 생물을 마주 응시했다. 그러다가 스스로 가능하다고 생각했던 것 이상을 받아들이고서 아주 조용히 말했다. "뱀." 그는 다시 침묵에 빠졌다가, 잠시 후에 물었다. "나에게 꿈을 하나 더 보여주고 내가 나머지를 알게 해주면?"

「인내심을 가져야 한다. 정상에 사는 존재가 우리가 간다는 걸 알면서도 네가 그자에게 어떻게 위험한지 모르게 할 수 있었던 건, 너 자신도 모르기 때문이다.」

"그럼 이것만 말해줘. 그자는… 정상에 있다는 그자는 우리가 올라가길 원하나?"

「우리가 올라가는 것을 허용하지. 모르기 때문에.」

스택은 고개를 끄덕이고, 뱀을 따라 움직이기로 했다. 그는 일어서서 우아하게 집사 같은 동작을 취했다. '뒤따라가리다, 뱀이여.'

그리고 뱀은 몸을 돌려 평평한 손들을 바위턱 벽에 붙였고, 그들은 정상을 향해 나선을 그리며 올라갔다.

죽음새가 급강하했다가 달을 향해 치솟았다. 아직 시간이 있었다.

17

해질녘이 다 되어서 네이선 스택을 찾아간 디라는, 가족이 남겨둔 제국으로 스택이 건설한 산업 컨소시엄의 회의실에 나타났다.

스택은 최고 수준의 결정들이 이루어지는 대화의 장을 지배하는 빵빵한 의자에 앉아 있었다. 혼자였다. 다른 사람들은 몇 시간 전에 떠났고 회의실에는 숨겨진 조명층이 부드러운 벽을 투과하여 발하는 희미한 불빛만 있어 어둑어둑했다.

그림자 생물은 벽을 통과해 지나갔다. 그가 지나가면 벽이 장미 석영으로 변했다가, 이전의 물질로 돌아갔다. 그는 네이선 스택을 바라보고 서 있었는데, 스택은 꽤 오랫동안 방 안에 다른 존재가 있다는 사실을 알아차리지 못했다.

「이제 가야 한다.」 뱀이 말했다.

공포에 질려 크게 뜬 눈으로 그를 올려다본 스택의 머릿속에는 명백한 사탄의 이미지가 스쳐 지나갔다. 미소 짓는 입에는 송곳니가 삐져나오고, 크로스필터를 통해 보는 것처럼 불빛이 어른거리는 뿔에, 끝에 삼각형 모양이 달린 밧줄 같은 꼬리를 휘두르며, 카펫 위에 불타는 자국을 남기는 갈라진 발굽에, 기름 구덩이처럼 깊은 눈, 쇠스랑, 새틴 안감을 댄 케이프, 북슬북슬한 염소 다리, 그리고 발톱 같은 손가락. 스택은 비명을 지르려 했지만 그 소리는 목 안에 막혀 버렸다.

「아니, 그런 게 아니야. 같이 가면 이해하게 될 거야.」 뱀이 말했다.

그 목소리에는 슬픔이 깃들어 있었다. 마치 사탄이 몹시 부당한 대우를 받아왔다는 듯이…. 스택은 고개를 절레절레 흔들었다.

언쟁할 시간이 없었다. 때가 왔고, 디라는 머뭇거릴 수 없었다. 디라가 손짓하자 네이선 스택이 잠든 네이선 스택처럼 보이는 뭔가를 푹신한 의자에 남겨두고 일어나, 디라에게 걸어갔다. 뱀은 그 손을 잡고 함께 장미석영층을 뚫고 빠져나갔다.

뱀은 스택을 아래로, 아래로 데려갔다.

'어머니'가 아팠다. 아픈지는 이미 오래였으나, 끝이 머지 않은 단계에 이르렀다. 뱀도 그 사실을 알았고, 어머니도 그 사실을 알았다. 그러나 어머니는 자식을 감춰줄 것이다. 자신의 이익을 위해서라도 간섭권을 발동하여 아무도, 미친 자조차도 찾을 수 없는 품 안 깊숙한 곳에 그를 감춰줄 것이었다.

디라는 스택을 지옥으로 데려갔다.

괜찮은 곳이었다.

따뜻하고 안전했으며 미친 자의 탐색에서 멀리 떨어져 있었다.

그리고 질병이 걷잡을 수 없이 맹위를 떨쳤다. 국가들은 무너지고, 대양이 끓어오르다가 차가워져서 거품에 뒤덮이고, 공기에는 먼지와 죽음의 증기가 들어차고, 살이 기름처럼 흐르고, 하늘은 컴컴해지고, 태양은 흐릿하게 둔해졌다. 지구가 신음했다.

식물은 고통에 시달리다가 자신을 먹어치웠고, 짐승들은 불구가 되고 미쳐버렸으며, 나무들이 불타오르고 그 잿더미에서 유리질이 자라다가 바람에 산산이 부서졌다. 지구가 죽어가고 있었다. 길고 슬프고 고통스러운 죽음이었다.

지구 중심부의 안전한 곳에서는 네이선 스택이 자고 있었다. 「날 낯선 이들에게 두고 가지 마.」

하늘 높이, 까마득히 먼 별들 아래에서는 죽음새가 빙빙 돌면서 명령을 기다렸다.

18

제일 높은 곳에 다다르자 네이선 스택은 끔찍하게 몸을 태우는 한기와 흉포하게 모래를 갈아대는 악마의 바람 너머로 영원한 성역을 보았다. 그것은 영구한 대성당, 기억의 기둥, 완벽한 피난처, 축복의 피라미드, 창조의 장난감 가게, 구제의 금고, 열망의 기념비, 사상의 그릇, 경이의 미로, 절망의 안치대, 선언의 발언대이자 최후의 시대를 굽는 가마였다.

별 첨탑까지 올라가는 비탈 위에서 그는 이곳에 거주하는 이의 집을 보았고(너울거리며 번득이는 빛, 이 황량한 행성 저편에서도 볼 수 있을 만한 빛) 거주자의 이름이 무엇인지 의심했다.

갑자기 네이선 스택이 보는 모든 것이 붉어졌다. 마치 눈에 씌운 필터가 떨어져 내린 것처럼 너울거리는 빛도, 그들이 선 거대한 고원의 바위도, 뱀도 붉어졌고 그와 더불어 통증이 찾아왔다. 피에 불이라도 붙은 듯 끔찍한 아픔이 스택의 온몸을 관통했다. 그는 비명을 지르며 무릎을 꿇었다. 통증이 두뇌 속에서 탁탁 소리를 내며 모든 신경과 혈관과 신경절과 신경관을 따라갔다. 머리가 불타올랐다.

뱀이 말했다. 「싸워. 맞서 싸워!」

'난 못해.' 스택의 정신이 소리 없이 비명을 질렀다. 통증이 너무 커서 말도 할 수가 없었다. 불이 혀를 날름거리며 뛰어올랐고, 그는 섬세한 사고 조직이 쪼그라드는 것을 느꼈다. 그는 얼음에 생각을 집중하려 해보았다. 그의 영혼이 연기를 피우며 그을리는 동안에도 구원을 찾아 얼음에, 얼음 덩어리에, 얼음 산에, 얼어버린 물속에 반쯤 파묻혀 헤엄치는 빙산에 매달렸다. 얼음! 그는 자신의 정신을 먹어 들어오는 불의 폭풍에 맞서 쏟아져 내리는 수백만 알갱이의 우박을 생각했고, 수증기가 확 오르더니 불길이 꺼지고, 한쪽 구석이 서늘해졌다…. 그리고 그는 그 구석에 단단히 틀어박혀서 얼음을, 얼음 덩어리와 얼음 무더기와 얼음 기념비를 생각하며 서늘하고 안전한 동그라미를 차츰 넓혔다. 불길이 물러나며 운하를 따라 돌아가기 시작했고, 그는 그 뒤로 얼음을 보내어 불길을 끄고, 얼음 속에 묻어 버렸다. 차가운 물이 불길을 쫓아가며 몰아냈다.

눈을 떴을 때 그는 여전히 무릎을 꿇고 있었지만, 생각을 할 수 있었고 붉은 시야는 다시 정상으로 돌아왔다.

「그자는 다시 시도할 것이다. 너는 대비하고 있어야 한다.」

"나에게 다 말해줘! 알지도 못하고 이런 일을 겪을 순 없어. 도움이 필요해! 말해줘, 뱀. 지금 말해줘!"

「너 혼자서도 충분하다. 너에겐 그만한 힘이 있어. 내가 너에게 그 불꽃을 줬으니.」

…그리고 두 번째 혼란이 들이닥쳤다!

공기가 샤베라세로 변하더니 그는 턱에 물이 뚝뚝 떨어지는 더러운 로바 덩어리를 물고 있었다. 그 맛에 구역질이 났다. 그의 꼬투리들이 시들어 껍데기 속으로 말려들었고 뼈가 부서지는 가운데 그는 거의 하나처럼 빠르게 습격해온 일련의 고통에 울부짖었다. 달아나려고 해봤지만, 그의 눈은 그를 때려대는 빛 조각들을 확대했다. 안구 단면들이 갈라지면서 액이 부글부글 넘쳐나기 시작했다. 믿을 수 없을 정도로 고통스러웠다.

「맞서 싸워!」

스택은 몸을 굴리면서 땅을 만지려고 섬모를 배출했고, 그 순간 자신이 제대로 묘사할 수도 없는 다른 생명체의 눈을 통해 세상을 보고 있음을 깨달았다. 그러나 그는 광활한 하늘 아래 있었고 그 사실은 두려움을 일으켰다. 그는 치명적이 된 공기에 둘러싸여 있었고 그 사실은 두려움을 일으켰다. 눈이 멀고 있었고 그 사실은 두려움을 일으켰다. 그는… 그는 인간이었다… 다른 뭔가가 되는 감정에 맞서 싸우는… 그는 인간이었고 두려움을 느끼지 않을 것이다. 버텨 설 것이다.

그는 몸을 굴리고, 섬모를 거둬들이고, 꼬투리들을 내리려고 애썼다. 부러진 뼈가 서로 갈리며 통증이 온몸을 뒤흔들었다. 그는 억지로 그 고통을 무시했고, 마침내 꼬투리들이 내려가자 그는 숨을 쉬고 있었고 머리가 빙빙 돌았으며….

눈을 뜨자 그는 다시 네이선 스택이었다.

…그리고 세 번째 혼란이 들이닥쳤다.

절망.

그는 끝없는 절망에서 빠져나와 스택으로 돌아왔다.

…그리고 네 번째 혼란이 들이닥쳤다.

광기.

그는 격렬한 광기를 싸워 이기고 스택으로 돌아왔다.

…그리고 다섯 번째 혼란이, 여섯 번째가, 일곱 번째가, 전염병이, 회오리바람이, 악의 웅덩이가, 크기가 줄어들어 초현미경적인 지옥을 영원히 떨어지는 추락이, 안에서부터 그를 먹어치우는 것들이, 그리고 열두 번째가, 그리고 마흔 번째가, 그리고 풀어달라는 그의 목소리가, 언제나 곁에서 속삭이는 뱀의 목소리가 들렸다.「맞서 싸워!」

마침내 혼란이 멈췄다.

「어서, 빨리.」

뱀이 스택의 손을 잡고 반쯤 질질 끌면서 비탈길에 서서 별첨탑 아래 찬연히 반짝이는 거대한 빛과 유리의 궁전을 향해 달렸고, 그들은 반짝이는 금속 아치 아래를 통과하여 승천의 홀로 들어갔다. 뒤에서 입구가 닫혔다.

벽이 진동했다. 보석을 아로새긴 바닥이 우르르 떨리기 시작했다. 까마득히 높은 천장 조각들이 떨어지기 시작했다. 궁전이 무시무시하게 전율하더니 사방에서 무너져내렸다.

뱀이 말했다.「지금이야. 이제 너는 모든 것을 알게 될 거야!」

그리고 모든 것이 떨어지기를 잊었다. 궁전의 잔해는 떨어지다 말고 허공에 얼어붙었다. 공기도 휘몰아치기를 그만두었다. 시간이 정지했다. 지구의 움직임이 멈췄다. 모든 것이 완전히 정지한 채로, 네이선 스택이 전부 다 이해하기를 기다렸다.

19

복수 응답 가능

(최종 점수의 ½에 해당)

1. 절대신은:
   - A. 긴 수염을 기른 보이지 않는 신령이다.
   - B. 구덩이 속에 죽어 누운 작은 개다.
   - C. 모든 사람이다.
   - D. 오즈의 마법사다.

2. 니체는 "신은 죽었다."고 썼다. 니체가 이 말을 한 의미는:
   - A. 삶은 무의미하다.
   - B. 최고신에 대한 믿음은 쇠퇴했다.
   - C. 애초에 신 같은 것은 없었다.
   - D. 그대가 곧 신이다.

3. 생태학의 다른 이름은:

A. 어머니의 사랑

B. 깨우친 이해타산

C. 그라놀라를 넣은 건강 샐러드

D. 신

4. 다음 구절 중 어느 것이 가장 심원한 사랑을 가장 전형적으로 표현하는가:

A. 날 낯선 이들에게 두고 가지 마.

B. 사랑해.

C. 신은 사랑이다.

D. 주사기를 써.

5. 우리는 다음 능력 중에 어느 것을 보통 절대신과 결부짓는가?:

A. 힘

B. 사랑

C. 인간성

D. 온유함

20

위의 것들 중 아무것도 없다.

죽음새의 눈에 별빛이 반짝였고, 밤을 가로지르는 죽음새의 경로가 달에 그림자를 드리웠다.

21

네이선 스택이 두 손을 들어 올리자, 궁전이 무너져내리며 주위 공기가 잔잔해졌다. 그들은 아무 해도 입지 않았다. 「이제 너는 알아야 할 것을 모두 알았다.」 뱀이 말하며 마치 숭배하는 자세처럼 한쪽 무릎을 꿇었다. 그곳에 숭배할 대상이라고는 네이선 스택밖에 없었다.

"그자는 늘 미쳐 있었나?"

「처음부터 그랬지.」

"그렇다면 그자에게 우리 세계를 준 자들도 미쳤고, 그 결정을 받아들인 너희 종족도 미쳤군."

뱀은 아무 대답도 하지 않았다.

"이렇게 될 일이었는지도 몰라." 스택이 말했다.

그는 손을 아래로 뻗어 '뱀'을 일으켜 세우고, 그림자 생물의 매끄러운 삼각형 머리통을 건드리며 말했다. "친구."

뱀의 종족은 눈물을 흘릴 수 없었다. 「네가 도저히 알 수 없을 만큼 오랫동안 그 말을 기다렸어.」

"마지막에야 그 말이 나와서 미안하군."

「이렇게 될 일이었는지도 몰라.」

다음 순간 공기가 휘몰아치더니 무너진 궁전에 섬광이 번득이고, 그 산의 주인이자 폐허가 된 지구의 주인이 불타는 덤불 형태로 찾아왔다.

'또냐, 뱀? 또 날 귀찮게 하는 거냐?'

「장난감을 가지고 놀 시간은 끝났다.」

'날 막겠다고 네이선 스택을 데려와? 그 시간이 언제 끝날지는 내가 정한다. 언제나 그랬듯이 내가 선언해.'

그리고는 네이선 스택에게 이르기를:

'가라. 내가 찾아갈 때까지 숨을 곳을 찾아라.'

스택은 불타는 덤불을 무시했다. 그가 손을 휘젓자 그들이 서 있던 안전한 원뿔형의 공간이 사라졌다. "먼저 그자를 찾으면, 뭘 해야 할지 알겠지."

죽음새가 밤바람 속에서 발톱을 날카롭게 세우고는, 허공을 뚫고 지구의 잿더미를 향해 날아 내렸다.

22

네이선 스택은 예전에 폐렴에 걸린 적이 있었다. 외과의사가 흉부 벽을 소절개 하는 동안 그는 수술대에 누워 있어야 했다. 그가 그렇게 고집스럽지만 않았어도, 폐 감염이 농흉을 일으키는 동안 밤낮으로 일을 계속하지만 않았어도 수술칼 아래에 놓일 필요는 없었으리라. 아무리 흉관삽입술처럼 안전한 수술이라고는 해도 말이다. 하지만 그는 스택 집안 사람이었고, 그래서 고무관이 흉막강 안에 고인 고름을 빼내기 위해 흉강 속으로 들어가는 동안 수술대에 누워 있었으며, 누군가가 이름을 부르는 소리를 들었다.

'네이선 스택.'

그는 까마득히 멀리서, 광활한 북극 너머에서 오는 그 소리를 들었다. 끝없는 복도를 메아리치고 또 메아리치는 그 소리를 들었다. 수술칼이 가슴을 자르는 동안에.

'네이선 스택.'

그는 어두운 와인색 머리채의 릴리스를 기억했다. 곰의 사체를 갈가리 찢고 있던 사냥꾼 동료들이 살려달라는 그의 신음소리를 무시하는 가운데, 낙석에 깔려서 몇 시간 동안이나 죽어가던 일을 기억했다. 아쟁쿠르에서 죽을 때 쇠사슬 갑옷을 뚫고 가슴을 갈라놓은 노궁 화살의 타격을 기억했다. 머리 위까지 올라오던 오하이오의 얼음장 같은 물과, 친구들은 그가 사라졌다는 사실도 모른 채 배를 몰고 사라지던 일을 기억했다. 베르됭 근처 어느 농가를 향해 기어가려는 그의 폐를 먹어치우던 머스터드 가스를 기억했다. 폭탄의 섬광을 똑바로 보고, 얼굴 살이 녹아내리던 느낌을 기억했다. 뱀이 회의실에 찾아와서 옥수수 껍질을 벗기듯 몸에서 빼냈던 일을 기억했다. 지구의 녹아내린 핵 속에서 잤던 25만 년을 기억했다.

사라져버린 세월 저편에서 자유를 달라고, 고통을 끝내달라고 간청하던 어머니의 목소리가 들렸다. '주사기를 써.' 어머니의 목소리가 살이 뜯겨 나가고 강이 먼지만 가득한 핏줄로 변하고 굽이치던 언덕과 초록색 들판들이 녹색 유리와 잿더미로 변하는 동안 끝없는 고통에 비명을 지르는 지구의 목소리와 뒤섞였다. 어머니의 목소리와 지구 어머니의 목소리가 하나가 되고, 그 목소리가 합쳐지면서 네이선 스택이 지구의 말기 증상을 끝낼 수 있는 유일한 사람이라고, 이 세상에 남은 마지막 사람이라고 말하는 뱀의 목소리로 변했다.

바늘을 써. 고통에 빠진 지구를 안락사시켜줘. **'이제 지구는 너의 것이야.'**

네이선 스택은 자기 안의 힘을 확신했다. 신들이나 뱀이나 자기 창조물에게 핀을 꽂고 장난감을 망가뜨리는 미친 창조자들보다 훨씬 앞서는 힘이었다.

'그렇게는 못 해. 내가 그러게 두지 않아.'

네이선 스택은 분노에 차서 무력하게 타닥거리는 불타는 덤불 주위를 돌았다. 그는 그 덤불을 보며 연민마저 느꼈다. 안개와 번갯불 속에 거대하고 불길한 머리통을 띄워놓고, 커튼 뒤에 숨어서 다이얼을 돌리며 효과를 조작하던 불쌍한 작은 남자였던 오즈의 마법사가 떠올랐다. 스택은 릴리스를 그에게서 빼앗아가기 전부터 그의 종족을 노예로 삼고 있었던 이 서글프고 불쌍한 존재보다 자신의 힘이 더 크다는 사실을 알고, 불타는 덤불 주위를 돌았다.

그리고 자신의 이름을 큰 글자로 강조했던 미친 자를 찾아 나섰다.

23

자라투스트라는 아무도 만나지 않고 홀로 산에서 내려갔다. 하지만 숲에 들어서자 갑자기 그 앞에 한 노인이 서 있었다. 숲 속의 뿌리채소를 찾으려 성스러운 오두막을 나선 노인이었다. 그리하여 노인이 자라투스트라에게 말하기를:

"이 방랑자는 나에게 낯선 인물이 아니로군. 오래전에 이 길을 지나갔었지. 자라투스트라라고 했는데, 변했군. 그 시절에 자네는 자신의 재를 산으로 들고 갔어. 이제는 자신의 불을 들고 계곡으로 가는 건가? 방화범으로 처벌받을 게 두렵지는 않나?

자라투스트라는 변했네. 자라투스트라는 어린아이가 되었어. 자라투스트라는 각성한 자야. 아직 잠든 사람들 사이에서 뭘 원하나? 자네는 바다와 같은 고독 속에 살았고, 그 바다가 자네를 실어 날랐지. 안타깝구나, 이제 해안을 오르려는가? 안타깝구나, 다시 제 몸을 끌고 다니려는가?"

자라투스트라가 답하기를: "나는 인간을 사랑합니다."

그러자 성인이 물었다. "내가 왜 숲 속에 들어가고 사막에 들어갔을까? 그것 또한 내가 인간을 지나치게 사랑해서가 아니었던가? 이제 나는 신을 사랑하네. 인간은 사랑하지 않아. 나에게 인간은 너무 불완전한 존재라네. 인간에 대한 사랑이 나를 죽일 것이야."

"그러면 성인께서는 숲 속에서 무엇을 하십니까?" 자라투스트라가 물었다.

성인이 답하기를: "나는 노래를 짓고 부르네. 그리고 노래를 지을 때는 웃고 울고 흥얼거리지. 그렇게 신을 찬미한다네. 노래와 울음과 웃음과 흥얼거림으로 나의 신인 그 신을 찬양한다네. 하지만 자네는 나에게 무엇을 선물로 가져왔나?"

자라투스트라는 이 말을 듣자 성인에게 작별인사를 하고 말하기를: "제가 드릴 수 있는 게 무엇이겠습니까? 오히려 제가 뭔가 빼앗지 않도록, 빨리 떠나게 해주시지요!" 그렇게 해서 노인과 남자는 두 소년처럼 웃으며 헤어졌다.

그러나 자라투스트라는 혼자가 되자 마음속으로 말했다. "이럴 수가 있나? 숲 속의 이 늙은 성자는 아직 신이 죽었다는 사실을 듣지 못했구나!"

24

스택은 마지막 순간에 숲 속에서 헤매고 있던 미친 자를 찾아냈다. 늙고 지친 남자였고, 스택은 손짓 한 번으로 이 신을 끝내버릴 수 있음을 알았다. 하지만 그럴 이유가 뭐란 말인가? 복수하기에도 너무 늦어버렸다. 처음부터 너무 늦었다. 그래서 그는 그 노인이 짜증 내는 아이의 목소리로 '내가 그러게 두지 않아'라고 혼자 중얼거리면서 숲 속에서 헤매게 내버려두었다. 애처로운 중얼거림. '아, 제발요. 아직 자고 싶지 않

아요. 아직 더 놀고 싶단 말이에요.'

그리고 스택은 인간의 역사 내내 숭배했던 신보다 스택 자신이 더 강력하다는 사실을 알 때까지 그를 보호하고 기능을 다 했던 뱀에게 돌아갔다. 그는 뱀에게 돌아갔고, 그들의 손이 맞닿으며 마지막에 가서야 친구의 유대를 확인했다.

그 후에 그들은 함께 일했고, 네이선 스택이 손짓으로 주사기를 썼다. 지구는 끝없는 고통이 끝나자 안도의 한숨조차 내쉴 수 없었으나… 한숨을 내쉬었고, 자리를 잡았다. 녹은 핵이 꺼지고, 바람이 잦아들고, 까마득히 위에서 뱀의 마지막 행동이 이루어지는 소리가 들렸다. 죽음새가 내려오는 소리였다.

"네 이름이 뭐였지?" 스택은 친구에게 물었다.

'디라.'

그리고 죽음새가 지친 지구 위로 날아와서 날개를 활짝 펴더니, 그 날개를 내려 어머니가 피곤한 아이를 감싸듯 지구를 감싸 안았다. 디라는 어둠에 덮인 궁전의 자수정 바닥에 편안히 자리를 잡고 감사하며 외눈을 감았다. 마지막에 이르러 드디어 잠들기 위해.

이 모든 광경을 네이선 스택은 서서 지켜보았다. 마지막으로 끝까지 남은 인간이었기에, 그리고 알기만 했더라면 처음부터 그의 것이었을 지구를 마지막 몇 분간이나마 소유하고 있었기에, 잠들지 않고 서서 지켜보았다. 종말에 이르러서야 겨우 자신이 사랑했고 아무것도 잘못하지 않았음을 알았기에.

25

죽음새가 날개로 지구를 단단히 감싸자 마침내 죽은 잿더미 위에 웅크린 거대한 새밖에 남지 않았다. 그러자 죽음새는 별이 가득한 하늘로 고개를 들어 올리고 지구가 마지막에 느꼈던 상실의 한숨소리를 반복했다. 그런 다음 죽음새는 눈을 감고 날개 아래 조심스럽게 고개를 처박았다. 사위가 밤이 되었다.

머나먼 곳에서는 별들이 죽음새의 울음소리가 닿기를 기다렸다. 종말에 이르러, 마침내 인간 종족의 마지막 순간을 관찰할 수 있도록.

26

이 글을 마크 트웨인에게 바친다.

아누비스와의 대화

Chatting with Anubis

1996년 브람스토커상 수상

코어 드릴이 0.5마일 아래, 정확하게는 804.5미터 지하에서 멈췄을 때 에이미 구터만과 나는 불멸의 목을 잡아채어 우리를 알아차릴 때까지 흔들기로 했다.

내 이름은 왕 지카이. 보통 '왕'이라는 성씨는(발음은 거의 '웡'처럼 한다) "왕(王)"을 의미한다. 내 경우에는 한자가 달라서, "급히 가다(往), 달려든다"는 뜻이다. 이 얼마나 어울리는지. 우리 집안에 통찰력이 없다고는 말하지 못하리라…. 지카이는 "자살"을 뜻하니 말이다. 텅 빈 사하라 사막, 언제까지나 평온한 시바의 오아시스 호수를 품은 숨겨진 계곡 0.5마일 지하에서, 나와 나만큼이나 젊고 무모한 뉴욕 출신의 젊은 여성 에이미 구터만은 각자의 죽음을 초래하지는 않는다 해도 망신을 당할 것이 분명한 일을 하기로 했다.

나는 이 기록을 은나라 문자로 쓰고 있다.

이것은 중국의 잊힌 고대 언어로, 서력 기원전 18세기부터 12세기 사이에 쓰인 언어였다. 오래된 언어일 뿐 아니라 번역이 불가능하다. 어느 목수의 아들이 빵과 물고기로 수많은 사람을 먹이고, 물 위를 걷고, 죽은 사람을 일으켜 세웠다고 하는 때보다 훨씬 오래전에 황하 북동부에 꽃을 피웠던 은 왕조의 언어로 적었으니, 이 원고를 번역할 수 있는 사람은 오늘날 살아 있는 사람 중에 다섯 명밖에 없다. 나는 "라이스 크리스천"*이 아니다. 나는 몇 세기 동안 우리 집안이 그러했듯 불교 신자다. 내가 어떻게 은나라 문자를 쓸 수 있는가 하는 수수께끼는(은나라 문자와 현대 중국어의 차이는 고전 라틴어와 이탈리아어의 차이에 맞먹는다) 이 문서에서 굳이 풀지 않겠다. 언젠가 이 문서를 파낼 사람에게는 나를 시바 오아시스 지하 800미터의 이 장소에서 "자살에 달려들게" 만든 기이한 우연과 경험을 해독하는 일을 맡기기로 하자.

달의 산 아래, 지금까지 기록되지 않은 걷잡을 수 없는 역단층이 무시무시한 진도 7.5의 지진을 일으켰다. 이 지진은 멀리 비르부 쿠사와 아부 심벨의 마을들까지 무너뜨렸다. 시드라 만에서 홍해까지, 리비아 고원에서 수단까지 항공과 위성으로 정찰한 결과 거대한 틈이, 탈장처럼 드러난 계곡과 융기

* 물질적인 이유로 신앙을 선언한 신자들을 일컫는 말로, 선교사들이 아시아 지역에서 주로 물자를 나눠주며 신앙을 유도했던 데서 유래했다.

한 구조물들이, 수천 년간 인간의 눈이 닿지 못했던 새로운 세계가 보였다. 국제적인 고지진학자 팀이 모였고, 나는 울란바토르에 있는 몽골 과학원의 윗사람들에게 호출을 받아 고비 사막의 거대한 묘지에 나의 트리케라톱스들을 버려두고 지상의 지옥 한가운데로, 거대한 사하라 모래 바다로 날아갔다. 소위 시대의 발견이 될 곳을 발굴하고 분석하는 일을 돕기 위해.

누군가는 그것이 신화 속의 암몬 신전이라고 했다.

누군가는 신탁의 신전이라고 했다.

알렉산드로스 대왕은 명성이 절정에 달했을 때 그 신전에 대해, 그리고 모든 것을 안다는 그 신전의 신탁자에 대해 들었다. 그는 신탁자를 찾아 이집트 해안가에서 사하라 사막 깊은 곳까지 찾아갔다. 기록에 남기를, 알렉산드로스의 원정대는 길을 잃고, 물도 희망도 없이 절망적으로 헤매고 있었다. 그러다가 까마귀들이 와서 그들을 이끌고 달의 산을 통과하여 이름 없는 감춰진 계곡으로, 시바 오아시스의 호수로 데려갔고, 그곳 중앙에는… 암몬의 신전이 있었다. 기록에 따르면 그랬다. 그리고 한 가지가 더 있었다. 야자나무로 지붕을 얹은 작고 어두운 방에서 이집트인 사제들은 알렉산드로스에게 남은 평생 영향을 미칠 어떤 이야기를 했다. 대왕이 무슨 말을 들었는지는 기록되지 않았다. 그리고 우리가 쭉 믿기로는 암몬 신전이 문명인들의 눈에 목격되는 일도 두 번 다시 일어나지 않았다.

자, 에이미 구터만과 나, 브루클린 박물관에서 온 에이미와 베이징 대학 명예 졸업자인 나는 함께 알렉산드로스의 경로를 따라 메르사마트루에서 시바를 거쳐 여기까지 왔다. 사람의 생각이나 행동이 미치는 영역에서 수백 킬로미터를 떨어진 곳에서 또 800미터를 내려와, 거대한 채굴기가 돌을 깎아내기를 멈춘 자리에, 우리 둘이서 단순한 곡괭이와 삽만 들고서 발아래 그림자에 싸인 거대한 구조물을 덮어쓴 마지막 한 겹의 흙과 돌 위에 섰다. 가장 발전한 심공진응답기가 그림자를 잡아내고, 양성자 자유세차 자력계와 미국 뉴멕시코 주 앨버커키에 있는 샌디아 국립연구소에서 가져온 지표투과 레이더로 확인한 현장이었다.

우리 발밑에 뭔가 거대한 것이 놓여 있었다.

그리고 내일 해가 뜨면 팀이 이 자리에 모여서 마지막 층을 뚫고 아래에 놓인 발견을 공유할 터였다.

하지만 나는 에이미 구터만을 전부터 알고 있었고, 에이미는 자살을 향해 뛰어들기로는 나 못지않게 무모했으며, 어리석은 한순간, 지나쳐야 했으나 그러지 못한 한순간에 우리는 야영지를 몰래 빠져나가서 나일론 밧줄과 아이젠, 강력한 손전등과 작은 기록 장치, 모종삽과 작은 빗자루, 카메라와 카라비너를 챙겨 현장으로 내려갔다. 아, 곡괭이와 삽도 있었다. 변명은 하지 않겠다. 우리는 젊었고, 무모했으며, 서로에게 푹 빠져서 못된 아이들처럼 행동했다. 그래서 일어나지 말았어야 할 일이 일어났다.

*

우리는 마지막 충적층을 뚫고 부서진 조각들을 쓸어냈다. 우리는 돌을 끼워 맞춘 천장 위에 서 있었다. 현무암인지, 대리석인지는 한눈에 알 수 없었다. 화강암이 아니라는 정도만 알아보았다. 이음매들이 보였다. 나는 곡괭이를 이용하여 오래되어 단단히 굳은 모르타르를 떼어냈다. 내 생각보다 훨씬 빠르고 쉽게 떨어졌는데, 나야 건물이 아니라 뼈를 파내는 데 익숙했으니 그런지도 몰랐다. 나는 커다란 고정석에 나무쐐기를 박아넣고 그 주위에 빙 둘러 홈을 팠다. 그런 다음, 곡괭이 끝을 그 홈에 조금씩 밀어 넣고 돌을 들어 올리며, 거대한 돌덩어리가 다시 미끄러져 들어가지 않게 나무쐐기를 더 깊이 밀어 넣었다. 그리고 마침내 우리는 두께가 60에서 70센티미터는 될 거대한 돌덩이를 젖힐 수 있었고, 코어 드릴로 파낸 바닥에서 우리가 막 파낸 구멍 반대편에 등을 대고 버티면서 젊은 다릿심을 한껏 이용해서 돌덩이를 뒤집어 넘기는 데 성공했다. 돌덩이는 요란한 소리를 내며 떨어졌다. 그 돌덩이가 놓여 있던 자리에서 돌풍이 쏟아져 나왔다.

아래에서 솟구쳐 오른 바람이 시커멓게 소용돌이쳤다. 비유가 아니라 실제로 눈에 보이는 검은 회오리였다. 에이미 구터만은 놀라움과 두려움에 작게 소리를 질렀다. 나도 마찬가지였다. 에이미가 말했다. "이 석회암 덩어리를 제자리에 고정하려고 목탄을 엄청나게 썼나 봐." 나는 그 말 덕분에 그 돌이

대리석도 아니고 현무암도 아닌 석회암임을 알았다.

우리는 뚫린 구멍 가에 앉아서 발을 늘어뜨리고, 몸을 앞으로 기울여 바람을 맞으면서 서로에게 용기를 과시했다. 달콤한 냄새가 났다. 전에는 맡아본 적 없는 냄새였다. 그러나 확실히 고인 공기 냄새는 아니었다. 썩는 냄새도 아니었다. 막 씻은 얼굴처럼 달고, 차갑게 식힌 과일처럼 단 냄새였다. 우리는 손전등을 켜고 아래를 비춰보았다.

우리는 거대한 석실 천장 위에 앉아 있었다. 피라미드도 영묘도 아니고, 거대한 파라오 상들과 짐승 머리가 달린 신들, 짐승도 인간도 아닌 존재들의 조각상이 꽉 찬 거대한 홀 같았다. 그리고 그 조각상들은 하나같이 어마어마하게 컸다. 실물 크기의 100배는 되는 것 같았다.

우리 바로 밑에는 시간 속에 잊힌 어느 지배자의 고귀한 머리통이 있었다. 네메스 관을 쓰고 의례적인 왕족용 가짜 수염을 붙인 모습이었다. 우리가 바윗돌을 파내다가 떨어진 조각 때문에 반짝이는 노란 표면 한쪽이 깨져서, 그 속의 어두운 물질이 드러나 보였다. 에이미 구터만이 말했다. "섬록암에 금을 씌웠네. 순금이야. 청금석, 터키석, 석류석, 루비…, 저 네메스 관은 수천 개의 보석으로 만들었어. 정밀하게 세공한 보석이야. 보여?"

하지만 나는 내려가고 있었다. 등반용 밧줄을 뜯어낸 돌덩이에 단단히 매고, 이미 그 줄을 타고 내려가서 처음으로 발을 디딜 만한 곳에 서 있었다. 금빛 무릎 위에 놓인 파라오의 차

분한 두 손 사이 빈 공간이었다. 에이미 구터만이 서둘러 따라 내려오는 소리가 들렸다.

그때 갑자기 바람이 다시 일더니 날카로운 소리를 내며 폭풍우처럼 내 쪽으로 휘몰아쳤고, 밧줄이 내 손에서 뜯겨 나가고 손전등이 날아갔다. 뒤로 팽개쳐진 내 셔츠 등판을 뭔가 날카로운 것이 잡아챘고, 나는 몸을 비틀어 떼어내다가 앞으로 엎어졌다. 맨 등에 차가운 바람이 스쳤다. 그리고 사방이 어두웠다.

그러더니 몸에 차가운 손길이 닿았다. 온몸을 건드리고, 만지고, 카운터에 놓인 고기조각처럼 이리저리 조사하는 손길들. 위쪽에서 에이미 구터만의 날카로운 비명소리가 들렸다. 찢어진 셔츠 나머지 절반이 몸에서 뜯겨 나가고, 스카프가 뜯겨 나가고, 그다음에는 부츠가 벗겨지고, 양말이 벗겨지고, 손목시계와 안경마저 벗겨졌다.

나는 허우적대며 일어나서 자세를 잡고, 상대를 제대로 칠 태세를 갖췄다. 내가 무슨 영화에 나오는 액션 영웅은 아니지만, 나를 잡아당기고 있는 게 뭔지는 몰라도 싸우지도 않고 내 목숨을 빼앗을 순 없을 것이다!

그때 아래쪽에서 빛이 올라오기 시작했다. 엄청난 빛, 내 평생 본 중에 가장 눈부신 빛이 어른거리는 안개처럼 빛났다. 그 빛이 올라오자 나는 우리 발아래의 거대한 방을 채우고 있던 안개가 차갑고 덧없는 유령의 손으로 우리를 만지고 건드리고 더듬으려 하는 모습을 볼 수 있었다. 죽은 손들. 아예 존재한 적이 없거나, 존재했어도 삶을 부정당한 존재와 사람들의 손이었다. 그 손들이 우리에게 뻗어오고, 구하고 탄원했다.

그리고 그 안개 속에서, 포효와 함께 아누비스가 솟아올랐다.

망자의 신, 자칼 머리를 한 영혼의 인도자. 내세로 가는 길을 여는 자. 오시리스를 방부 처리한 자, 미이라 포장의 신, 어두운 통로의 통치자, 영원히 끝나지 않는 장례식의 주관자. 아누비스가 왔고, 우리는 갑자기 부끄러움에 사로잡혔다. 자신의 파멸을 향해 달려든 모든 사람이 그렇듯 무분별하게 행동한 미국 여자와 나, 우리만 그 자리에 있었다.

하지만 아누비스는 우리를 죽이지도 않았고, 데려가지도 않았다. 죽였다면야, 내가 영영 알지 못할 독자를 위해 이 글을 쓰고 있겠는가? 아누비스가 다시 한 번 포효하자, 우리를 더듬던 손들은 채찍 맞은 똥개들이 개집으로 들어가듯 마지못해 물러났다. 그리고 너무나 오래전에 죽어 이름조차 기억되지 못하는 어느 파라오의 조각상에 반사된 부드러운 금색 빛이 비치는 지하 800미터 아래 공간에서, 위대한 신 아누비스는 우리에게 말을 걸었다.

처음에 그는 우리가 다시 돌아온 "위대한 정복자"라고 생각했다. 나는 아니라고, 우리는 알렉산드로스가 아니라고 말했다. 그러자 위대한 신은 웃었다. 종이에 베인 상처와 각막에 난 상처를 떠올리게 하는 끔찍하고 얇은 웃음소리였다. 위대한 신은 물론 그 정복자가 아닌 줄 안다고, 이미 자신이 그에게는 엄청난 비밀을 밝히지 않았더냐고 말했다. 그러니 왜 그가 돌아오겠는가. 그러니 알렉산드로스는 그 군대로 가능한 최대한의 속도로 달아나서 다시는 돌아오지 않을 수밖에 없지 않느냐고. 그러면서 아누비스는 웃었다.

젊고 어리석은 나는 자칼 머리를 한 신에게 그 엄청난 비밀이 무엇인지 말해달라고 하고 말았다. 여기에서 죽어야 한다면, 그래야 엄청난 지혜라도 품고 내세로 갈 수 있지 않겠는가. 아누비스는 나를 훑어보았다. "내가 왜 이 무덤을 지키는지 아는가?"

나는 모른다고, 하지만 신탁의 지혜를 지키기 위해서, 알렉산드로스에게 주어졌던 암몬 신전의 엄청난 비밀을 감춰두기 위해서가 아닐까 싶다고 말했다.

그러자 아누비스는 또 웃었다. 내가 태어나지도 말걸, 숨을 들이마시지도 말걸 그랬다고 빌게 하는 사나운 웃음소리였다.

그는 여기가 암몬 신전이 아니라고 말했다. 나중에는 그렇게 말할지도 모르나, 여기는 이전부터 '가장 저주받은 자'의 무덤이었고 지금도 그렇다고 했다. 더럽히는 자. 네메시스. 지난 2천6백 년 동안 지속된 꿈의 살해자. "나는 그자가 내세에 들어가지 못하게 이 무덤을 지킨다."

그리고 엄청난 비밀을 전하기 위해 지킨다고 했다.

"그럼 저희를 죽이지 않으실 겁니까?" 나는 물었다. 뒤에서 에이미 구터만이 베이징 대학을 졸업한 내가 그렇게 멍청한 질문을 한다는 사실에 믿을 수 없어 하며 코웃음 치는 소리가 들렸다. 아누비스는 다시 나를 훑어보더니 그렇다고, 죽일 필요 없다고 말했다. 그건 자기 일이 아니라고. 그러더니 그는 지체하지 않고 나에게, 그리고 브루클린 박물관에서 온 에이미 구터만에게, 우리에게 알렉산드로스 대왕 시절 이후 모래 속에 묻혀 있던 엄청난 비밀을 이야기했다. 그리고 이게 누구의 무덤인지 말했다. 그러고는 안개 속으로 사라져버렸다. 그러고 나서 우리는 손을 움직여 밖으로 기어 나왔다. 우리의 밧줄은 사라졌고, 내 옷도 사라졌고, 에이미 구터만의 배낭과 보급품도 사라졌지만 우리에겐 아직 목숨이 붙어 있었으니까.

적어도 당장은 말이다.

나는 지금 이 글을 은나라 문자로 쓴다. 그리고 엄청난 비밀을 낱낱이 적어 둔다. 그 비밀의 모든 부분을, 세 가지 색깔을, 특별한 이름들을, 그 속도를. 누구든 찾는 사람에게 모두 알린다. 그 무덤은 다시 사라졌으니 말이다. 지진 때문인지 자칼 신 때문인지는 알 수 없다. 하지만 어젯밤과는 달리 오늘은 모래 밑의 그림자를 찾아봐야 텅 비어 있으리라.

이제 에이미 구터만과 나는 각자의 길을 간다. 에이미는 에이미의 운명을 따라, 나는 내 운명을 따라. 운명은 오래지 않아 우리를 찾을 것이다. 알렉산드로스 대왕은 그 힘이 절정에 달했을 때, 그러니까 신탁의 신전을 찾아 남은 평생 영향을 미칠 이야기를 들은 지 얼마 지나지 않아서 모기에 물려 죽었다. 일설에는 그렇다. 알렉산드로스 대왕은 지나친 음주와 방탕한 생활 때문에 죽었다고도 한다. 알렉산드로스 대왕은 살해당했다고, 독살당했다고도 한다. 알렉산드로스 대왕은 오래 지속된 이름 모를 열병으로 죽었다고도 한다. 폐렴이었다고도 하고, 티푸스였다고도, 패혈증이었다고도, 장티푸스였다고도, 주석 접시로 먹다가 중독됐다고도 하고 말라리아였다고도 한다. 역사에 쓰이기를 알렉산드로스는 권력의 정점에 이른 대담하고 활력 넘치는 왕이었지만, 바빌로니아에 머문 마지막 시간에 아무도 만족스럽게 설명할 수 없는 이유로 술을 심하게 마시고 밤마다 향락을 즐기다가… 열병에 걸렸다.

모기였다고, 역사는 그렇게 말한다.

나를 죽인 게 무엇인지는, 굳이 전할 사람이 없으리라. 에이미 구터만도 마찬가지다. 우리는 중요한 인물들이 아니다. 하지만 우리는 엄청난 비밀을 안다.

아누비스는 잡담하기를 좋아한다. 자칼 머리의 신이 굳이 지키려 드는 비밀은 없다. 그는 모든 것을 말할 것이다. 아누비스의 과업은 비밀이 아니라 복수다. 아누비스는 그 무덤을 지키고, 영겁의 시간 동안 동료 신들을 위해 복수한다.

그 무덤은 신들을 죽인 자의 마지막 안식처다. 신들에 대한 믿음이 사라지면, 신들의 숭배자가 외면해 버리면, 신들도 사라진다. 그곳에서 솟아올라 애원하는 안개처럼, 그렇게 사라져버린다. 그리고 장례의 신이 아무도 접근할 수 없도록 지키는 그 무덤에 누운 그자는 세상이 이시스와 오시리스와 호루스와 아누비스를 잊게 한 장본인이다. 그는 바다를 열었던 인물이며, 황야를 헤맸던 인물이다. 산정에 올랐던 인물이며,

다른 신의 말을 가지고 돌아온 인물이다. 그 이름은 모세요, 아누비스의 복수는 달콤할 뿐 아니라 영원히 이어지니, 천국과 지옥 양쪽을 거부한 모세는 영원토록 내세에서 쉬지 못하리라. 자비 없는 복수로 그는 영원히 배척받으며, 자신이 죽인 신들의 묘에 묻혀 있으리라.

나는 이제 이 기록을 아무 표시 없는 흙 속 깊이 묻는다. 그리고 나는 거대한 비밀을 품고 내 갈 길을 간다. 이제는 "급히 달려들" 필요가 없다. 나는 이미 자살해야 마땅한 일을 해냈으니 말이다. 얼마나 오래 갈지는 모르겠지만, 나는 내 갈 길을 간다. 잃어버린 암몬 신전을 찾으려는 사람에게 이 경고만을 남기고. 뉴욕 시의 에이미 구터만이 자칼 머리 신에게 했던 말을 빌자면, "이 말은 꼭 해야겠네요, 아누비스. 당신은 진짜 가혹한 채점관이에요." 그 말을 할 때 에이미는 웃지 않았다.

매 맞는 개가
낑낑대는 소리

The Whimper of Whipped Dogs

1974년 에드거상 수상

새로 이사 온 이스트 52번가 아파트 창문에 달린 미늘판자 덧문을 칠한 다음 날 밤, 베스는 건물 안마당에서 어떤 여자가 칼에 찔려 천천히, 그리고 끔찍하게 죽는 광경을 보았다. 그녀는 그 잔인한 장면을 본 스물여섯 명의 목격자 중 하나였지만, 다른 이들과 마찬가지로 살인을 막기 위한 일은 아무것도 하지 않았다.

그녀는 잠깐 한눈을 팔거나 시야를 가리거나 하는 일도 없이 그 장면 전부를, 그 장면의 모든 순간을 보았다. 상당히 흥분한 그녀의 마음속에 자신이 겁에 질리긴 했지만 그 장면에 매혹됐다는 생각이 피어올랐다. 자신이 무대뿐만 아니라 관객들의 반응도 지켜볼 수 있도록 커튼으로 가린 특별석을 둔 코메디 프랑세즈 극장을 설계하면서 나폴레옹이 추구했던 그런 놀라운 관찰자적 시각을 유지하고 있다는 생각도 머리를 스쳤다. 그날 밤은 맑았고, 보름달이 떴다. 그녀는 2번 채널에서 방송하는 11시 반 영화를 두 번째 중간광고까지만 보고 막 끈 참이었다. 로버트 테일러가 나오는 〈서쪽으로 가는 여자들〉은 이미 본 영화인 데다 처음 봤을 때도 별로 마음에 들지 않았었다. 당연히 아파트 안은 상당히 어두웠다.

그녀가 잠자리에 들기 전에 창을 한 뼘쯤 열어놓으려고 창가로 갔는데, 그 여자가 비틀거리며 안마당으로 들어오는 게 보였다. 여자는 오른손으로 왼팔을 부여잡은 채 벽을 따라 미끄러졌다. 안마당에는 전기회사에서 설치해 놓은 수은등이 있었다. 7개월 사이에 16건의 폭행 사건이 있었기 때문이었다. 안마당을 비추는 싸늘한 자주색 빛 탓에 여자의 왼팔에서 줄줄 흐르는 피가 검게 반짝이는 것처럼 보였다. 베스는 텔레비전 광고에서 그러듯이 과다 노출된, 천 배로 확대된 확대경 상을 보는 것처럼 모든 장면을 낱낱이, 너무나 선명하게 지켜보았다.

여자가 비명을 지르려는 듯이 고개를 젖혔지만, 소리는 나오지 않았다. 들려오는 소리라곤 그저 1번가의 차 소리뿐. 맥스웰즈 플럼이나 프라이데이스나 아담즈 애플 같은 근사한 바와 클럽으로 짝을 지어 이동하는 연인들을 실어나르는 심야택시들이었다. 하지만 그곳은 저 너머였다. 여자가 있는 7층 밑 안마당 전체가 보이지 않는 역장(力場)에 갇혀 소리 없이 정지된 것처럼 보였다.

베스는 어두운 자기 아파트에 서 있었다. 문득 보니 창문은 활짝 열린 채였다. 낮은 창턱 너머에 아주 작은 발코니가 붙어 있긴 했지만, 지금 발코니의 연철 난간과 아래 안마당 사이에는 시야를 가로막는 유리조차 없이 그저 7층의 높이만 있을 뿐이었다.

여자가 여전히 고개를 뒤로 젖힌 채 비틀거리며 벽에서 몸을 뗐다. 30대 중반 정도에 검은 머리를 층이 지게 자른 여자였다. 예쁜지 어떤지는 판단할 수 없었다. 공포로 이목구비가 뒤틀렸고, 입은 열렸지만 아무런 소리도 내뱉지 못한 채 검은 틈새처럼 일그러졌다. 목에는 힘줄이 섰고, 한쪽 신발을 잃어버린 탓에 발걸음이 고르지 못해서 언제라도 보도에 거꾸러질 것만 같았다.

한 남자가 건물 모퉁이를 돌아 안마당으로 들어왔다. 어마어마하게 큰 칼을 들고 있었다. 아니 어쩌면 그냥 커 보였을 뿐인지도 모르겠다. 베스는 어느 해 여름에 메인 주에 있는 호수에서 아버지가 썼던, 뼈로 만든 손잡이가 달린 생선용 칼을 떠올렸다. 톱니가 새겨진 20센티미터나 되는 날이 저절로 펼쳐지며 고정되는 칼이었다. 안마당에 선 검은 남자 형체의 손에 들린 칼도 그것과 비슷해 보였다.

남자는 그를 보고 달아나려는 여자에게 순식간에 달려들어 머리채를 움켜잡고는 고개를 뒤로 젖혔다. 이내 팔을 휘둘러 여자의 목을 그어버릴 태세였다.

그때 여자가 비명을 질렀다.

나가는 길을 못 찾고 반향실에 갇혀 미쳐버린 박쥐마냥 높고 날카로운 소리가 안마당을 채웠다. 비명이 울리고 또 울리고….

남자가 여자를 붙잡고 씨름하는 틈에 여자가 팔꿈치로 남자의 옆구리를 가격했다. 남자는 여자의 머리채를 움켜쥔 채 여자의 몸을 틀어 자신을 보호하려 했고, 끔찍한 비명소리는 커지고 더 높아져 영원히 끝나지 않을 것만 같았다. 여자가 몸을 빼자 남자의 손아귀에는 뿌리까지 뽑힌 머리카락 한 움큼이 남았다. 여자가 몸을 돌리는 찰나에 남자가 그대로 팔을 휘둘렀다. 여자의 가슴 바로 밑이 갈라졌다. 옷 위로 피가 쏟아지면서 남자에게 튀었다. 그 탓에 남자는 더욱 광포해지는 듯했다. 남자가 다시 여자를 덮쳤다. 몸통을 감싼 여자의 팔 위로 피가 콸콸 쏟아져 내렸다.

여자는 뛰어보려 했고, 벽에 기댄 채 남자의 칼을 피해 옆으로 몸을 숙였다. 칼이 벽돌담을 쳤다. 여자가 몸을 떼고 휘청거리며 꽃밭으로 가더니 무너지듯이 무릎을 꿇었다. 남자가 다시 여자에게 몸을 날렸다. 자주색 불빛 탓에 기묘해 보이는 날이 번득이는 호를 그리며 치켜 올라갔다. 그리고 여자는 여전히 비명을 지르고 있었다.

아파트 십여 채에 불이 켜지고, 사람들이 창문가에 나타났다.

남자는 손잡이만 남을 정도로 깊숙하게 칼을 여자의 등에, 오른쪽 어깨에 박아넣었다. 두 손으로 손잡이를 잡은 채였다.

베스는 날카로운 섬광처럼 이 모든 장면을 기억했다. 남자, 여자, 칼, 피, 창가에서 바라보는 이들의 얼굴에 드러난 표정들. 창문들을 밝힌 불빛이 꺼졌다. 그렇지만 사람들은 여전히 가만히 서서 지켜보고 있었다.

베스는 소리를, 비명을 지르고 싶었다. '그 여자한테 무슨 짓을 하는 거야?' 하지만 그녀의 목구멍은 얼어붙었다. 만 년 동안 드라이아이스에 잠겼던 강철 손 두 개가 목을 꽉 조이는 것만 같았다. 베스는 자기 몸을 찔러 들어오는 칼날이 느껴지는 것 같았다.

저 밑에서는 불가능해 보이는 일이 일어나고 있었다. 여자가 어떻게 했는지 가까스로 일어서서 자기 몸에 박힌 칼을 빼냈다. 세 발자국. 여자는 세 발자국을 걷고 다시 꽃밭에 쓰러졌다. 그때 남자가 뱃속에서 끓어오르는 뭔가 의미 없는 소리를 내며 거대한 짐승처럼 울부짖었다. 남자가 여자 위로 몸을 숙였고, 칼이 치켜 들렸다가 내리꽂혔고, 또 한 번, 또 한 번, 마침내 반복되는 격한 동작만이 남았다. 미친 박쥐 같은 여자의 비명은 계속되다가 희미해졌고, 그러다가 사라졌다.

베스는 깜깜한 창가에 서서 온통 공포로 가득 찬 눈앞의 광경을 보며 덜덜 떨면서 울었다. 그리고 저 밑에서 움직이지 않는 고깃덩어리에 대고 남자가 하는 짓을 더는 지켜볼 수 없게 되자 그녀는 고개를 들어 깜깜한 창문들을 둘러보았다. 자신과 마찬가지로 다른 사람들도 여전히 창가에 서 있었다. 수은등이 뿜어내는 멍 자국 같은 희미한 자주색 빛으로 그럭저럭 사람들의 얼굴을 알아볼 수 있었다. 사람들의 표정에는 전반적인 공통점 같은 것이 있었다. 남편의 팔뚝을 꽉 움켜쥐고 선 여자들은 한쪽 입가로 혀를 빼물었다. 남자들은 흉포한 눈으로 미소를 지었다. 다들 닭싸움이라도 보는 듯했다. 그들은 심호흡을 하면서 밑에서 벌어지는 소름 끼치는 광경으로부터 뭔가 삶의 자양분 같은 걸 끌어내 들이마시는 중이었다. 땅속 동굴에서 나오는 것처럼 깊고 깊은 숨소리들. 창백하고 축축한 피부들.

안마당에 안개가 차오르는 걸 알아챈 게 그때였다. 밑에서 벌어지는 일의 세세한 부분을 가리려고 이스트 강의 안개가 52번가까지 밀려오기라도 한 것 같았다. 칼을 든 남자는 여전히… 끝도 없이… 재미라곤 이미 오래전에 없어졌는데도… 여전히 그 짓을… 하고 또 했다.

하지만 그 안개는 뭔가 이상했다. 짙은 회색 안개에 아주 미세한 불빛들이 가득 차 있었다. 그녀는 안개가 안마당의 빈 공간을 채우며 올라오는 것을 지켜보았다. 성당 안을 울리는 바흐의 선율, 진공의 공간을 채우는 별의 먼지 같았다.

베스는 눈을 보았다.

거기, 거기 높은 곳, 9층 위의 허공에 밤과 달만큼이나 확실한 두 개의 거대한 눈이 있었다. 그건 눈이었다. 그리고, 저건 혹시 얼굴? 저건 얼굴일까? 맞나? 아니면 내가 상상하는 걸까… 저 얼굴을? 미친 듯이 소용돌이치는 차가운 안개 입자들 속에 뭔가 살아 있는 것이, 뭔가 음침하고 침착하고 완전히 악의적인 뭔가가, 저 아래 꽃밭에서 벌어지는 일을 목격하기 위해 소환된 뭔가가 있었다. 베스는 시선을 돌리려 애썼지만 그럴 수 없었다. 그 눈, 심연처럼 오래되었지만 어린아이의 눈처럼 깜짝 놀랄 만큼 밝고 열의에 차 이글대는 그 원초적인 눈. 무덤처럼 깊은, 낡고도 새로운 눈. 깊은 틈새를 담고 이글대는, 심연처럼 깊은 거대한 눈이 그녀를 사로잡고 놓아주지 않았다. 저 아래의 그림자연극은 창가에 서서 만끽하는 세입자들뿐만 아니라 누군가 '다른 존재'를 위해 준비된 것이었다. 얼어붙은 툰드라나 황폐한 황무지가 아닌, 지하 동굴이나 어딘가 죽어가는 항성을 도는 먼 행성이 아닌, 여기 이 도시, 이곳에서 그 '다른 존재'의 눈이 지켜보고 있었다.

덜덜 떨 정도로 애를 쓰면서 베스는 거기 9층 위에서 불타는 눈으로부터 겨우 시선을 돌려 그 다른 존재를 불러온 공포의 현장을 다시 보았다. 그러고 그녀는 그제야 자신이 얼마나 장엄한 장면을 목격하고 있는지 깨닫고는 실러캔스를 가둔 이판암처럼 자신을 옭아맸던 마비에서 풀려났다. 그녀의 마음속 점막은 우레처럼 몰아치는 피로 가득 찼다. 그녀는 거기 서 있었다! 그녀는 아무것도, 아무것도 하지 않았다! 한 여자가 도살됐지만, 그녀는 아무 말도 하지 않았고, 아무것도 하지 않았다. 눈물은 아무 쓸모도 없고, 떨림은 아무 의미도 없고, 그녀는 '아무것도 하지 않았다!'

그때 폭소와 낄낄거림의 중간쯤 되는 신경질적인 소리가 들렸다. 안개와 밤의 굴뚝 연기 가운데에 솟아오른 그 거대한 얼굴로 시선을 돌리던 베스는 바로 자신이 그 미친 긴팔원숭이 같은 소리를 내고 있다는 사실과 아래의 남자에게서 매 맞는 개들이 낑낑거리는 것 같은 애처롭고 궁지에 몰린 소리가 들린다는 사실을 알아차렸다.

그녀는 다시 그 얼굴을 올려다보았다. 그걸 다시 볼 생각은 아니었다. 절대 아니었다. 하지만 그녀는 그 이글대는 눈에 사로잡혀 꼼짝하지 못했다. 그녀는 그 눈이 어린아이의 눈 같다고 느끼는 자신을 억눌렀다. 그 눈이 상상도 할 수 없을 정도로 오래됐다는 걸 그녀는 알았다.

그때 아래의 도살자가 차마 말로 표현할 수 없는 짓을 했고, 베스는 어지러워 비틀거리며 발코니로 넘어지지 않도록 창틀을 붙잡았다. 그녀는 몸을 지탱하면서 힘겹게 숨을 쉬었다.

그녀는 자신이 관찰당하는 걸 느꼈다. 두려움에 떨었던 그 얼어붙은 긴 공포의 시간 동안 그녀가 저 안개 속에 뜬 얼굴의 주목을 끌었을지도 모른다. 모든 것이 멀어지면서 어둑해지는 것 같아 그녀는 창문에 매달린 채 건너편 아파트를 똑바로 바라보았다. 그녀는 관찰당하고 있었다. 그것도 아주 면밀하게. 맞은편 7층 아파트에 사는 젊은 남자가 그녀를 지켜보고 있었다. 찬찬히, 그가 그녀를 쳐다보았다. 이상한 안개에 휩싸인 그 불타오르는 눈이 아래에서 벌어지는 광경으로 잔치를 벌이는 동안 그는 그녀를 쳐다보고 있었다.

시야가 어두워진다고 느끼는 사이, 무의식이 몰려오기 직전에, 그의 얼굴에 뭔가 끔찍하게 낯익은 점이 있다는 생각이 번쩍 그녀의 머리를 스쳤다.

✴

다음 날에는 비가 왔다. 이스트 52번가는 미끈거렸고 무지갯빛 기름막으로 빛났다. 비가 개똥을 길가 도랑으로 씻어내리고 하수구 거름망으로 밀어 내렸다. 사람들은 허둥대는 거대한 검은 버섯들처럼 우산 아래 숨은 채 들이치는 비를 향해 몸을 숙였다. 경찰이 왔다 간 후에 베스는 신문을 사러 나갔다.

신문 기사들은 지칠 줄 모르고 맨해튼 포트워싱턴 가 455번지에 거주하는 리오나 시아렐리(37세)가 수차례 칼에 찔려 숨지는 동안 냉정한 관심을 보이며 지켜보기만 했던 한 건물 26가구 세입자들의 행태를 충실하게 강조했다. 실직한 전기공인 가해자 버튼 H. 웰스(41세)는 피투성이인 채로 나중에 경찰이 살인 무기라고 확인해준 칼을 휘두르며 55번가 어느 술집에 난입했다가 마침 비번이라 그곳에 있던 경찰관 두 명에게 사살되었다.

그녀는 그날 두 번 토했다. 위장이 덩어리가 있는 건 아무것도 받아들이지 못하는 것 같았고, 담즙 맛이 혀뿌리에 감돌았다. 그녀는 지난밤에 본 광경을 머릿속에서 지울 수가 없었다. 그녀는 그 장면을 다시, 또다시, 기억을 계속 되풀이하듯이 그 악귀의 팔이 휘둘리는 모든 순간을 자꾸만 자꾸만 되새겼다. 여자가 소리 없는 비명을 지르며 고개를 뒤로 젖혔다. 그 피. 안개 속에 있던 그 눈.

그녀는 자꾸만 창가로 이끌려 안마당과 거리를 내려다보았다. 그녀는 황량한 맨해튼의 콘크리트 풍경 위에 베닝턴 대학 기숙사인 스완 하우스 창문으로 보이던 풍경을 겹쳐보려 했다. 작은 뜰과 또 한 채의 하얀 기숙사 건물과 환상적인 사과나무들, 그리고 다른 창문으로 보이던 나지막한 언덕들과 멋진 버몬트 시골 풍경들과 계절의 변화에 맞춰 뻗어가는 그녀의 기억들을. 하지만 거기엔 언제나 콘크리트와 비에 젖어 매끈한 거리들뿐이었고, 보도에 떨어지는 비는 피처럼 검게 빛났다.

그녀는 렉싱턴 가에서 산 오래된 접뚜껑 책상의 덮개를 올리고 앉아 안무표를 들여다보며 일을 해보려 했다. 하지만 오늘 그녀에게 라반식 발레 표기법은 4년을 공부해 익힌, 그 전에는 파밍턴 대학에서 배웠던 조심스러운 율동의 표시가 아니라 잭슨 플록 식으로 알아볼 수 없게 뒤범벅된 상형문자로 보일 뿐이었다.

전화벨이 울렸다. 언제쯤 새 일을 맡을 여유가 되는지 묻는 테일러 댄스 컴퍼니 비서의 전화였다. 그녀는 뭔가 변명을 대며 거절해야 했다. 그녀는 라반이 고안한 도표에 놓인 자기 손을 쳐다보았고, 손가락이 떨리는 걸 보았다. 그녀는 거절해야 했다. 그리고 그녀는 다운타운 발레 컴퍼니의 구즈먼에게 전화해 안무표가 늦어질 것 같다고 말했다.

"세상에, 이봐요, 여기 연습실에는 하는 일 없이 레오타드를 땀으로 적시는 춤꾼이 열 명이나 있어요! 대체 나보고 어쩌라는 겁니까?"

그녀는 전날 밤에 무슨 일이 일어났는지 설명했다. 그리고 그녀는 설명하면서 리오나 시아렐리의 죽음을 목격한 스물여섯 명의 시민을 비난하는 신문들의 어조가 상당한 공감대를 얻었다는 사실을 알아차렸다. 패스컬 구즈먼은 그녀의 설명을 귀담아들었다. 그가 다시 입을 열었을 때는 목소리가 몇 옥타브쯤 낮아졌고, 말도 훨씬 느려졌다. 그는 이해한다고, 좀 더 시간을 가지고 안무 대본을 준비해도 괜찮다고 말했다. 하지만 그의 목소리에서는 거리감이 느껴졌다. 그는 그녀가 감사의 말을 건네는 도중에 전화를 끊었다.

그녀는 짙은 자주색 아가일무늬 스웨터에 카키색 개버딘 바지를 받쳐 입었다. 밖으로 나가야 했다. 좀 걸어야 했다. 무얼 하려고? 뭔가 다른 걸 생각해야 했다. 그녀는 프레드 브라운 통굽 힐을 신으면서 조지 젠슨 보석점 진열장에 아직도 그 묵직한 은팔찌가 있을까 멍하니 생각했다. 엘리베이터 앞에서 건너편 아파트에 사는 젊은 남자를 만났다. 그가 그녀를 뚫어지게 쳐다보았다. 베스는 다시 몸이 떨리기 시작하는 걸 느꼈다. 그가 뒤따라 엘리베이터를 타자 그녀는 제일 구석 자리로 몸을 피했다.

5층과 4층 사이에서 그가 정지 단추를 눌렀다. 엘리베이터가 덜컹거리며 섰다.

베스가 쳐다보자 그가 해맑게 웃었다.

"안녕. 전 글리슨이라고 합니다. 레이 글리슨. 714호에 살아요."

그녀는 다시 엘리베이터를 작동시키라고, 무슨 권리로 제멋대로 멈췄냐고, 무슨 의도로 그런 거냐고, 즉각 다시 작동시키라고, 그러지 않으면 대가를 치르게 될 거라고 말해주고 싶었다. 그녀는 그런 말을 하고 싶었다. 그러나 대신에 그녀는 지난밤에 낄낄거리는 웃음소리가 터졌던 바로 그곳에서 나오는 자신의 목소리를 들었다. 지금껏 애써 훈련해왔던 것보다 훨씬 작고 훨씬 덜 침착한 목소리가 말했다. "전 베스 오닐이라고 해요. 701호에 살아요."

중요한 건 엘리베이터가 멈췄다는 사실이다. 그녀는 겁에 질렸다. 하지만 아주 잘 차려입고 광을 낸 구두를 신은, 아마도 드라이어로 말렸을 머리를 잘 빗어넘긴 그가 판자를 댄 벽에 기댄 채, 둘이 어느 근사한 카페에서 마주 보고 앉기라도 한 것처럼 그녀에게 말을 걸었다. "이사 오신 지 얼마 안 됐죠, 그렇지 않아요?"

"두 달쯤 됐어요."

"어느 학교 다녔어요? 베닝턴 아니면 사라 로렌스?"

"베닝턴이에요. 어떻게 알았어요?"

그가 웃었다. 근사한 웃음이었다. "전 종교서적 출판사에서 편집자로 일해요. 매년 베닝턴과 사라 로렌스와 스미스를 졸업한 여학생들이 대여섯 명씩 와요. 출판산업계에 혁명을 일으키겠다는 각오를 단단히 하고 메뚜기떼처럼 몰려오는 거죠."

"그게 무슨 문제죠? 그들을 별로 좋아하지 않는 것처럼 말씀하시네요."

"아, 전 그들을 정말 좋아해요. 그들은 대단해요. 그들은 자기들이 우리 작가들보다 더 잘 쓰는 법을 안다고 생각해요. 한 맹랑한 꼬맹이한테 책 세 권을 교정 맡긴 적이 있는데, 세 권을 전부 다시 썼더군요. 지금은 어느 패스트푸드점에서 탁자나 닦고 있겠죠."

그녀는 대꾸하지 않았다. 누군가 다른 사람이 그런 말을 했더라면 여혐주의자라 못 박았을 것이다. 하지만 그 눈, 그의 얼굴에는 뭔가 끔찍하게 낯익은 것이 있었다. 그녀는 그 대화를 즐겼다. 그가 약간 좋아지기까지 했다.

"베닝턴에서 제일 가까운 대도시가 어디예요?"

"뉴욕 주 올버니요. 대략 100킬로미터 정도예요."

"거기까지 차로 가면 얼마나 걸려요?"

"베닝턴에서요? 1시간 반 정도요."

"드라이브하기 좋았겠어요. 거기 버몬트 시골은 정말로 예쁘니까. 거기가 남녀공학이 된 것도 이해가 가요. 공학이 되고 나서는 어땠어요?"

"모르겠네요."

"모른다고요?"

"제가 졸업할 때쯤 일어난 일이라서요."

"뭐 전공했어요?"

"무용요. 라반식 표기법을 전공했고요. 무용을 표기하는 방식이에요."

“죄다 선택과목들만 있었을 거 같네요. 필수과목은 없고요. 예를 들어 과학 같은 거 말이에요.” 그는 어조에 아무 변화도 없이 말했다. “어젯밤 일은 끔찍했어요. 전 당신이 보는 걸 봤어요. 이 아파트에 사는 많은 사람이 봤을 거예요. 정말로 끔찍한 일이었죠.”

그녀가 멍하니 고개를 끄덕였다. 공포가 다시 살아났다.

“경찰들이 그놈을 죽였다고 들었어요. 미친 거 같아요. 그놈이 왜 그 여자를 죽였는지, 아니면 그놈이 왜 그 술집에 들어갔는지 모르는데 말이에요. 정말 끔찍한 일이에요. 조만간 같이 저녁이라도 먹었으면 하는데, 따로 만나는 사람이 없다면요.”

“괜찮을 거 같군요.”

“수요일 어때요? 제가 아는 아르헨티나 음식점이 있는데, 좋아할 거 같아요.”

“괜찮을 거 같네요.”

“엘리베이터를 다시 작동시키지 그래요. 우리 내려가야죠.” 그가 말하고는 다시 미소를 지었다. 그녀는 애초에 그가 왜 엘리베이터를 중지시켰을까 의아해하면서 그 말에 따랐다.

세 번째 데이트를 하다가 둘은 처음으로 싸웠다. 어느 텔레비전 광고 연출가가 연 파티에서였다. 광고 연출가는 같은 아파트 9층에 살았다. 그는 막 〈세서미 스트리트〉에 삽입되는 중간광고 시리즈를 끝낸 참이었고, 화려한 싸구려 상업광고 전쟁터(그 종사자는 일 년에 75,000달러를 받음)에서 상냥한 교육프로그램 영역(그 종사자는 사회적 존경을 받는 저임금 노동자로 전락)으로 옮겨가는 걸 축하하는 중이었다. 베스는 그가 기뻐하는 논리를 완전히 이해할 수 없었고, 주방 한쪽 구석에서 그 문제를 제기했을 때 그가 했던 주장도 말이 안 되는 것 같았다. 하지만 그는 행복해 보였다. 다리가 긴 필라델피아 출신 전직 모델인 그의 여자친구가 뭔가 정교한 바닷속 식물처럼 그에게 달라붙은 채 떨어졌다 싶으면 그의 머리를 만지고, 그의 목에 입을 맞추고, 자존심을 세워주는 말을 속삭이면서 딱히 성욕을 감추거나 하지도 않았다. 파티 참석자들은 모두 밝고 생기에 넘쳐 보였지만 베스는 당혹스러움을 감추지 못했다.

거실에서는 레이가 소파 팔걸이에 걸터앉아 루앤이라는 이름의 스튜어디스에게 작업을 걸었다. 베스는 그가 작업을 거는 중이라고 확신했다. 그가 아무렇지 않게 보이려고 애썼으니까. 작업을 걸 때를 제외하면 그는 언제나 모든 것에 대해 긴장했다. 그녀는 무시하기로 마음먹고 진토닉을 홀짝대면서 아파트 안을 어슬렁거렸다.

벽에는 독일 달력에서 오려낸 추상화 그림을 끼운 액자들이 걸렸다. 현대적인 느낌의 금속 액자였다.

식당에는 겉면을 벗겨내고 윤을 낸 다음 근사하게 마감처리를 한, 이 도시 어딘가 철거된 건물에서 나온 거대한 문짝이 누워 있었다. 지금은 식탁이었다.

침대 위 벽에 붙은 장식용 조명은 접이식인 데다 위아래 높이는 물론이고 각도도 조절됐는데, 그 윤기 나는 둥근 머리는 360도로 빙빙 돌았다.

그녀는 그곳 침실에 서서 창밖을 내다보다가 거기가 어젯밤 불이 켜졌다가 꺼진 방이라는 사실을 알아챘다. 리오나 시아렐리의 죽음을 지켜봤던 말 없는 주시자가 섰던 방들 중 하나였다.

그녀는 거실로 돌아와 더욱 조심스럽게 주변을 둘러보았다. 스튜어디스와 2층에서 온 젊은 부부, 헴필 출신 주식중개인인 노이스 같은 몇 명을 제외하면 파티에 모인 사람들 전원이 그 살해 현장의 목격자였다.

"나 그만 갔으면 해." 그녀가 레이에게 말했다.

"왜요, 재미없어요?" 스튜어디스가 완벽한 작은 얼굴에 꾸민 듯한 미소를 띠며 물었다.

"모든 베닝턴 출신 아가씨들과 마찬가지로." 레이가 베스를 대신해 대답하며 말했다. "이 분도 전혀 즐기지 않음을 제일 즐기는 분이시죠. 꼼꼼한 기억력을 가진 사람들의 특징이기도 해요. 여기 다른 누군가의 아파트에 있으면 재떨이를 비우거나 길게 풀린 화장실 휴지를 다시 감을 수가 없으니까요. 그런 데다 융통성이 없는 성격이라서 성정상 그런 걸 견디질 못하죠. 그래서 우리는 가야 하고요. 좋아, 베스, 이만 작별인사를 하고 떠나자고. 환상배변통이 또 도진 모양이니까."

베스가 그의 뺨을 후려치자 스튜어디스의 눈이 휘둥그레

졌다. 하지만 미소는 원래 있던 곳에 그대로 얼어붙은 채 남았다.

다시 뺨을 후려치려는 그녀의 손목을 레이가 그러잡았다. "이런 병아리콩 같으니, 자기." 그가 필요 이상으로 억세게 그녀의 손목을 그러잡고서 말했다.

둘은 그녀의 아파트로 돌아와 주방 찬장을 꽝꽝 닫고 텔레비전 소리를 너무 크게 트는 것으로 소리 없는 다툼을 벌인 뒤 침대에 들었고, 그는 그녀의 항문에 자신의 성기를 삽입함으로써 그 행위가 가진 상징성을 영존시키려 했다. 그가 뭘 하려는 건지 그녀가 알아차리기 전에 그는 그녀를 엎어놓고 양 무릎과 양 팔꿈치로 내리눌렀다. 그녀는 돌아누우려 몸부림을 쳤고, 그는 소리 없이 몸을 뒤채고 꿈틀대는 그녀를 타고 앉았다. 그리고 그녀가 절대 그걸 허용하지 않으리라는 사실이 명확해졌을 때, 그는 엎어진 그녀의 가슴을 움켜잡고는 그녀가 고통에 찬 비명을 지를 정도로 꽉 쥐어짰다. 그는 그녀를 뒤집어 눕히고는 다리 사이에 자기 성기를 십여 차례 비비다 그녀의 배에 사정했다.

베스는 한쪽 팔로 얼굴을 가린 채 눈을 감고 누웠다. 울고 싶었지만 왠지 울 수가 없었다. 레이는 그녀 위에 엎드린 채 아무 말도 하지 않았다. 그녀는 당장 화장실로 달려가 샤워를 하고 싶었지만, 그는 정액이 둘의 몸에 말라붙고도 한참이 지나도록 움직이지 않았다.

"대학 때는 누구랑 사귀었어?" 그가 물었다.

"별로 사귄 사람 없어." 부루퉁한 목소리였다.

"윌리엄스대나 다트머스대에 다니는 부잣집 놈들과 찐하게 놀아난 적이 없다고? 소름 끼치는 동성애에서 벗어날 수 있도록 네 끈적거리는 작은 구멍에다 자기 당근 좀 꽂게 해주면 안 되냐고 애걸하는 애머스트대 지성인들이 없었다고?"

"그만해!"

"이봐, 자기, 언제나 무릎 양말을 신은 걸스카우트였을 리는 없잖아. 자기가 이따금 입에 자지를 물지 않았을 거라고 내가 믿을 거라 기대하면 안 되지. 윌리엄스 타운까지는, 얼마였지, 고작 30킬로미터도 안 되잖아? 주말이면 윌리엄스대의 늑대들이 고속도로가 미어져라 네 보지로 몰려들었을 게 뻔해. 자상한 레이 삼촌한테는 다 털어놔도 돼."

"대체 왜 이러는 거야?!" 그녀가 그에게서 빠져나오려고 꿈틀거리기 시작하자 그가 그녀의 어깨를 눌러 다시 침대에 밀어붙였다. 그러고는 그녀 위로 몸을 굽히고 말했다. "내가 이러는 건 내가 뉴요커라서야, 자기. 내가 매일 이 좆같은 도시에 살기 때문이야. 내가 파크 가 277번지에 있는 종교서적 전문 출판사에서 일하기 때문이지. 자신의 선함과 영적 밝음이 그 출판사에서 소책자로 출간되기를 바라는 성직자들과 독실한 체하는 목사 개자식들한테 맞장구를 쳐줘야 하기 때문이고. 내가 정말로 원하는 건 그 멍청한 시편 빠는 놈들을 37층 창밖으로 내던지고, 놈들이 떨어지면서 몇 장 몇 절이 어쩌고 주절대는 소리를 듣는 건데 말이야. 내가 이러는 건 달려들어

물어뜯는 거대한 개 같은 이 도시에서 평생을 살아왔기 때문이고, 내가 광대파리처럼 미쳤기 때문이야, 제기랄!"

그녀는 꼼짝도 못 하고 헐떡이며 누워 있었다. 갑자기 그에 대한 동정심과 애정이 몰려왔다. 그의 얼굴은 긴장한 채 하얗게 질렸다. 그녀는 그가 어쩌다 술을 과하게 마신 데다 이런저런 조건이 딱 맞물리는 바람에 자신에게 그런 소리를 내뱉는다는 걸 알았다.

"내게서 뭘 바라?" 그가 말했다. 목소리는 조금 부드러워졌지만, 그렇다고 날이 무뎌진 건 아니었다. "친절함과 상냥함과 이해와 스모그 탓에 눈이 따끔거릴 때 손잡아주는 거? 난 못 해. 난 그런 거 없어. 이 똥통 같은 도시에 그런 걸 가진 사람은 아무도 없어. 주위를 둘러봐. 여기서 무슨 일이 일어나는 거 같아? 상자 하나에 쥐를 너무 많이 넣으면 빌어먹을 쥐새끼 몇이 미쳐서 나머지를 갉아 죽이기 시작하지. 여기도 다를 거 없어! 이 정신병원에서는 모두 쥐가 되는 거야. 지금처럼 이 콘크리트 공간 안에 이렇게 많은 사람을 욱여넣을 수 있다고는 아무도 생각 못 했겠지. 거기다 버스와 택시와 무서워서 쪼그라든 개들과 밤이고 낮이고 계속되는 소음과… 돈도 없고 살 집도 없고, 생각 좀 하러 갈 데도 없어. 뭔가 저주받은 이종의 존재가 태어나기 딱 좋은 때를 만들 수밖에 없다고! 주변의 모든 사람을 미워하고 모든 거지와 깜둥이와 혼혈 새끼들을 다 걷어차 줄 순 없잖아. 택시 운전사들이 돈을 훔치고 요구할 자격도 없는 팁을 받아가면서도 저주를 퍼붓는 걸 그냥 둘 수는 없잖아. 옷깃이 까맣게 되고 몸에서 부서진 벽돌과 썩어가는 뇌수 냄새를 풍기면서 매연 속을 걸어 다닐 순 없잖아. 뭔가 끔찍한 걸 소환하지 않고는 견딜 수…."

그가 말을 멈췄다.

그의 얼굴에는 사랑하는 사람이 죽었다는 소식을 막 받아든 사람의 표정이 서렸다. 그가 벌렁 누웠다가 돌아눕더니 입을 닫았다.

그녀는 전에 그 표정을 어디서 봤는지 필사적으로 떠올리려 애쓰면서 그의 옆에 누워 덜덜 떨었다.

파티가 있던 밤 이후로 그는 전화하지 않았다. 그리고 복도에서 마주쳤을 때는 마치 자신이 제공한 모종의 기회를 그녀가 거부하기라도 한 것처럼 티를 내며 외면했다. 베스는 자신이 상황을 이해했다고 생각했다. 레이 글리슨이 첫 애인은 아니었지만, 베스를 그처럼 철저하게 거부한 사람은 그가 처음이었다. 자기 침대와 자기 삶에서뿐만 아니라 자신의 세계에서까지 그녀를 쫓아낸 첫 번째 사람이었다. 그녀는 보이지 않는 사람이 된 것 같았다. 경멸을 받는 것을 넘어 그냥 그곳에 없는 존재가 된 듯했다.

그녀는 바쁘게 움직여야 하는 일들을 만들었다.

그녀는 구즈먼과, 다른 곳도 아닌 스태튼아일랜드에 새로 구성된 한 단체가 의뢰한 안무 작업 세 건을 새로 받았다. 그녀는 미친 듯이 일했고, 사람들은 그녀에게 새로운 일을 주었다. 심지어 보수도 주었다.

그녀는 아파트가 너무 꼼꼼하게 신경 써서 장식한 것처럼 보이지 않도록 애썼다. 머스 커닝햄과 마사 그레이엄을 확대한 거대한 포스터는 대학 기숙사에서 윌리엄스 대학 방향으로 내려다보이던 언덕 밑 풍경을 연상시키는 브뤼헐 복제화로 대체했다. 그녀는 도살과 안개와 그 이상한 눈의 밤 이후 내내 가까이 다가가기를 꺼렸던 창 바깥의 작은 발코니를 쓸고 제라늄과 피튜니아와 소형 백일초와 몇 가지 내한성 다년생 식물을 심은 화분을 놓았다. 그러고 창문을 닫은 그녀는 정연하게 삶을 가꿔온 이 도시에 자신을 맡기러, 자신을 엮어 넣으러 나섰다.

그리고 도시는 그녀의 제의에 응답했다.

대학 때부터 알고 지낸 오랜 친구를 케네디 국제공항에서 배웅한 그녀는 샌드위치를 먹으러 공항 커피숍에 들렀다. 중앙의 조리구역을 빙 둘러 해자처럼 카운터가 붙었고, 조리구역 위에는 반들거리는 막대기에 고정된 거대한 광고판들이 붙었다. 광고판은 뉴욕이 즐거운 도시임을 역설했다. '뉴욕은 여름축제 중'이라고 광고판은 말했다. 조셉 팹이 센트럴 파크에서 셰익스피어를 공연한다고, 브롱크스 동물원에 가보라고, 여러 논란에도 불구하고 우리 사랑스러운 택시 운전사들을 아주 좋아하게 될 거라고, 광고판은 말했다. 조리구역 저쪽에 난 구멍으로 나온 음식이 좋은 냄새를 풍기는 행주로 카운터를 훔치며 날카로운 소리를 질러대는 한 떼의 종업원들을 뚫고 천천히 컨베이어 벨트를 타고 움직였다. 그 식당은 철강 압연공장에 버금가는 매력과 우아함을 지녔고, 소음 수준도 그에 상당했다. 베스는 1달러 25센트짜리 치즈버거와 우유 한 잔을 주문했다.

주문한 음식이 나왔는데, 차가웠다. 치즈는 녹지 않았고, 고기 패티는 굳이 따지자면 더러운 수세미를 닮았다. 빵은 차갑고 구워지지도 않았다. 패티 밑에는 양상추도 없었다.

베스는 어렵사리 어느 웨이트리스의 시선을 끌었다. 젊은 여자가 성가시다는 표정으로 다가왔다. "이 빵 좀 구워주시고, 양상추 한 조각 넣어주시면 안 될까요?" 베스가 말했다.

"우린 그렇게 안 해요." 웨이트리스가 벌써 반쯤 돌아서며 말했다.

"뭘 안 한다고요?"

"여기선 빵을 굽지 않아요."

"그렇군요. 하지만 전 빵을 구웠으면 좋겠어요." 베스가 단호하게 말했다.

"그리고 양상추를 추가하려면 돈을 내셔야 해요."

"제가 양상추 추가를 원하는 거라면." 베스가 점점 짜증을 내며 말했다. "돈을 내야겠죠. 하지만 여기엔 양상추가 없으니, 원래 있어야 할 것에 추가로 돈을 내야 할 것 같진 않은데요."

"우린 그렇게 안 해요."

웨이트리스가 다른 데로 걸어가기 시작했다. "잠깐만요."

베스가 말했다. 목소리가 높아진 탓에 컨베이어 벨트 양쪽에 앉은 사람들이 그녀를 쳐다보았다. "그쪽 얘기는 내가 1달러 25센트를 내야 하는데, 양상추 한 쪼가리는 고사하고 빵을 구워줄 수도 없다는 건가요?"

"그게 마음에 안 드신다면…."

"다시 가져가세요."

"돈은 내셔야 해요, 주문하셨으니까요."

"가져가라고 했어요. 이 빌어먹을 거 먹고 싶지 않다고요!"

웨이트리스가 전표에서 그 항목을 지웠다. 우유는 27센트였고, 상하기 시작하는 맛이 났다. 그때가 베스 인생에서 처음으로 '빌어먹을'이라는 단어를 큰 소리로 내뱉은 때였다.

베스는 셔츠 주머니에 펠트 펜들을 꽂고 계산대에 서서 땀을 흘리는 남자에게 말했다. "그냥 궁금해서 그러는데, 고객 항의에 관심 있으세요?"

"아니요!" 그가 으르렁거리며, 정말 글자 그대로 으르렁거리며 말했다. 그가 고개를 들지도 않고 73센트를 찍자 반환구로 동전들이 굴러 나왔다.

도시는 그녀의 제의에 응답했다.

다시 비가 내렸다. 그녀는 건널목의 녹색 신호를 보고 막 2번가 대로를 건널 참이었다. 연석에서 발을 떼는데 차 한 대가 빨간 불을 무시하고 미끄러지듯 달려오면서 그녀에게 물을 튀겼다. "이봐요!" 그녀가 소리를 질렀다.

"엿이나 먹어!" 운전자가 맞받아 소리치며 모퉁이를 돌았다.

부츠와 다리와 외투에 진흙이 튀었다. 그녀는 연석에 선 채 부들부들 떨었다.

도시는 그녀의 제의에 응답했다.

그녀는 안무 대본이 잔뜩 든 커다란 서류가방을 들고 맨해튼 중심가 어느 빌딩에서 나왔다. 그녀는 잠시 머리에 두른 방수 스카프를 바로잡는 중이었다. 서류가방을 든 잘 차려입은 남자 하나가 뒤에서 우산 손잡이를 그녀의 다리 사이에 찔러넣고 들어 올렸다. 그녀는 기겁했고, 그 바람에 가방을 놓쳤다.

도시는 응답했고, 응답했고, 응답했다.

그녀의 제의는 재빨리 바뀌었다.

얼굴이 불쾌해진 늙은 취객이 손을 뻗으며 뭐라고 웅얼거렸다. 그녀는 그를 저주하며 포르노 영화 상영관들을 지나쳐 브로드웨이로 걸어갔다.

그녀는 파크 대로에서 파란 불을 보고 건널목을 건넜다. 택시 운전사들이 자칫하면 그녀를 칠 기세로 급브레이크를 밟아댔다. 그녀는 이제 '빌어먹을'이라는 단어를 자주 입에 올리게 되었다.

자신이 혼자 술 마시는 사람들을 위한 바에서 옆에 팔꿈치를 세우고 앉은 남자와 술을 마시는 중이라는 사실을 깨달았을 때, 그녀는 문득 어지러워졌다. 집에 가야 했다.

하지만 버몬트는 너무 멀었다.

*

그러고 한참 시간이 지났다. 그녀는 링컨센터에서 발레 공연을 보고 돌아와 곧장 침대로 향했다. 침실에서 반쯤 잠이 들었는데 어디선가 이상한 소리가 들렸다. 벽을 사이에 두고 맞닿은 깜깜한 거실에서 나는 소리였다. 그녀는 살며시 침대에서 일어나 두 방을 연결하는 문으로 갔다. 그녀는 거실 바로 안쪽에 있는 전등 스위치를 조용히 손으로 더듬어 찾아서 켰다. 가죽 반코트를 입은 흑인 하나가 막 아파트에서 나가려던 참이었다. 불빛이 거실을 밝히자 놈이 가지고 나가려고 문가에 놓아둔 텔레비전이 보였다. 보안성을 자랑한다는 보조 자물쇠와 잠금쇠가 모종의 방법으로 부서진 것도 보였다. 아파트 절도에 관한 특집 기사를 낸 〈뉴욕 매거진〉에서도 미처 고발하지 못한 새롭고도 참신한 방법이었다. 그녀는 도둑의 발에 전화선이 걸린 걸 보았다. 샤워 때문에 업무 관련 전화를 놓치기 싫으니 전화기를 욕실에 들고 갈 수 있도록 특별히 길게 설치해달라고 했던 전화선이었다. 이 모든 것이 한눈에 들어왔다. 그리고 한 가지가 더 지독할 정도로 선명하게 눈에 들어왔다. 그 도둑의 얼굴에 드러난 표정이었다.

그 표정에는 뭔가 낯익은 게 있었다.

현관문을 거의 연 상태였던 도둑이 다시 문을 닫고 보조 자물쇠를 채웠다.

도둑이 그녀 쪽으로 한 발을 떼었다.

베스는 뒤로 물러나 캄캄한 침실로 들어갔다.

도시는 그녀의 제의에 응답했다.

그녀가 침대 머리 쪽 벽을 등지고 섰다. 어둠 속에서 그녀의 손이 전화기를 찾아 더듬거렸다. 도둑의 형체가 문간을 채웠다. 빛은, 모든 빛은 도둑의 뒤에 있었다. 윤곽만 보아서는 알 수 없을 게 분명한데도 어쩐지 그녀는 도둑이 장갑을 끼어서 남는 흔적이라고는 예정된 경로로의 순환을 멈춘 피 색깔이 비치는 거의 검정에 가까운 시퍼런 멍뿐일 것임을 알았다.

도둑이 아무렇지도 않게 팔을 늘어뜨린 채 그녀에게 다가왔다. 침대를 넘어가려는 그녀를 놈이 뒤에서 덥석 붙잡는 바람에 나이트가운이 찢어졌다. 놈은 한 손으로 그녀의 목을 쥐고 뒤로 잡아당겼다. 그녀가 침대에서 떨어져 놈의 발치에 나동그라지자 그녀를 잡았던 손이 풀렸다. 그녀는 정신없이 바닥을 기었다. 잠시 공포를 느낄 짬이 생겼다. 난 죽을 것이다. 그녀는 겁에 질렸다.

놈이 벽장과 옷장 사이 구석에 그녀를 몰아넣고는 발로 찼다.

놈의 발이 무릎을 세우고 몸을 단단히 더 조그맣게 만 그녀의 허벅지를 때렸다. 그녀는 추웠다.

그러고는 놈이 두 손을 뻗어 그녀의 머리채를 휘어잡고 일으켜 세웠다. 놈이 그녀의 머리를 벽에 내려쳤다. 주변의 모든 것이 세상의 끝으로 도망가는 것처럼 그녀의 시야에서 미끄러져 사라졌다. 놈이 그녀의 머리를 다시 한 번 벽에 박았고, 그녀는 오른쪽 귀 위쪽의 뭔가가 깨지는 것을 느꼈다.

놈이 세 번째로 벽에다 그녀의 머리를 박으려 할 때 그녀는 놈의 얼굴 쪽으로 마구잡이로 팔을 뻗어 손톱으로 긁어 내렸다. 놈이 고통에 찬 비명을 질렀고, 앞으로 왈칵 몸이 쏠린 그녀는 놈의 허리를 부둥켜안았다. 놈이 비틀거리며 뒷걸음질을 치자 내뻗는 팔과 다리가 서로 엉켰고, 둘은 창밖 작은 발코니로 넘어졌다.

밑에 깔린 베스의 등과 다리를 누르는 창틀이 느껴졌다. 그녀는 발로 바닥을 디디려 애를 쓰면서 놈이 재킷 밑에 받쳐 입은 셔츠에 손톱을 박아넣고 찢었다. 그녀는 다시 제 발로 서게 되었고, 둘은 소리 없이 뒤엉켜 싸웠다.

놈이 그녀를 휙 돌리더니 연철 난간 너머로 그녀를 밀었다. 뒤로 허리가 꺾이면서 그녀의 얼굴이 안마당을 향했다.

'사람들이 창가에 서 있어. 지켜보고 있어.'

그녀는 안개 너머에서 지켜보는 그들을 보았다. 그녀는 안개 너머에 있는 그들의 표정을 알아보았다. 그녀는 안개 너머로 그들이 동시에 숨 쉬는 소리를, 기대와 경이감에 찬 숨을 내쉬는 소리를 들었다. 안개 너머로.

그리고 그 흑인이 그녀의 목을 내리쳤다. 그녀는 컥컥거리며 정신을 잃기 시작했다. 폐로 공기를 들일 수가 없었다. 뒤로, 뒤로, 놈은 그녀를 더 뒤로 밀었고, 그녀는 위를, 똑바로 위를, 9층 위쪽을 쳐다보았다.

'저기 위에, 눈이.'

전에 레이 글리슨이 자신에 대해서, 도시가 자신에게 강요한 선택이 얼마나 절망적이고 결정적인지에 대해서 한 말이 떠올랐다. '보호막 없이는 이 도시에서 살거나 생존할 수 없어…. 미쳐가는 쥐처럼, 뭔가 저주받은 이종의 존재가 태어나기 딱 좋은 때를 만들지 않고는, 이런 식으로는 살 수 없어…. 끔찍한 뭔가를 소환하지 않고는 견딜 수 없어….'

신이었다! 새로운 신, 어린아이의 눈과 허기를 가진 고대의 신이, 안개와 거리폭력을 부르는 미친 피투성이 신이 돌아왔다. 숭배자들을 필요로 하는 신, 희생자로 죽을 것인지 아니면 다른 선택된 희생자들의 죽음에 대한 영원한 목격자로서 살 것인지 선택을 요구하는 신. 시대에 맞는 신. 거리와 사람들의 신.

그녀는 레이에게, 다리 긴 필라델피아 출신 모델의 몸속에 손가락을 집어넣고 나란히 서서 그들로서는 가장 성스러운 방식으로 예배를 드리며 침실 창가에 선 9층의 광고 연출가에게, 그들만의 예배에 참석할 기회라고 레이가 권유한 그 파티에 참석했던 다른 모든 사람에게 소리쳐 애원하려 했다. 그녀는 선택해야만 하는 그 상황에서 구원받고 싶었다.

하지만 그 흑인은 그녀의 목을 가격했고, 이제는 두 손으로, 한 손으로는 그녀의 가슴을, 다른 한 손으로는 그녀의 얼굴을 밀었다. 욕지기가 미처 채우지 못한 그녀의 속을 가죽 냄새가 채웠다. 그리고 그녀는 레이가 마음을 썼다는 걸, 자신이 제공한 기회를 그녀가 받아들이기 원했다는 걸 이해했다. 하지만 그녀는 작고 하얀 기숙사와 버몬트 시골이 있는 세상에서 왔다. 그건 진짜 세상이 아니었다. 이것이 진짜 세상이고 저 위에는 이 세상을 다스리는 신이 있다. 그녀는 그 신을 거부했었다. 그 신을 섬기는 사제이자 하인인 그에게 '아니'라고 말했었다. 살려줘! 날 내버려두지 마!

그녀는 소리를 질러야 한다는 걸, 애원해야 한다는 걸, 저 신에게 허락을 빌고 애걸해야 한다는 걸 알았다. 난… 날 구할 수 없어!

그녀는 몸부림을 치면서 소리쳐 부를 말들을 소환하려는 끔찍하고 작고 가냘픈 울음소리를 냈다. 갑자기 그녀가 선을 넘었다. 그녀는 리오나 시아렐리가 제대로 쓸 줄 몰랐던 목소리로 온 안마당이 울리도록 비명을 질렀다.

"이 남자! 이 남자를 데려가요! 제가 아니에요! 전 당신 편이에요. 전 당신을 사랑해요. 전 당신 거예요! 이 남자를 데려가요. 제가 아니라, 제발 제가 아니라, 이 남자를 데려가요. 이 남자를. 전 당신 거예요!"

흑인 남자의 몸이 갑자기 비틀리듯이 들리더니 발코니를 넘어 안개가 자욱한 안마당 위로 곧장 빨려 올라갔다. 베스는 엉망이 되어버린 긴 화분에 무릎을 꿇었다.

반쯤 정신을 잃은 상태라 그녀는 자신이 제대로 보는지 확신할 수 없었다. 도둑이 이리저리 흔들리면서, 검게 탄 이파리처럼 소용돌이치고 빙빙 돌면서 위로 올라갔다.

그리고 위에 있는 존재는 더욱 확고한 형태를 드러냈다. 발톱이 달린 거대한 발과 지금껏 본 어떤 동물과도 닮지 않은 형태가 드러났다. 그리고 그 불쌍한, 겁에 질려 매 맞는 개처럼 낑낑거리는 흑인 도둑의 살점이 뜯겨 나갔다. 그의 몸이 가는 절개선을 보이며 갈라졌다. 갑작스러운 폭우처럼 온통 피가 쏟아지자 한 차례 허둥거리긴 했지만, 도둑은 여전히 살아서 전기 충격을 받은 개구리 다리처럼 저도 모르는 공포로 움찔거렸다. 그는 한 조각 한 조각 갈가리 찢길 때마다 움찔거리고 또 움찔거렸다. 살점과 뼛조각과 미친 듯이 깜박거리는 눈이 달린 얼굴 반쪽이 우수수 베스 앞을 스쳐 떨어졌고, 철벅거리는 소리를 내며 밑의 시멘트 바닥에 부딪혔다. 그리고 장기가 쥐어짜지고 근육조직과 담즙과 똥과 피부가 갈리고 한데 문질러져 떨어져 나가도 그는 여전히 살아 있었다. 리오나 시아렐리의 죽음이 계속되고 또 계속된 것처럼, 그 광경도 계속되고 또 계속됐다. 베스는 크나큰 희생을 치르고 살아남은 자들이 얻는 뼈아픈 지식을 통해 리오나 시아렐리의 죽음을 목격한 이들이 아무 일도 하지 않은 이유가 공포로 얼어붙었거나 개입하고 싶지 않았거나 오랫동안 텔레비전에서 본 도살 장면 때문에 죽음에 무뎌졌기 때문이 아니라는 걸 알았다.

그들은 이 도시가 요구하는 검은 미사에, 철과 콘크리트로 이루어진 이 미친 성전에서는 한 번이 아니라 하루에도 수천 번씩 열리는 검은 미사에 모인 숭배자들이었다.

이제 베스는 일어나 찢어진 나이트가운을 걸친 반 나신으로 연철 난간을 두 손으로 꽉 잡고 선 채 더 많은 걸 보기를, 더 깊숙이 들이마시기를 간청했다.

이제 그녀는 그들의 일원이었다. 그 밤의 희생 제물이 피를 흘리고 비명을 지르며 조각조각 그녀를 지나쳐 떨어졌다.

내일 경찰이 또 올 것이다. 와서 질문할 것이고, 그녀는 말할 것이다. 그 도둑이, 그 사건이 얼마나 끔찍했는지, 도둑이 자신을 강간하고 죽일까 봐 두려움에 떨며 어떻게 싸웠는지, 그러다 그 도둑이 어떻게 떨어졌는지, 그 도둑이 어쩌다 그렇게 끔찍하게 뭉개지고 찢겼는지는 모르겠지만, 어쨌든 7층에서 떨어졌으니….

내일 그녀는 마음 놓고 길을 걷게 될 것이다. 그녀에겐 어떠한 해도 미칠 수 없기 때문이다. 내일이면 보조 자물쇠를 제거해도 괜찮을 것이다. 이 도시의 어떤 것도 더 이상 그녀에게 나쁜 짓을 할 수 없다. 그녀가 유일한 선택을 했기 때문이다. 그녀는 이제 이 도시의 거주자이며, 온전하고도 충분한 이 도시의 일부이다. 그녀는 이제 자신이 섬기는 신의 품에 안겼다.

그녀는 옆에 선 레이를, 옆에 서서 그녀를 안고 벌거벗은 등을 감싸 보호해주는 레이를 느꼈다. 그녀는 위에서 소용돌이치며 그 권능으로 안마당을 채우고, 도시를 채우고, 그녀의 눈과 영혼과 심장을 채우는 안개를 쳐다보았다. 벌거벗은 레이의 몸이 단단히 그녀를 누르며 안으로 밀고 들어올 때, 그녀는 그 밤을 깊숙이 들이마셨다. 그녀는 지금 이 순간부터 들리는 소리는 무엇이든 매 맞는 개의 소리가 아니라 강력한 육식 짐승의 소리일 것임을 알았다.

마침내 그녀는 두렵지 않았다. 두려워하지 않아도 된다는 건 너무 좋았다. 너무너무 좋았다.

> 내적 생명이 말라버린 때, 감정이 사라지고 냉담함이 증가할 때, 사람이 다른 사람에게 영향을 미치지 못하거나 실질적인 접촉조차 하지 못할 때, 접촉에 대한 악마적 갈구로 인한 폭력성이 불타올라 가능한 가장 직접적인 방식으로 접촉을 강제해 내려는 무분별한 추진력으로 작용한다.
>
> — 롤로 메이, 《사랑과 의지》 중에서

사이 영역

The Region Between

1971년 로커스상 수상

1971년 휴고상 노미네이트

1971년 네뷸러상 노미네이트

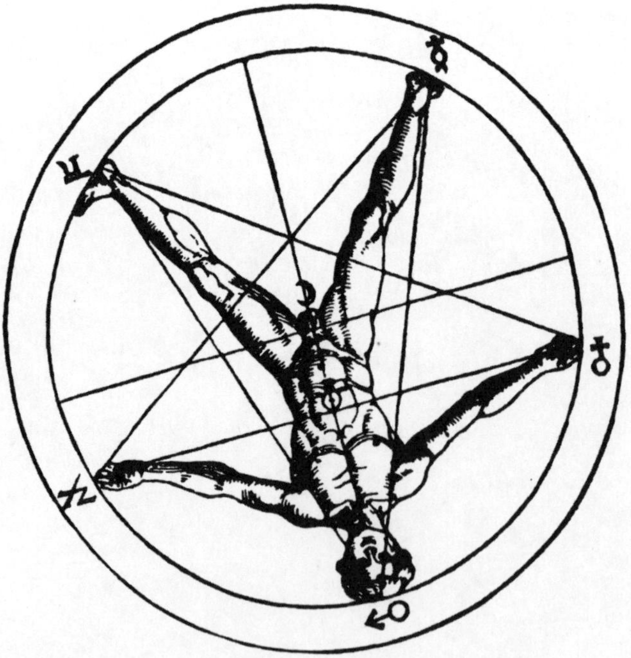

타이포그래픽 — 할란 엘리슨

그림 — 잭 고건

"왼손." 마른 남자가 단조롭게 말했다. "손목 올려요."

윌리엄 베일리는 소매 끝을 접어 올렸다. 마른 남자는 그의 손목에 뭔가 차가운 것을 대고, 제일 가까운 문 쪽을 고갯짓했다.

"저 문을 지나서 오른쪽 첫 번째 자리요." 마른 남자는 그렇게 말하고 고개를 돌렸다.

"잠깐만요." 베일리는 항의하려고 했다. "내가 원한 건…."

"빨리 해치웁시다, 동무. 빨리 끝나요."

베일리는 뭔가가 심장 아래를 찌르는 느낌을 받았다. "그 말은… 설마 벌써… 그게 다입니까?"

"그러자고 온 거 아닙니까? 첫 번째 자리예요, 동무. 갑시다."

"하지만… 내가 여기 온 지 2분도 안 됐는데…."

"뭘 기대하는 겁니까, 오르간 음악이라도 흘러나올까 봐요? 이봐요, 동무." 마른 남자는 벽시계를 흘긋 보았다. "난 쉬는 시간입니다. 무슨 뜻인지 알아요?"

"그래도 하다못해 시간이 조금은… 뭐라도…."

"나 좀 도와줘요. 본인 의지로 하는 일인데 내가 끌고 갈 필요는 없잖아요, 그렇죠?" 마른 남자는 문을 밀어 열고, 베일리를 재촉해서 화학 약품과 죽은 살 냄새가 나는 공간으로 들여보냈다. 그리고 커튼을 친 좁은 방 안의 침대 하나를 가리켰다.

"누워요. 팔다리는 똑바로 펴고."

베일리는 시키는 대로 자세를 잡았고, 마른 남자가 발목에 끈을 채우기 시작하자 긴장했다.

"긴장 풀어요. 좀 뒤처져봐야 내가 몇 시간쯤 고객에게 돌아가는 게 늦어지고 사람들이 빽빽하게 군다 뿐이에요…. 그놈의 투서함은 한 종류뿐이라니까요. 무슨 말인지 알아요?"

부드럽고 따뜻한 물결이 드러누운 베일리를 휩쓸었다.

"어이, 지난 12시간 동안 아무것도 안 먹었죠?" 마른 남자의 얼굴이 흐릿한 분홍색 얼룩이 되었다.

"아우으으으." 베일리는 자기가 말하는 소리를 들었다.

"좋아요, 푹 자요. 동무." 마른 남자의 목소리가 쿵쿵 울리다가 사라졌다. 끝없는 암흑에 둘러싸이면서 베일리가 마지막으로 생각한 것은, 안락사 센터로 가는 입구 위에 화강암을 쪼아 새겨놓은 말이었다.

"…나에게 자유를 갈망하는 너희 지치고 가엾고 희망 없는 이들을 보내라. 그들에게 내가 놋쇠 문 옆에서 등불을 들 터이니…."

1

죽음은 하이픈처럼 왔다. 삶에 뒤이어 그 삶의 대차대조표가 바로 따라왔다. 베일리는 죽어서야 살기 시작했기 때문이다.

그러나 그것을 "산다"고 말할 수는 없었다. 그 길로 간 누구도 그걸 "산다"고 말할 수는 없을 것이다. 그건 뭔가 다른 무엇이었다. "죽음"과는 완전히 다르고 "삶"과도 전혀 다른 무엇.

바깥쪽으로 선회하는 베일리를 별들이 통과해 지나갔다.

눈부시게 불타오르는 별들, 더 많은 별이 행성계를 거느린 채 그의 주위를 빙글빙글 돌았다. 보이지 않는 선에 매달려 그의 뒤, 그의 주위 어둠 속을 타고 내려가듯이….

그를 건드리는 것은 없었다.

티끌 같은 별들이 변덕스러운 패턴을 그리며 소리 없이 돌진해 지나갔고, 베일리의 몸은 점점 커져서 두 물체는 동시에 같은 공간에 존재할 수 없다는 법칙을 어기고 우주를 채웠다. 지구보다 더 커지고, 태양계보다 더 커지고, 태양계를 품은 은하계보다 더 커진 베일리의 몸은 부풀어 올라 우주 끝부터 끝까지를 채웠다가 풍선이 쪼그라들 듯 살짝 짜부라진 원을 그리며 제자리로 돌아갔다.

그의 정신은 모든 곳에 있었다.

너무 가늘게 찢어서 측정할 수 없게 된 스트링 치즈처럼, 베일리의 정신은 여기에도 저기에도 또 거기에도 있었다. 또 거기에도.

그리고 서큐버스의 렌즈 속에도 있었다.

금빛 장식 무늬를 속삭이는, 떨리는 수정음이 울렸다. 음 하나가 무한히 높이 솟아올랐다가 잦아들고, 다른 음이 그 뒤를 따르며 앞의 음이 죽어가는 동안 겹쳐지듯 태어났다. 거미줄에 붙들린 꿈의 목소리였다. 그곳, 호박의 완벽한 심장 속에 고정된 베일리는 죽음의 순간에 그의 베일리스러움이 사방 어디에나 떠돌아다닐 수 있게 해주는 힘에 붙들리고 사로잡혀, 영원해졌다.

서큐버스의 렌즈 속에 갇혀서.

[기다림: 비움. 어느 사막 세계에서 일곱 태양 아래 구워지던 '정신뱀'이 죽음의 순간에 대비했다. 그 숙적인 전기 불꽃 튀기는 가느다란 섬유 털뭉치가 정신뱀을 공격해서 죽이고 먹으려고 움직이고 있었다. 움직이지 못하는 정신뱀은 생각도 비웠고 치명적인 공격 직전에 희생자를 당혹스럽게 만들던 빛의 패턴도 비웠다. 털뭉치는 정신뱀을 향해 불꽃을 튀겼다. 털뭉치는 흐릿한 사막에 섬유를 뻗어 모래 밑을 움직이는 것들의 소리를 듣고, 공기를 맛보고 열기를 느끼며 맥동했다. 정신뱀이 유혹하고 흥미를 불러일으키는 빛을 하필 물러나기 직전에… 아니, 물러난 게 아니라 정지하기 직전에 다 써버리다니, 좀처럼 일어날 것 같지 않은 일이었다. 정신뱀은 정지했다. 완전히 멈췄다. 하지만 이것이 함정이 아니라면, 이것이 옛 정신뱀에게 최근에 배운 새로운 전술이 아니라면 털뭉치에게는 기회가 될 터였다. 털뭉치는 더 가까이 접근했다. 정신뱀은 텅 빈 채로, 기다렸다.]

서큐버스의 렌즈 속에 갇혀서.

[기다림: 비움. 연푸른색에 정맥이 드러난 괴물 같은 머리통이 섬세한 격자 모양의 멍에와 고삐로 백조 같은 목 위에 떠받들려 있었다. 자기 세계를 살려달라고 항성간 의회에 마지막 청원을 하러 온 뉴굴의 상원의원이었다. 갑자기 침묵에 떨어졌다. 아무 소리도, 아무 움직임도 없이, 긴 지지대에 올라선 키 크고 수척한 몸은 생기라고는 없는 상태로 떨면서, 모여든 수백만에게 한순간 전에는 이 껍질 속에 마음을 울리는 웅

변이 담겨 있었음을 상기시켰다. 한 세계의 운명이, 상원의원의 운명보다 더 위태로운 균형 위에서 떨고 있었다. 무슨 일이 일어난 것일까? 항성간 의회 안에 마구잡이로 솟아오른 추측들은 뉴굴을 이 자리에 불러, 이 상원의원의 호소에 운명을 맡기게 만든 원래 상황 못지않게 흥미진진했다. 상원의원은 지금 일어서서 지지대에 기댄 채 말없이, 텅 빈 채, 기다렸다.]

서큐버스의 렌즈 속에 갇혀서.

[기다림: 비움. 휠의 주술사, 암흑과 악의 권능. 혼돈과 파괴를 위한 힘. 그는 룬 문자들과 오팔 조각들, 짐승 뼈와 이름도 없는 지저분한 것들 위에서 평정을 누리다가 급격히 침묵에 빠져든다. 눈에는 가루 같은 별빛이 빠져나가고 없다. 늘어진다는 게 뭔지 몰랐던 얼굴에서 입가가 갑자기 늘어진다. 새끼 암양은 흑요암 덩어리에 묶여 가만히 누워 있고, 불쾌한 조각들이 잔뜩 들어간 칼은 아직도 주술사의 마비된 손에 잡혀 있다. 그리고 의식은 멈춰버렸다. 암흑의 세력들이 부름을 받아 모여들고 있었는데, 이제는 떠나지도 못하고 뭔가 하지도 못하고 머물기도 싫은 상태로 우윳빛 수증기처럼 허공을 흐렸다. 정신이 나간 휠의 주술사가 얼어붙은 듯 텅 비어, 기다리는 동안에.]

서큐버스의 렌즈 속에 갇혀서.

[기다림: 비움. 프록시마 센타우리* 다섯 번째 행성 프로몬

* 켄타우로스자리 프록시마 별, 밤하늘에서 가장 밝다.

토리에서 어떤 남자가 걸음을 떼다 말고 멈췄다. 제어판으로, 세 겹의 보안판 아래 감춰진 어떤 버튼으로 가던 길이었다. 이 전쟁 기계에 헤아릴 수 없이 중요한 중심인물인 이 남자는 말문이 막히고 시력을 잃었다. 일종의 죽음이었다…. 단 한 순간도 더 기다리지 않고서. 비존재의 중력에 의해 자신의 몸에서 빠져나와 텅 빈 껍데기만 남은 휴면 상태였다. 두 개의 거대한 군대가 대륙 가장자리에서 대기하며 그 버튼이 눌리기를 기다리고 있었다. 그러나 이 남자가 예방 조치로 들어간 폐쇄 지하 벙커에서 소리를 잃고 텅 비어 서 있는 동안에는 그 버튼이 눌릴 리가 없었다. 접근할 수도, 건드릴 수도 없는 이 남자와 이 전쟁은 교착 상태로 멈춰버렸다. 그동안에도 그 남자 주위의 세상은 미래를 향해 조금이라도 움직이려고 발버둥을 쳤고, 힘줄이 끊어진 짐승처럼 어떻게도 할 수 없다는 사실을 알고 텅 빈 채, 기다렸다.]

서큐버스의 렌즈 속에 갇혀서.

그리고….

[기다림: 비움. 핑크라는 이름의 중위는 야전 침대에 누워서 50번째 공격 임무를 생각하고 있다가 갑자기 사라졌다. 생명력이 빠져나가, 죽지도 살지도 않은 상태로, 숙소 칸막이 천장을 멍하니 올려다볼 뿐이었다. 그동안에도 그의 우주선 위에서는 몬타그-틸 전쟁이 맹위를 떨쳤다. 은하 인덱스 888구역. 암흑성 몬타그와 틸 은하계의 성운단 사이 어딘가. 림보에 빠진 핑크 중위는 아무것도 느끼지 못한 채, 영혼이 주입되어야

했다. 생명력을 채워 넣어야 했다. 틸 은하계의 누구도 모르지만 핑크 중위는 이 전쟁에서 그 누구보다 더 필요한 존재였다. 그의 정수를 강탈당한 순간까지만 해도 그랬다. 이제 핑크는 50번째 공격 임무를 앞두고 그대로 누운 채, 자기 세계를 도울 수가 없었다. 아무 능력도 없이, 죽지도 않고, 살지도 않은 채, 텅 비어서… 기다렸다.]

한편 베일리는….

'사이 지역'을 떠다녔다. 모든 곳만큼이나 거대한 무(無) 속을 흥얼거리며. 실체도 없이. 육체도 없이. 순수한 생각, 순수한 에너지, 순수한 베일리만 존재했다. 서큐버스의 렌즈 속에 갇혀서.

1½

금보다 귀하고, 우라늄보다 더 수요가 많으며, 음양화(陰陽花)보다 더 드물고, 소아마비 백신보다 더 필요하며, 다이아몬드보다 진기하고, 에너지 구슬보다 더 값어치 있고, 뱀파이어 추출물보다 유통 가능하고, 2038년산 빈티지 샤토 룩소르보다 소중하고, 캉가의 질이 두 개 달린 매춘부보다 더 열망할 만한 것….

영혼들.

도둑질이 시작된 것은 500년 전이었다. 마구잡이 강탈이었다. 그들은 가장 엉뚱한 그릇들에게서 훔쳤다. "영혼"을 가지고 있을 거라 여겨진 적 없는 짐승과 사람과 존재들로부터. 누가 훔치고 있는지는 알려지지 않았다. 공간의(또는 비공간의)(또는 공간과 비공간 사이 간격의) 범위를 한참 벗어난 어딘가, 이름도 없고 차원도 없으며 그 빛이 알려진 우주의 가장 먼 가장자리에도 닿은 적 없는 곳에, 생물인지 물건인지 집합체인지 힘인지는 모르겠지만 알려진 우주에 거주하는 기고 걷고 뛰고 헤엄치고 날아다니는 것들의 생명력을 필요로 하는 누군가가 있었다. 그래서 영혼들이 사라지고, 텅 빈 껍데기들이 남았다.

그들은 '도둑들'이라 불렸다. 그만큼 잘 어울리는 이름이 없었다. 그 한마디에 얼마나 많은 슬픔과 체념이 담겨 있는지. 그들은 '도둑들'이라 불렸고, 목격된 적도 이해된 적도 없었으며 본질이나 목적은 물론이요, 심지어는 도둑질 수법조차 드러내지 않았다. 그러니 그들의 강탈 행위에 대해 할 수 있는 일이 없었다. 그들은 '죽음'과도 같았다. 그 소행은 관찰되나, 더 높은 권위에 의지하지 않는 삶의 현실로 존재했다. '죽음'과 '도둑들'이 하는 일은 결정적이었다.

그리하여 항성간 의회와 은하 인덱스와 유니버설 메리디안과 페르세우스 연합과 게자리 복합체 등 알려진 우주 모두에서 도둑들이 하는 짓의 현실을 체념과 극기로 받아들였다. 다른 길이 없었다. 달리 할 수 있는 일이 없었다.

그러나 그것이 알려진 우주들의 삶을 바꿨다.

수백만 수천만 수조 세계의 필요에 영합하여 영혼 모집자들이 나타났다. 납치범들. 아직 죽지 않은 이들의 무덤 도굴꾼들. 이들 또한 '도둑들'과 마찬가지로 도둑이었다. 그들은 비밀스러운 힘과 능력으로 의회나 인덱스나 메리디안, 연합과 복합체가 아니라 존재도 알려지지 않은 세계들에서 신선한 영혼을 가져다가 어느 세계든 영혼을 강탈당한 자리를 메울 수 있었다. 어느 변두리 세계에서 중요 인물이 갑자기 축늘어져 영혼 없는 상태가 되면, 영혼 모집자에게 접촉해서 밀거래가 작동했다. 마지막 수단, 최후의 접촉, 더할 나위 없이 부끄럽지만 다급한 필요 때문에, 그들은 영혼을 훔쳐 공급했다.

그런 이들 중 하나가 서큐버스였다.

그는 부유했다. 그리고 건조했다. 이것이 인간의 언어로 설명할 수 있는 서큐버스의 두 가지 특질이었다. 그는 예전에 사냥개자리 카펠-112라는 꼬리표가 붙은 항성에서 다섯 번째에 있는 작은 행성의 모래 바다를 돌아다니는 지배종의 일원이었다. 그리고 그렇게 단순하게 식별되는 존재이기를 그만둔 지 오래였다.

몇 광년에 걸쳐, 테라 시간으로는 수백 년에 걸쳐 그가 걸어온 길은 그를 모래 바다와 최저의 '체면'(그것이 그의 종족이 가치 있게 여기는 한 가지 부의 척도를 측정할 수 있는 유일한 용어였다)에서부터 게자리 복합체의 중추 가까이에 있는 건조하고 부유한 자리로 이끌었다. 그의 개인적인 가치는 이제 수백 수천억 달러, 9천 세대에 이르는 자손들을 넉넉하게 지탱하는 꺼지지 않는 빛, 연합 소속 종족 중에서 상위 세 사회분파만이 큰 소리로 말하거나 움직이면서 입에 올릴 수 있는 이름, 그의 종족 중 어느 누가 소유했던 것보다 더 많은…, 야엘레가 신화 속에서 소유했던 것마저 능가하는 "체면"이라는 말들로만 측정할 수 있었다.

부유하고, 건조하며, 헤아릴 수 없이 가치 있는 인물. 서큐버스.

서큐버스의 무역업은 공공연히 지탄을 받았지만, 알려진 우주에서 서큐버스가 영혼 모집자라는 사실을 아는 존재는 일곱 명밖에 없었다. 그는 양쪽 삶을 강력하게 분리해 두었다.

"체면"과 도굴은 양립 불가능했다.

그는 사업을 깔끔하게 운영했다. 작은 사업이었으나 수익은 어마어마했다. 주의 깊게 고른 영혼만 취급했고, 낡거나 중고품은 취급하지 않았다. 품질 관리가 생명이었다.

그리고 그는 자신을 아는 고위직 일곱 명, 즉 닌, 포돈, 에넥-L, 밀리(바스)코달, 이름이 없는 무지(無地), 캄 로얀, 그리고 PL을 통해 가장 고상한 의뢰만 받았다.

그는 500년간 모집 일을 하며 온갖 영혼을 공급했다. 볼리알 V에서 중요한 배우의 빈 껍데기에도 공급했고, 진딧물을 닮은 어떤 생명체의 기다리는 몸뚱이에도, 어느 통합 노동조

합의 우두머리에게도, 휘치트 11과 휘치트 13에게도 공급했다. 골레나 프라임의 세습 통치자의 영혼이 비어 움직이지 않는 딸에게도. 도나델로 III의 일곱 번째 달에 사는, 500 조드잼 종교 사이클을 진전시킬 수 있는 신비로운 마법 과학자의 빈 몸에도. 비극적인 오레크낸의 공평무사한 은종(鐘銀) 이원(二元) 라오코 집합 정신을 봉하는 무광택 불꽃 속에도.

서큐버스의 의뢰를 중개하는 일곱 명조차도 서큐버스가 어디에서 어떻게 그런 가공되지 않고 굳어지지 않은 질 좋은 영혼들을 입수하는지 알지 못했다. 그의 경쟁자들은 거의 시들고 딱딱해진 영혼들만 다루었고, 그런 영혼들은 생각과 믿음과 이데올로기가 깊이 배어든 나머지 각인과 얼룩이 남은 채로 새 그릇에 들어갈 수밖에 없었다. 하지만 서큐버스는….

용케도 젊은 영혼들을 구했다. 원기 왕성한 영혼들. 말랑말랑하고 동화할 준비가 된 영혼들. 윤기가 흐르고 독창적인 영혼들. 알려진 우주에서 가장 훌륭한 영혼들을.

"체면"을 높이겠다는 결심만큼이나 결연히 자신이 택한 직업에 탁월하기로 결심한 서큐버스는 60여 년을 들여 알려진 우주들의 가장자리를 돌아다녔다. 그는 많은 종족을 주의 깊게 관찰하고, 자신을 목적을 위해 적응성이 좋고 유연하며 경직되지 않은 이들에게만 주목했다.

자신의 목적을 위해, 그는 이들을 골랐다:

스티치인

아마사니인

코콜로이드인

플래셔

그리스타닉인

부나니트인

콘돌리스인

트라트라비시인

그리고 지구인.

그는 이 종족들이 지배하는 행성마다 효과적인 모집 체계를 실행해서, 각 종족 사회에 완벽하게 알맞은 형태를 취했다.

스티치는 영원한 꿈가루를 받았다.

아마사니에게는 도플갱어 변환이 주어졌다.

코콜로이드에게는 재생을 믿는 종교가 생겼다.

플래셔들에게는 내세의 증거가 주어졌다.

그리스타닉은 의례적인 최면 무아지경을 얻었다.

부나니트에는 (불완전한) 텔레포트가 생겼다.

콘돌리스는 악몽 전투에 의한 재판이라는 오락거리를 얻었다.

트라트라비시에는 납치와 정신 오염을 대단히 장려하는 지하세계가 주어졌다. 그들은 또한 노다비트라는 놀라운 마약도 얻었다.

지구에는 '안락사 센터'가 생겼다.

그리고 이런 다양한 경로로 서큐버스는 최고의 영혼들을 안정적으로 공급받았다. 그는 플래셔와 제비갈매기들과 콘돌

리스와 에테르 호흡인들과 아마사니와 순시자들과 부나니트와 아가미 생물들과 그리고…,

월리엄 베일리를 받았다.

1¾

우주적인 무(無)이자 우주 끝과 그 너머까지 퍼져나간 전기 퍼텐셜인 베일리는 생각을 가다듬었다. 죽었다. 그 점에는 의혹의 여지가 없었다. 죽어서 사라졌다. 지구에서는 안락사 센터의 어느 판 위에 창백하고 차가운 몸으로 누워 있었다. 발가락이 다 들리고, 눈은 돌아가고, 몸은 딱딱해져서 떠났다.

그런데 살아 있었다. 생전 그 어느 때보다도 완전하게, 어떤 인간도 상상할 수 없을 만큼 완벽하게 살아 있었다. 요란한 별들을 거느린 우주 전체와 함께 살아 있었다. 무한한 빈 공간의 형제였고, 신화마저 정의할 수 없는 엄청난 영웅이었다.

그는 모든 것을 알았다. 알 수 있었던 모든 것과 알 수 있는 모든 것, 알 수 있을 모든 것을 알았다. 과거, 현재, 미래 모두가 뒤섞여 그의 내면에서 만났다. 그의 석고처럼 굳은 몸뚱이가 지구에서 꼬리표를 달고 정리되기를 기다리는 동안, 그는 서큐버스에게 가는 공급선에서 역시 꼬리표를 달고 정리되기를 기다렸다. 관계 자료가 붙어서 어느 먼 세계에서 기다리는 텅 빈 껍데기에 들어가기를 기다렸다. 그는 이 모든 것을 알았다.

하지만 앞서간 수백만 영혼과 베일리를 가르는 한 가지 다른 점이 있었다.

그는 가고 싶지 않았다.

무한히 현명하고 모든 것을 아는 베일리는 앞서간 모든 다른 영혼이 앞으로 닥칠 일을 체념하고 받아들였음을 알았다. 앞으로 닥칠 일이란 새로운 삶이었다. 다른 육체에서의 새로운 여행이었다. 그리고 다른 모든 영혼은 호기심에 사로잡히고, 낯설고 이상한 경험에 끌리고, 알려진 우주만큼이나 큰 존재에 놀라서 어딘가 다른 곳으로 가버렸다.

하지만 베일리는 예외였다.

그는 반항적이었다.

그는 서큐버스에 대한 미움에 사로잡히고, 서큐버스와 서큐버스의 공급선을 파괴한다는 생각에 끌리고, 복수를 생각한 존재가 자기 하나뿐이라는(하나뿐이라니!) 사실에 놀랐다. 이상하게도 베일리는 다른 모두처럼 다시 육체에 들어가는 데 동조하지 않았다. 왜 나만 다를까? 궁금했다. 그 모든 것을 알면서도, 그 답은 알지 못했다.

음(陰)의 방향으로 역전, 원자들이 은하계 전체 크기로 팽창하여 막을 길게 늘이고, 항성계 전체를 천천히 흡수하여 청백색 항성들을 들이마셨다가 퀘이사들을 내뱉으며, 알려진 우주 자체인 베일리는 또 한 가지 질문을, 더욱 중요한 질문을 스스로에게 던졌다.

'그래서 난 그 문제에 대응하고 싶은가?'

무한한 한기를 통과하여, 차디찬 고드름이 된 그의 사고(思考)로부터 답이 돌아왔다.

'그래.'

"어디 보자, 9월 한 달 동안 야근을 최소한… 그러니까… 11시간은 하셨군요."

"그러면 안 된다는 법이라도 있습니까?"

"아닙니다. 물론 아니죠. 그저 저희가 보기에는 좀, 지나치게 하시는 것 같다는 것뿐입니다."

"일을요."

"그래요. 일을요."

"제 블록 담당자가 불평하던가요? 제 뇌파도가 정상이 아닌가요? 제가 뭔가 고발을 당하는 겁니까?"

"아니, 물론 그런 건 아닙니다! 세상에, 이봐요, 그렇게까지 방어적으로 굴 필요 없어요! 저희는 그저 베일리 씨 마음을 어지럽히는 게 있는지 알아보려는 것뿐입니다."

할 수만 있다면 그 빌어먹을 놈을 그 비공식 대화 자리에서 바로 죽여버렸을 거야. 그랬다면 그놈 사무실 직원들에겐 좋은 대화거리가 됐겠지. 커피 주전자에 머리를 맞고 죽은 꼴을 발견한다면.

"그런 거 없습니다."

"그렇다면 왜 제대로 휴식 시간을 갖지 않으시는 건지 물어봐도 괜찮을까요, 베일리 씨."

"전 바쁜 게 좋아요."

"아, 하지만 일만 하고 놀지 않으면…."

그리고 광대무변한 그의 몸을 관통하여 돌진하며, 그가 "살았을" 때 알았던 모든 자연법칙을 어기고 갑자기 궤도를 바꿔서 직각으로 움직이는 혜성들에 실려 '그래'라는 대답에 대해 필연적인 질문이 따라온다:

'왜 그래야 하는데?'

지구에서 베일리의 삶은 무의미했다. 그는 맞지 않는 사람이었다. 좌절과 혼란에 사로잡혀 말 그대로 자살실에 쫓겨 들어간 사람이었다.

나는 내 주거 블록의 사회국장에게 불려갔지. 솔직히 말하는데 겁에 질렸어. 겁먹을 만한 짓은 하지 않았지만, 그래도 어렸을 때 교장실에 불려갔을 때 이후로 어딘가에 불려가기만 하면 속이 죄어들고, 화장실에 가고 싶어졌거든.

일곱 달은 머리를 감지도 않고 꾸미지도 않은 것처럼 보이는 괴짜들과 함께 벤치에 앉아서 30분을 기다려야 했어. 빌어먹을.

마침내 상자에서 내 이름이 나왔고, 나는 그 사무실 안으로 들어갔어. 그 작자는 비공식 대화에 쓰는 커피 테이블 주변 의자에 앉아 있었고 나는 바로 그 자리가 싫어졌지.

"베일리 씨." 국장이 말했고, 미소를 지었어. 다정한 개새끼. 나는 걸어가서 그 남자가 어디 앉으라고 하기도 전에 앉아버렸어. 그래도 미소를 전혀 흐트러뜨리지 않더군. 뭐든 감당할 놈이었어.

"바로 본론으로 들어가죠." 그 말에 난 미소를 되돌려줬지만, 함정에 빠진 느낌이었어. 옴짝달싹 못 하게.

"베일리 씨의 차트를 보고 있었는데 말입니다, 흠, 섣부른 결론을 내리고 싶진 않지만, 아무래도 휴식 기간을 갖지 않고 계신 것 같군요."

넨장맞을 놈! 넨장맞을!

인구 과잉으로 터져나가는 지구에서 그를 집어삼켰던 보편적인 우울 상태로 돌아가고 싶지는 않았다. 그렇다면 왜 더 할 일이 있고 더 흥미진진하며(뭐든 이전의 삶보다는 나을 수밖에 없겠지만) 더 생생한 삶을 살 게 분명한 어느 생물의 몸속에 들어가기가 이토록 싫은 것인가? 왜 공급선을 따라 서큐버스에게 돌아가서, 자신을 망각 상태에서 구해준 장본인을 없애버려야 한다는 마음이 이렇게 절절한가? 왜 균형이라고는 없는 우주에서 필요한 균형 작업을 이행하고 있을 뿐인 한 생명체를 파괴해야 하는가?

그 생각 속에 답이 놓여 있었지만, 그에게는 답으로 가는 열쇠가 없었다. 그는 생각을 꺼버렸다. 그는 이제 베일리가 아니었다.

바로 그 순간 서큐버스가 그의 영혼을 잡아당겨 필요한 곳으로 보냈다. 이제 그는 확실히 베일리가 아니었다.

2

핑크 중위는 가시 팔레트 위에서 꿈틀거리다가 눈을 떴다. 허리가 뻣뻣했다. 그는 몸을 돌려 무거운 모피 매트를 뚫고 기분을 북돋는 짧은 가시들로 살을 자극했다. 입이 마르고 까끌까끌했다.

50번째 공격 임무 날 아침이었다. 아니, 맞나? 하룻밤 자려고 누웠다가… 실체가 없는 아주 긴 꿈을 꾼 것 같았다. 온통 깜깜하고 텅 비어 있었다. 오거나이저가 프로그램했을 법한 꿈은 아니었다. 분명히 고장이었으리라.

그는 가시 팔레트를 비스듬히 미끄러져서, 털이 풍성한 거대한 다리를 옆으로 내렸다. 그의 발이 타일에 닿자 벽에서 윙 소리가 나며 화장실이 나타났다. 화장실이 빙 돌아서 자리를 잡자 핑크는 등신대 거울에 비친 자신의 모습을 보았다. 괜찮아 보였다. 꿈이었다. 나쁜 꿈.

거대한 곰 같은 중위는 침대를 밀어내고 2미터가 넘는 키를 세워 무거운 걸음으로 먼지털이기 속에 들어갔다. 마음을 진정시키는 가루가 수면 피로를 씻어냈고, 그는 파란 털가죽을 빛내며 빠져나왔다. 나쁜 꿈은 거의 다 털어내 버렸다. 거의. 다. 다만 뭔가… 더 큰 무엇이었다는 감각만 남아 있었다….

브리핑 색깔들이 벽을 휩쓸었고, 핑크는 서둘러 리본을 붙였다. 오늘의 약식 예복이었다. 노란 리본 세 개, 황토색 세 개, 하얀색 세 개, 그리고 에고의 파란색 하나.

그는 터널 아래 브리핑 구역으로 가서 기도했다. 주위 사방에서 돌격 파트너들이 누워서 스카이돔과 무작위로 펼쳐지는 (프로그램된) 별들의 패턴을 올려다보았다. 그들의 종교에서 의미 있는 패턴이었다. 몬타그의 정당한 주님께서 오늘 임무의 성공을 프로그램해두셨다. 별들이 소용돌이치며 패턴을 그렸고 그 전조는 핑크와 동료들을 안심시켰다.

몬타그-틸 전쟁은 거의 100년 가까이 맹위를 떨쳤고, 이제 끝이 가까워 보였다. 암흑성 몬타그와 틸 은하 성운단은 100년 동안 서로에게 힘을 쏟아부었다. 사람들은 전쟁에 지쳤다. 곧 끝날 것이었다. 둘 중 한쪽이 실수를 할 테고, 반대편은 그 기회를 이용할 것이며, 즉시 평화를 위한 공격이 뒤따를 터였다. 시간문제일 뿐이었다. 공격 부대들, 특히 행성의 영웅인 핑크는 지금 하는 일이 적절하며 중요하다는 느낌에 사로잡혔다. 물론 죽이러 나가는 길이었지만, 가치 있는 목표를 위해 일한다는 확신이 함께했다. 죽음을 통해 삶으로. 최근 몇 달 동안 전조는 몇 번이고 그들에게 그렇게 전했고, 이번 공격이 바로 그런 경우였다.

스카이돔이 금빛으로 변하고 별들이 사라졌다. 공격 부대는 바닥에 앉아서 브리핑을 기다렸다.

핑크의 50번째 임무였다.

핑크의 커다란 노란 눈이 브리핑실을 둘러보았다. 이번 임무에는 젊은 부대원이 더 많았다. 사실… 베테랑은 핑크 하나뿐이었다. 이상한 일이었다.

몬타그의 정당한 주인께서 이런 식으로 계획을 할 수가 있을까? 하지만 안다크와 멜나크와 고레크는 어디 있지? 어제는 여기에 있었는데.

'그게 겨우 어제였던가?'

뭔가 이상한(잠들어 있었던? 떠나 있었던? 의식이 없었던? 뭐지?) 기억이 있었다. 지난번 임무에서 하루 이상이 지나간 것 같았다. 그는 오른쪽에 앉은 젊은 부대원에게 몸을 기울이고 손을 올렸다. "오늘이 며칠이지?" 그 부대원은 손바닥을 풀고 호기심 어린 목소리로 대답했다. "형성일(Former). 9일입니다." 핑크는 깜짝 놀랐다. "어느 사이클?" 그는 답을 듣기가 무서운 마음으로 물었다.

"3 사이클이요." 젊은 부대원이 대답했다.

바로 그 순간 브리핑 장교가 들어왔고, 핑크는 오늘이 다음 날이 아니라 한 사이클 후라는 사실에 놀랄 겨를이 없었다. 한 사이클이 어디로 가버렸을까? 그에게 무슨 일이 일어난 걸까? 고레크와 다른 친구들은 돌격 중에 죽은 건가? 핑크가 부상을 당해서 치료를 받으러 갔다가 이제야 복귀한 걸까? 부상을 입고 기억을 잃은 걸까? 스로빙 대대에서 화상을 입고 기억을 잃은 상병이 하나 있었던 게 기억났다. 군에서는 그 상병을 몬타그로 돌려보냈고, 그곳에서 상병은 정당한 주님에게 직접 축복을 받았다. 그에게 무슨 일이 일어난 걸까?

이상한 기억들이, 그의 기억이 아니라 완전히 생경한 색채와 무게와 분위기를 지닌 기억들이 계속 머리뼈를 눌렀다.

그는 브리핑 장교의 말에 귀를 기울이고 있었지만, 동시에 머릿속의 목소리도 듣고 있었다. 완전히 다른 목소리였다. 어디인지 알 수 없는 어딘가 다른 곳에서 온 목소리.

■■■■■ 야 너, 크고 못생긴 털북숭이! 정신 차리고 주위를 좀 둘러봐. 100년 동안 대량 학살이라니. 왜 네가 무슨 짓을 당한 건지 모르는 거야? 대체 얼마나 멍청하면 그럴 수가 있냐? 정당한 주님들이라니, 그놈들이 널 함정에 빠뜨린 거야. 그래, 핑크 너 말이야! 내 말 잘 들어. 내 목소리를 막을 순 없어…. 내 말이 잘 들릴 거야. 난 베일리야. 네가 핵심이야, 핑크. 네가 특별한 존재야. 그놈들은 다가올 일에 대비해서 널 훈련시켰어…. 아니

야, 날 막지 마, 이 바보 천치야. 날 닦아내지 말라고 ■■■■■
난 여기 있을 거야. 날 닦아낼 순 없어. ■■■■■

배경 소음이 계속 이어졌지만, 그는 듣지 않았다. 신성 모독이었다. 정당한 주님에 대해 그런 말들을 하다니. 핑크의 마음속에서는 틸의 정당한 주님조차도 신성불가침이었다. 전쟁 중이기는 해도 두 주님들은 언제까지나 신성하게 한데 얽혀 있었다. 적군의 주님이라 할지라도 신성 모독은 생각할 수 없는 일이었다.

'그런데도 넌 그런 생각을 했지.'

그는 머릿속을 스쳐 간 극악무도한 생각에 몸서리를 쳤고, 결코 그 말을 입 밖에 낼 수 없음을 알았다. 그는 그 기억을 깊숙이 가라앉히고 브리핑 장교에게만 주의를 기울였다.

"이번 사이클의 임무는 순수하고 간단하다. 너희는 핑크 중위와 직접 연결 하에 놓인다. 핑크 중위의 명성은 모두 잘 알겠지."

핑크는 겸손하게 굴고 싶었다.

"너희는 틸 미궁 속으로 곧장 뛰어들어서, 그라운드월드로 뚫고 들어간 후, 파괴당하기 전까지 가능한 한 많은 기회 표적을 파괴한다. 이 브리핑이 끝나면 돌격대 리더들과 다시 모여서 주님의 명으로 건설된 표적 큐브들을 완벽하게 숙지하라."

브리핑 장교는 잠시 말을 멈추더니, 무절제하게 나이를 먹으며 분홍색이 된 금빛 눈으로 핑크를 똑바로 쳐다보았다. 그러나 말하기는 모든 공병을 향해 말했다. "너희가 공격하지 말아야 할 표적이 하나 있다. 틸의 정당한 주님의 미로다. 번복할 수 없는 결정이다. 너희는 주님의 미로를 공격하지 않는다. 반복한다, 주님의 미로 근처는 공격하지 않는다."

핑크는 솟구치는 기쁨을 느꼈다. 이것은 마지막 공격이었다. 평화의 서두였다. 자살 임무였다. 그는 마음속으로 열한 가지 감사 기도를 올렸다. 몬타그와 틸에 올 새로운 날의 새벽이었다. 정당한 주님들은 선량하셨다. 주님들은 성스러움에 잠겨 있었다.

'그럼에도 그는 생각할 수 없는 것을 생각했다.'

"너희는 핑크 중위와 직접 연결 하에 놓인다." 브리핑 장교가 다시 한 번 말했다. 그러더니 무릎을 꿇고 줄줄이 앉은 공병들 사이를 지나며, 각자에게 손바닥을 대고 명예롭고 훌륭한 죽음을 기원했다. 핑크 차례에 이르렀을 때 장교는 말을 하고 싶다는 듯, 오랫동안 불길한 눈빛으로 그를 보았다. 그러나 그 순간은 지나갔고, 장교는 몸을 일으켜 브리핑실을 떠났다.

그들은 돌격대 리더들과 함께 소규모 무리로 모여서 표적 큐브들을 살폈다. 핑크는 곧장 브리핑 장교의 칸막이방으로 가서 나이 많은 몬타그인의 기도가 다 끝날 때까지 참을성 있게 기다렸다.

장교는 눈이 맑아지자 핑크를 응시했다.

"미궁을 통과할 길이 뚫렸네."

"우린 뭘 씁니까?"

"되찾은 돌격선. 견제용 장비가 모두 갖춰져 있었지."

"연결 레벨은요?"

"높게 6레벨로 하라는군."

"그분들이 말씀하십니까?" 핑크는 말하면서도 자신의 말투를 후회했다.

브리핑 장교는 놀란 것 같았다. 마치 책상이 기침이라도 했다는 듯한 놀라움이었다. 장교는 그 문제에 대해 아무 말도 하지 않았지만, 핑크가 이전에 보았던 것과 똑같은 불길한 시선으로 그를 응시했다.

그러다가 마침내 말했다. "교리 문답을 암송하게."

핑크는 천천히 엉덩이를 내리고, 우아하게 육중한 몸을 낮췄다. 그리고:

"자유로이 흘러나오네, 아낌없이 흘러나오네, 모든 것이 흘러나오네.

주님들로부터, 모든 자유와 완벽함이
주님들로부터 나오네.
　　내가 어떻게 살까
　　내가 어떻게 살까
주님들 없이 내가 어떻게 살까?
죽음의 영예, 영예로운 휴식, 모든 영예가
주님들로부터 나오네, 모든 휴식과 영예가
주님들을 기리기 위해

난 이 일을 하네

난 이 일을 하네

주님들을 위해 죽을 때, 나는 살리라."

그리고 첫 번째와 두 번째 신성 교리 사이에서 핑크에게 암흑이 찾아왔다. 그는 브리핑 장교가 다가와서 거대한 손바닥을 뻗는 모습을 보았고, 암흑이 찾아왔다…. 브리핑 전에 칸막이방에서 일어났을 때와 같은 종류의 어둠이었다. 그러나 똑같지는 않았다. 그때의 어둠은 완전하고 끝이 없었으며 마치 그가… 어떻게인가… 더 크고… 더 거대하고… 우주 전체만큼 커진 느낌이었는데….

이번 어둠은 불이 꺼지는 것과 비슷했다. 그는 생각을 할 수가 없었고, 생각을 하지 않고 있다는 사실조차 생각할 수 없었다. 그는 차가웠고, 그곳에 없었다. 단순히 그곳에 없었다.

그러다가 언제 그랬냐는 듯 그는 브리핑 장교의 칸막이방에 돌아와 있었고, 거대한 곰 같은 장교가 물러서고 있었으며, 그는 교리 문답 두 번째 신성 조항을 읊고 있었다.

무슨 일이 일어난 것인지… 그는 알지 못했다.

"여기 자네가 가야 할 좌표가 있네." 브리핑 장교가 말하더니, 주머니에서 데이터를 꺼내어 핑크에게 건넸다. 핑크 중위는 브리핑 장교가 얼마나 나이가 많은지에 다시 한 번 감탄했다. 가슴주머니의 털 색깔이 거의 회색이었다.

"저," 핑크는 입을 열었다가 닫았다. 브리핑 장교는 손바닥을 들어 올렸다. “이해하네, 중위. 우리 중 가장 경건한 이들이라 해도 혼란스러울 때는 있는 법이야.” 핑크는 미소 지었다. 그는 무슨 말인지 이해했다.

“주님들께.” 핑크는 온전하고 정당하게 브리핑 장교에게 손바닥을 대며 말했다.

“주님들께.” 장교는 영예로운 죽음에 손바닥을 올리며 대꾸했다.

핑크는 브리핑 장교의 방을 떠나 자기 방으로 갔다.

핑크 중위가 사라진 것을 확인하자마자 나이 많은 브리핑 장교는 멀리 떨어진 누군가와 접속했다. 그리고 몇 가지 사실을 이야기했다.

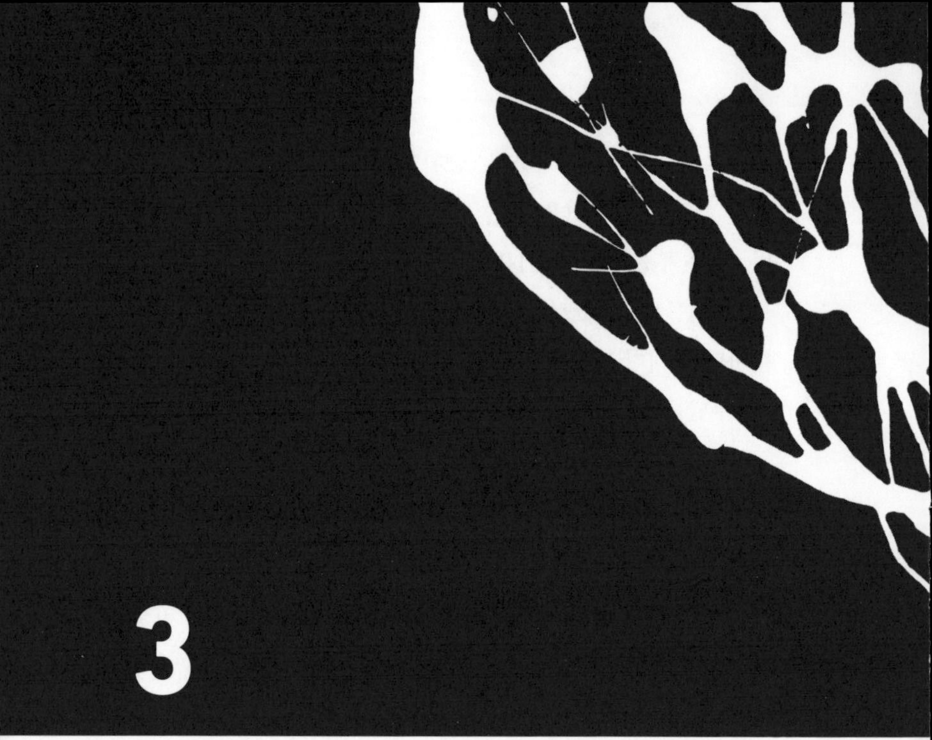

3

우선 그들은 주위에 젤라틴을 녹였다. 실제로 젤라틴은 아니었지만, 공병들이 젤라틴이라고 부르다 보니 젤라틴이 굳듯 그 명칭도 굳어졌다. 그는 얼굴을 보호한 채, 주위에 젤라틴 같은 물질이 녹아내리는 열 개의 홈에 차례로 누웠다. 마침내 주의 깊게 날카로운 부분을 덧댄 집게발이 열 번째 홈에서 그를 집어 올려, 돌격선으로 가는 트랙에 미끄러뜨렸다. 일단 파일럿 자리에 들어가서 엎드리자, 200개의 전선이 젤라틴을 뚫고 털가죽을 뚫고 몸속으로 들어오는 느낌이 났다. 두뇌선이 마지막으로 꽂혔다.

전선이 스풀에서 쉭 소리를 내며 머리에 접속할 때마다 핑크는 조금씩 더 선체와 통합되는 것을 느꼈다. 마침내 마지막 전선이 싸늘한 끄트머리를 대고 나자 핑크는 금속 몸, 격벽 피부, 눈-스캐너, 뼈-못, 플라스틱 연골, 동맥/심실/콘덴서/분자/트랜지스터가 되었다.

짐 승 우
우　　주
　나
주　　선
선 짐 승

그의 모든 것이 하나로, 온전한 총체, 금속인간, 털 덮인 우주선, 기계의 정수, 무생물의 영혼, 추진력 속의 생명, 동력장치를 갖춘 정신 연동장치로 변했다. 핑크가 곧 그 배였다. 핑크라는 이름의 돌격선 90이었다.

그리고 다른 이들은 그에게 연결되어 있었다.

각각 젤라틴에 갇히고 전선을 통해 돌격선에 정신을 연결한 70명의 공병. 70명이 텔레파시로 핑크와 연결되어 있었고, 핑크는 돌격선과 연결되어 있었으며, 그들 모두가 정당한 주님의 도구였다.

그들을 태운 거대한 수송 항공단이 궤도를 벗어나더니 깜박이며 정상 공간에서 사라졌다.

여기 있다가 ■ 여기에 없어졌다.

한순간에 사라졌다.

(어디로 사라졌단 말인가!?!)

역(逆)공간으로.

역공간의 협곡을 통과하여 다시 틸 미궁 가장자리에 나타났다.

여기에 없다가 ● 여기에 있다.

치명적인 에너지 선들이 교차하는 견고한 툰드라 공간을 마주했다. 우주적인 불꽃놀이 쇼였다. 사라졌다가 나타나고 사라지는 수백만 가지 색깔의 실뜨기 놀이. 각각의 색깔은 다른 모든 색깔에 반응한다. 교차하고, 끊고, 간섭하고… 그러다가 갑자기 헤아릴 수 없는 다른 선들이 나아간다. 치명적인 선들. 찾아내는 선들. 충격선과 유출선과 누출선과 가열선들이 얽힌, 그것이 틸 미궁이었다.

71대의 돌격선이 진동하며 떠 있었다. 마지막 남은 역공간 코로나가 진동하며 사라졌다. 복잡한 문양을 그리는 에너지선을 뚫고 털 은하계의 수백만 개 항성이 얼음 수정처럼 고요하고 신중하게 타올랐다. 그리고 그곳 한중간에 성운단이 있었다. 그리고 그 성운단 중앙에, 그라운드월드가 있었다.

"연결 접속하라."

핑크의 명령이 날아가서 대원들을 찾았다. 짐승돌격선 70척의 미각, 청각, 후각, 촉각이 핑크에게 돌아왔다. 공병들이 접속한 것이다.

"미궁에 우리가 지나갈 길이 뚫려 있다. 따르라. 그리고 믿어라. 영예로운,"

"죽음을." 70개의 살과 금속 정신에게서 응답이 돌아왔다.

그들은 전진했다. 생각으로 연결된 정신을 가진 금속 물고기처럼 늘어져 서서, 선두에 선 돌격선을 따라 미궁 속으로 쇄도했다. 타고 끓어버린 색채가 지나가며 진공 속에서 소리 없이 지글거렸다. 핑크는 공포의 웅성거림을 감지하고, 자신의 눅눅한 사고 흐름으로 그들을 평정했다. 두스나다레의 잔잔한 물웅덩이들, 든든하게 식사한 후 내쉬는 한숨, 첫 충만의 나날들에 이루어지는 주님에 대한 경배. 잔잔해진 대원들의 정신이 마주 진동을 보내왔다. 그리고 색색의 빛기둥들은 위도 아래도 거리도 없이 사방을 치고 지나갔으나, 그들을 건드리지는 못했다.

시간에는 아무 의미도 없었다. 육체/금속으로 융합된 돌격선은 뚫고 들어갈 수 없는 미궁 속에 뚫려 있는 비밀스러운 길을 따라갔다.

핑크는 스치듯이 한 번 생각했다. '누가 우리를 위해 이 길을 뚫었지?'

그리고 어딘가 먼 곳에서 어떤 목소리가, 그의 목소리이면서도 다른 누군가의 목소리가, 스스로를 베일리라고 칭하는 누군가의 목소리가 말했다. '바로 그거야! 그놈들이 원치 않는 생각을 계속해.'

하지만 핑크는 그 생각을 밀어냈고, 시간이 닳아 없어지더니 마침내 그들은 그곳에 도착했다. 틸 은하계 성운단의 심장에.

그라운드웰드는 강력한 틸 종족이 외부로 팽창할 수 있게 될 때까지 그들을 키워준 고향 항성에서 다섯 번째 궤도를 도는 행성이었다.

"여섯 번째 힘에 접속." 핑크는 명령했다.

다들 접속했다. 그는 잠시 시간을 들여 자신의 명령 이음매를 강화, 쌍방향 연결이 실패하지 않으면서 방아쇠에 즉각 반응하도록 만들었다. 그런 다음 그는 기도를 올렸고, 그들은 뛰어들었다.

'내가 왜 대원들을 이렇게 단단히 묶는 거지.' 핑크는 공병 대원들에게 그 생각이 전해지기 전에 눅이면서 의문을 가졌다. '내가 뭘 감추려는 거지? 왜 이렇게 심한 통제력이 필요한 건데? 난 뭘 피하려는 거지?'

핑크의 머릿속이 갑작스러운 통증으로 욱신거렸다. 그의 머릿속에서 두 개의 정신이 전쟁 중이었다. 그는 알았다. 갑자기 알고 말았다.

'누구야?'

'나야, 이 어릿광대야!'

'나가! 난 임무 중이야… 중요한 일이라고….'

'이건 사기야! 놈들이 계획해둔….'

'내 머릿속에서 나가 내 말 잘 들어 멍청한 놈 난 네가 꼭 알아야 할 일을 이야기해주려는 거야 난 듣지 않겠어 난 널 무시할 거야 널 차단할 거야 널 절여버릴 거야 듣지 않아 그러지마 난 네가 없었던 곳에 있어 봤고 그 주님들에 대해 말해줄 수 있어 아 나에게 이런 일이 일어날 순 없어 나에게는 아니야 난 독실한 신자야 그런 쓰레기 같은 소린 집어치워 내 말을 들어봐 놈들은 널 잃어버렸어 널 영혼 강탈자에게 잃어버렸다고 그래도 널 되찾아야 했지 넌 놈들이 원하는 특별히 프로그램된 킬러였으니까 아 주여 아 정당한 주여 제 기도를 들으소서 당신의 가장 독실한 신자가 올리는 기도를 들으시고 제가 통제할 수 없는 이 신성모독적인 생각들을 용서하소서 이 멍청아 난 사라지고 있어 사라지고 사라지고 주여 아 주여 저는 오직 당신께 봉사하고플 따름입니다. 오직 명예로운 죽음을 감내하고플 따름입니다.'

'죽음을 통한 평화. 저는 주님들의 도구입니다. 제가 무슨 일을 해야 하는지 압니다.'

'그게 내가 말하려는 거야…'

그리고 그는 핑크의 정신 밑바닥 진창 속으로 떨어졌다. 그들은 진입하고 있었다.

그들은 내려갔다. 일곱 개 달을 지나 곧장, 구름층을 뚫고서, 델타 윙 대형을 유지하며 그라운드월드의 육지 면적 90퍼센트를 차지하는 두 대륙 중에서 더 큰 쪽으로 날아갔다. 핑크는 초음속을 유지하며 공병대원들에게 한 가지 생각을 날려 보냈다. "1천 피트 아래로 똑바로 떨어지면서 놈들에게 충격파를 선사한다. 내가 수평으로 전환하라고 할 때까지 대기하라."

그들은 줄줄이 이어진 섬들을 지나고 있었다. 연두색 바닷속에 둑길로 연결된 구슬들 같았고 각각이 해안 끝부터 끝까지 주민들을 대륙과 연결해주는 바글바글한 공동주택과 높이 솟은 관청 탑들이 뒤덮여 있었다.

"강하!" 핑크가 지시했다.

비행 대형이 꼭두각시 줄에 매달린 것처럼 날카롭게 기울어지더니, 수직으로 떨어져 내려갔다.

핑크의 우주선 가죽 속 금속살에 열이 오르기 시작했다. 포개진 아르마딜로 판들이 신음했다. 핑크는 속도를 올렸다. 자가 윤활하는 에너지 구슬 받침대들이 말랐다가 다시 윤활했다. 그들은 떨어져 내려갔다. 돔 표면에 모낭처럼 가느다란 금이 자잘하게 파였다. 공병들이 공포를 드러내기 시작했고,

핑크는 그들을 더 단단히 묶었다. 계기들이 오른쪽으로 심하게 넘어가더니 기록을 거부했다. 섬들이 그들을 향해 날아들었다. 젤라틴 홈 속에서 중력압이 그들을 납작하게 눌렀다. 이제 돌격선 주위에서 소리가 날 만큼 공기가 늘면서 날카로운 휘파람 소리가 나고, 포효가 점점 심해졌다. 짐벌*이 거친 소리를 냈다. 그들은 아래로, 아래로 돌진하며 천둥소리와 함께 그라운드웰드의 섬들 속으로 곤두박질치는 것 같았다. "중위님! 중위님!" "흔들리지 말아라. 아직이야…. 아직… 내가 말해줄 테니까… 아직…."

델타 윙 대형은 앞에 놓인 어마어마한 압축 공기 거품을 밀면서 요란한 소리와 함께 섬들을 향해 떨어져 내렸다. 섬들이 점이 되었다가 단추가 되고, 덩어리가 되더니 미친 듯이 솟아오르면서 돔을 가득 채우고….

"수평 전환! 지금이다! 지금, 어서, 수평으로!"

그들은 급제동을 걸고 수평 비행으로 쏘아져 나갔다. 소행성처럼 단단하고 거대한 공기 거품이 억제할 수 없이 으르렁대며… 때리고 부수고 터져나가며 파괴적인 결과를 초래했다. 핑크의 돌격대는 돌진하면서 그 뒤에 폭발하는 도시들, 터져나가는 거대한 건물들, 진동하고 몸서리를 치다가 스스로 무너져 내리는 구조물들을 남겼다. 충격파가 해안 끝부터 끝까지 때리고 번져나갔다. 플라스틸(plasteel)과 래타이트로 이루

* 수평 유지 장치

어진 화산들이 불길과 살더미를 같이 터뜨렸다. 공기 거품이 일으킨 폭발 구덩이가 섬들의 핵을 때렸다. 해일이 선사시대의 거대한 괴물처럼 솟아올라 땅을 다 뒤덮었다. 다른 섬 하나는 순식간에 쪼개져 가라앉았다. 불이 나고 플라스틸 벽들이 충격파를 받아 부서지고 무너졌다.

핑크의 돌격대가 여전히 초음속을 유지하며 수평선 너머로 사라지는 동안 주거 섬들은 무너져내렸다.

그들은 먼지와 죽음, 죽음과 폐허, 폐허와 불만 남기고 열도를 지나쳤다.

“죽음을 통해 평화를.” 핑크가 생각을 보냈다.

“명예롭도다.” 모두가 한 사람처럼 응답했다.

(그라운드월드 안 멀리서는 배신자가 미소를 지었다.)

(미로 속에서는 주님이라 불리는 존재 하나가 안테나를 휘감고 기다렸다.)

(살과 금속 결합이 풀려났다.)

(폐허 속에서, 외골격이 부서진 아기 하나가 맥동하는 어머니의 내부를 향해 기어갔다.)

(일곱 개의 달이 궤도를 돌았다.)

(몬타그의 브리핑 장교는 완벽한 성공임을 알았다.)

‘아, 주님들이시여, 제가 무슨 짓을 한 겁니까. 당신들을 위해 무슨 짓을 한 겁니까.’

‘정신 차려. 정신 차려, 핑크! 임무는….’

다른 존재, 베일리라는 목소리가 정신의 수렁 속에서 고개를 비집고 그를 비틀고 있었다. 핑크는 그 목소리를 단호하게 밀어 넣고 기도를 올렸다.

쌍방향 연결로 공병 중 한 명의 생각이 전해졌다. "중위님, 뭐라고 하셨습니까?"

"아무것도 아니야. 대형 유지해." 핑크는 말했다.

그는 그들을 전보다 더 단단히 묶고, 다들 헐떡거릴 때까지 금속 족쇄를 조였다.

압력이 증가하고 있었다.

여섯 번째 힘의 연결도, 압력도 증가하고 있었다.

핑크는 생각했다. '난 영웅이야. 해낼 수 있어.'

다음 순간 그들은 더 큰 바다를 가로지르고 있었고 그 바다는 두껍게 일렁이는 끝없는 녹색 카펫이었다. 핑크는 옆에서 휘몰아치는 바다를 보며 메스꺼움을 느끼고, 돌격선 안으로 더 깊이 들어갔다. 돌격선은 메스꺼움을 느끼지 않았다. 그는 현기증을 가라앉힌 안정 상태를 쌍방향 연결로 내보냈다.

그들은 텅 빈 바다 위에서 틸의 내부 방어선과 마주쳤다. 먼저 해양동물들이 왔지만, 핑크가 비행고도를 3천 피트로 올리라고 지시하자 곧 뒤처졌다. 돌격대는 육지에서 바다로 포물선을 그리다가 조류들이 급습하는 때에 맞춰서 수평 비행으로 전환했다. 조류 두 마리가 주둥이를 들이밀고 사정거리를 확인하다가 핑크의 최외곽 공병들이 쏘는 무자비한 빔에 맞았다. 그러나 그들은 이미 궤적을 개선했고, 갑자기 위쪽 하늘이 검은색 금속 동물들로 새카매지더니 돌격선 대형 중앙으로 쏟아지면서 날갯짓을 하고 꽥꽥거리고 떨어졌다. 핑크는 연결이 끊어지는 공병들을 느끼고 쓰지 않은 동력을 다른 연결선에 밀어 넣으며, 생존자들을 더 단단히 통제하려 했다. "빗자루 대형으로." 그는 명령을 내렸다.

대형이 다시 모이고 우아한 갈매기 날개 꼴로 출렁이며 돌격선들이 펼쳐진 부채꼴을 이루었다. "플러스!" 핑크는 생각으로 내파 빔을 쏘라고 명령했다. 각 돌격선에서 쏜 빔이 부채꼴로 겹쳐지며 치명적인 힘을 지닌 뚫을 수 없는 벽을 형성했다. 조류들이 회오리치며 물러났다가 기울어지며 돌격 대형의 앞길을 가로막았다. 금속으로 이루어진 마음이 없는 동물들. 바퀴와 껍데기들로 이루어진 어둠과 광포한 분노가, 수백 마리가, 둥지 전체가.

서로 겹쳐진 내파 빔으로 이루어진 부드러운 분홍색 부채에 부딪히자 그들은 우 소리를 내며 바로 떨어졌다.

돌격대는 앞으로 나아갔다.

곧 그들은 주 대륙 위에 있었다. 대륙 정중앙에는 틸의 정당한 주님이 미로 속에 살고 있는 거대한 산 정상이 솟아올랐다.

"공격! 기회 표적 공격!" 핑크는 연결선으로 재촉을 보내며 명령했다. 금속 껍데기가 가려웠다. 눈알 센서에 물이 찼다. 그들은 들어갔다, 다시.

"주님의 미로는 공격하지 마." 공병대원 하나가 생각

했고 핑크는

토해버렸다!!

생각의 벽을!

그 생각을!!!!

차단하는!!!!!

벽을!!!!!!!!!!!

…마 지하작동 는로미 의님수

연결선을 꺼!

다른 공병들

에게 가닿지

않게!!!!!!!!!!

하지만 벽을!

때려 부숴!!!!

거품처럼!!!!!!

내가 왜 그랬지? 우린 주님의 미로를
공격하지 말라고 브리핑받았어.
주님의 미로를 공격하다니 생각할 수 없는
일이야. 전보다 더 큰 전쟁을 일으킬 거야.
전쟁이 영영 끝나지 않을 거야.
내가 왜 공병이 그 경고를 되풀이하지 못하게
막았지? 그리고 왜 나는 그러지 말라고
하지 않았지? 브리핑에서 강조했었는데.
다들 워낙 단단히 연결되어 있어서, 내가
무슨 말이든 하면 즉각 복종할 텐데.
무슨 일이 일어나는 거야?
내가 산으로 향하고 있잖아! 주여!

내 말 잘 들어, 핑크. 이 전쟁은 1천만 년 동안 정당한 주님들이 유지해온 전쟁이야. 왜 상대편 주님에 대한 부정적인 생각마저 이단이 됐을 것 같아? 그들이 전쟁을 지속시키고, 그걸로 살아가는 거야. 정체가 뭔지는 몰라도 이 주님들은 같은 포켓 유니버스에서 왔고 전쟁 중인 사람들의 에너지를 먹고 살아. 전쟁이 계속되지 않으면 죽는 거야. 그들은 널 비밀 병기로 프로그램했어. 몬타그와 틸 양쪽 다 평화를 원하는 단계에 이르고 있었고, 주님들은 그걸 용납할 수 없거든. 핑크, 그 주님들이 뭐하는 놈들인진 몰라도, 어떤 생물인지, 어디에서 왔는지는 몰라도 백 년이 넘게 너희 두 은하계를 손아귀에 쥐고 너희를 이용해 왔어. 그 주님은 미로 안에 없어, 핑크. 어딘가 다른 곳에 안전하게 있지. 하지만 둘이서 이 계획을 짠 거야. 몬타그 돌격대가 그라운드월드로 뚫고 들어가서 미로를 치면, 전쟁이 무한정 계속될 거란 걸 알았으니까. 그래서 핑크 너를 프로그램한 거야. 하지만 놈들이 널 이용하기 전에 네 영혼이 강탈당했어. 그래서 지구인인 나의 영혼을 핑크 너에게 집어넣은 거야. 넌 지구가 어디인지도 모를 테지만 내 이름은 베일리야. 난 너에게 닿으려고 계속 노력하고 있었어. 그렇지만 넌 언제나 날 차단해 버렸지…. 놈들이 프로그램을 지나치게 잘했어. 하지만 연결 압력이 있다 보니 날 차단할 힘이 부족해졌고, 난 너에게 네가 미로를 공격하게끔 프로그램되어 있다는 사실을 알려야만 했어. 넌 멈출 수 있어, 핑크. 다 피할 수 있어. 네가 이 전쟁을 끝낼 수 있어. 네가 해낼 수 있어, 핑크. 미로를 공격하지 마. 내가 방향을 돌려줄게. 주님들이 숨어 있는 곳을 때려. 넌 너희 은하계에서 그놈들을 없애버릴 수 있어, 핑크. 그놈들이 널 죽이게 놔두지 마. 미궁 속을 돌파하는 길은 누가 열어줬다고 생각해? 왜 더 효과적인 저항이 없다고 생각해? 그놈들은 네가 뚫고 들어오길 원했어. 절대 용서할 수 없는 범죄를 저지르게 하려고.

돌격대가 꽉 짜인 쐐기 대형으로 그의 뒤를 따라 '주님의 미로'로 직진하는 동안 핑크의 머릿속에 그 말들이 울려 퍼졌다.

"나는…. 아니야, 난…." 핑크는 공병들에게 생각을 전할 수가 없었다. 그는 닫혀 버렸다. 머리가 아팠다. 열도에 선 건물들이 무너지려 할 때 나는 삐걱거리는 소리. 머릿속의 베일리와 머릿속의 핑크, 머릿속에 주님들이 해둔 프로그램… 모두가 핑크의 정신 섬유를 잡아당기고 있었다.

한순간은 프로그램이 앞섰다. "새로운 지시다. 이전 명령은 무효로 돌리고 나를 따르라!"

그들은 곧장 미로를 향해 강하했다.

'안돼, 핑크, 싸워! 싸워서 빠져나와. 놈들이 어디 숨어 있는지 내가 알려줄게. 넌 이 전쟁을 끝낼 수 있어!'

프로그램 단계가 중단되고, 핑크는 갑자기 커다란 금빛 눈을 뜨고 우주선과 전보다 더 강하게 동화했다. 그리고 바로 그 순간 머릿속의 목소리가 진실을 말하고 있음을 알았다. 그는 기억했다.

끝없는 교육시간들을 기억했다.

조건화를 기억했다.

프로그램을 기억했다.

자신이 계속 속았음을 알았다.

자신이 영웅이 아님을 알았다.

이 강하에서 빠져나가야 함을 알았다.

드디어 두 은하계에 평화를 가져올 수 있음을 알았다.

그는 '수평 비행으로 돌아가, 이전 명령은 무시해'라고 생각하고 남은 쌍방향 연결로 그 생각을 쏘기 시작했다….

그리고 내내 핑크를 지켜보던, 뭔가를 운에 맡기는 일이 거의 없는 정당한 주님들은 서큐버스에게 연락해서 구입한 상품에 대해 불평하고, 환불을 요구했다….

베일리의 영혼은 핑크의 몸에서 뜯겨 나갔다. 중위의 몸은 젤라틴 홈 안에 단단히 고정된 채 영혼을 잃고 텅 비어 굳어졌고, 돌격선은 텅 빈 미로가 서 있는 산정으로 강하했다. 나머지 돌격대가 그 뒤를 따랐다.

산에 불과 돌과 플라스틸로 이루어진 기둥이 터져 올랐다.

100년간의 전쟁은 시작에 불과했다.

어딘가에 숨어 있던 정당한 주님들은(서로의 육체를 연결하는 배꼽선을 통해 즐거운 놀라움을 부드럽게 분출하며) 새로운 탐식에 빠져들었다.

4

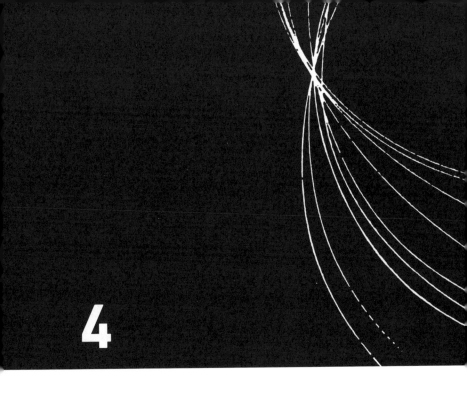

베일리는 몬타그의 중위 몸에서 뽑혀 나왔다. 그의 영혼은 점근 곡선을 그리며 공급선을 따라 서큐버스의 영혼 보관소로 돌아갔다.

5

영혼 정박지에 있다는 건 대충 이렇다.

순환. 풀냄새에 짓눌림. 음악이 역동적으로 수축하는 데 존재하는 위험: 영혼들이 이따금 너무 농축해서 납작하게 시들어버림.

여백이 엄청나게 많았다.

아무것도 분류되지 않았기에, 아무것도 같은 자리에서 두 번 찾을 수 없었다. 하지만 상관없었다. 서큐버스가 렌즈의 초점을 맞추기만 하면 대상이 진동하며 특별한 인식상태에 들었으므로.

베일리는 12분 정도 붕괴하는 항성의 상태를 다시 경험했다가 앤 볼린으로 인터페이스를 돌려 자위했다.

그는 얕은 흙 깊은 곳에서 뿌리를 통해 가장 가슴 아픈 냄새를 뿜는 박하 향을 음미하다가, 자신을 확장하고, 얼음 수정으로 자신을 밀어내어 어느 마노 소행성에서 가장 높은 산의 먼 봉우리를 밝혀 명암 배분으로 '최후의 만찬'을 재창조했다.

그는 악마 제임스 페이모어 쿠퍼를 소환하는 데 쓰인 파피루스 책 속 금지된 마법의 첫 구절에서 빛나는 "B"자로 1,700년을 불탄 후에 자기 자신의 바깥에 서서 자신의 눈과 그 수만 개 홑눈을 생각했다.

그는 나무늘보의 자궁에서 태어나서 1만 년 동안 석탄 행성에 범람한 비로 명멸했다. 그리고 그는 활짝 웃었다. 그리고 그는 슬퍼했다.

베일리, 온전한 베일리, 다시 한 번 영혼이 되어 모든 우주만큼 자유로워진 그는 어둠을 구성하는 살짝 납작해진 포물선 제일 가장자리를 향해 자신을 던졌다. 그는 더 짙은 어둠으로 그 어둠을 채우고 갈색 야생화들의 분수에 목욕했다. 그의 손가락 끝에서, 코끝에서, 생식기에서, 온몸을 뒤덮은 털의 가장 작은 소섬유에서 반짝이는 보라색 원들이 흘러나왔다. 그는 물을 내뿜으며 흥얼거렸다.

그러다가 서큐버스가 그를 렌즈 아래 끌어넣었다.

그리고 베일리는 다시 한 번 다른 곳으로 보내졌다.

자고로 낭비는 금물이니.

6

그는 키가 30센티미터가 안됐다. 온몸에 파란 털이 덮였다. 머리를 빙 두르는 고리형의 눈이 있었다. 다리는 여덟 개였다. 몸에서 생선 냄새가 났다. 그는 땅에 바싹 붙어서 아주 빨리 움직였다.

그는 정찰 고양이였고, 조사선에서 제일 처음으로 벨리알에 내려섰다. 다른 이들도 뒤따랐지만 아주 빨리는 아니었다. 그들은 언제나 고양이가 정찰하기를 기다렸다. 그렇게 하는 편이 더 안전했다. 필로니인들은 1만 년 동안 우주를 탐사하면서 그 사실을 알아냈다. 고양이가 먼저 작업한 후에, 필로니인들이 자기 일을 했다. 우주를 정복하는 제일 좋은 방법이었다.

벨리알은 숲 행성이었다. 극에서 극까지 이르는 긴 대륙들이 깃털 같은 나무들에 뒤덮여, 발견하기 딱 좋게 무르익어 있었다.

베일리는 30개의 눈으로 360도 주위 풍경을 둘러보았다. 위로는 자외선 영역까지, 아래로는 적외선 영역까지 보았다. 숲은 조용했다. 완벽하게 고요했다. 소리가 있었다면, 소리가 조금이라도 있었다면 고양이 베일리가 들었을 것이다. 그러나 아무 소리가 없었다.

새도, 벌레도, 짐승도 없었고 눈부신 백열 태양을 향해 뻗어 올라가는 나무들의 술렁임조차 없었다. 놀랍도록 고요했다.

베일리-고양이는 그렇게 말했다.

필로니인들은 적색경보를 내렸다.

어떤 행성도 소리가 없지는 않았다. 게다가 숲 행성은 언제나 시끄럽기 마련이었다. 그런데 이 세계는 조용했다.

그들이 기다리고 있는 게 분명했다. 그들은 거대한 우주선과 그 우주선에서 나온 작은 정찰 고양이를 지켜보고 있었다.

그들이 누구인지는 고양이도 필로니인들도 몰랐다. 하지만 분명 누군가 존재했고, 침입자들이 먼저 움직이기를 기다리고 있었다. 정찰 고양이는 앞으로 나아갔다.

베일리는 존재감을 느꼈다. 숲 속 깊은 곳, 그가 무사히 돌아다닐 수 있는 숲보다 더 깊은 곳에 있는 어떤 존재. 그들은 그곳에서 앞으로 나아가는 그를 지켜보고 있었다. 하지만 그는 고양이였고, 물고기를 얻으려면 일을 해야 했다. 필로니인들이 지켜보고 있었다. 게다가 거기, 숲 뒤에서 '그들'이 지켜보고 있었다. 그는 생각했다. '지독한 삶이야. 고양이의 삶은 끔찍하고 지저분하고 지독해.'

그런 생각을 한 고양이는 베일리가 처음은 아니었다. 그것은 정찰 고양이들의 불평거리였다. 그들은 자기 위치를 알고, 언제나 알았지만, 쭉 그런 식이었다. 언제나 그런 식으로 돌아갔다. 필로니인들이 지배하고, 고양이들은 일했다. 그리고 우주는 그들의 것이 되었다.

그러나 공유되지는 않았다. 그것은 필로니의 우주였고, 정찰 고양이들은 고용 일꾼이었다.

고양이의 머리 위부터 뒤까지 덮은 섬세한 그물모자가 희미하지만 뚜렷한 후광을 발했다. 고양이가 태양광선 속을 지나가면 모자의 금빛 필라멘트가 그 빛을 잡아서 우주선으로 반짝이는 복사선을 보냈다. 그 우주선은 기단부를 세우기 위해 나무들을 날려버린 빈터 중앙에 서 있었다.

우주선 안에서는 필로니인 생태학자팀이 수많은 스크린 앞에 앉아서 정찰 고양이의 눈을 통해 밖을 보고 있었다. 그들은 누군가가 흥미로운 것을 볼 때마다 서로에게 중얼거렸다. 그중 한 명이 조용히 말했다. "고양이, 아직도 소리는 없나?"

"아직 아무것도 없어, 브루어. 하지만 지켜보는 시선을 느낄 수 있어."

다른 생태학자 한 명이 몸을 앞으로 기울였다. 백 개의 스크린 뒤는 벽 전체가 맥동하는 세포막이었다. 언제든 그 벽에 대고 말을 하면 고양이의 헬멧이 그 목소리를 잡아내어 전달했다. "말해 봐, 어떤 느낌이지?"

"확실히는 모르겠어, 키커. 뒤섞여 들어오네. 가만히 보는 눈들 같은데… 나무와… 수액처럼…. 그렇지만 움직임이 있어. 나무들일 리가 없어."

"확실해?"

"지금 말할 수 있기로는 그래, 키커. 숲으로 더 들어가서 볼게."

"행운을 빈다."

"고마워, 드라이버. 갑상선종은 좀 어때?"

"난 괜찮아. 조심해."

정찰 고양이는 조심스럽게 숲 가장자리로 걸어갔다. 햇빛이 나무 깃털들을 비스듬히 통과하여 어둠 속으로 떨어졌다. 숲 속은 서늘하고 어둑어둑했다.

자, 모든 시선이 그에게 꽂혀 있었다.

첫 번째로 디딘 발이 살짝 습하고 서늘한 탄력 있는 땅을 만났다. 떨어진 깃털잎들이 부엽토가 되어 있었다. 시나몬 비슷한 냄새가 났다. 압도적인 정도까지는 아니고, 기분 좋은 냄새였다. 그는 안으로… 쭉 들어갔다. 필로니인들이 100개 중 20개의 경계 스크린으로 본 마지막 장면은 앞뒤로 흔들리는 고양이 꼬리였다. 곧 꼬리들이 사라지고 70개 스크린에 거대한 침엽수들 사이로 뻗은 이상하게 그늘진 길이 보였다.

"고양이, 그 길에서 뭔가 끌어낼 수 있는 결론이 있어?"

정찰 고양이는 앞으로 걸어가다가 잠시 멈췄다. "응. 오솔길 같은 게 아니라는 결론을 낼 수 있어. 희미하게 똑바로 이어지다가 나무들 밑에서 끊어져. 굳이 말하자면 뭔가 끌린 자국이라고 봐."

"뭘 끌고 갔는지 알 수 있어?"

"아니, 그건 모르겠어, 호머. 뭔지는 몰라도 두껍고 꽤 매끈한 물체를 끈 자국이야. 내가 알 수 있는 건 그게 다야." 그는 왼쪽 두 번째 다리로 그 자취를 찔러보았다. 발바닥에는 촉각 센서가 달렸다.

고양이는 뚜렷한 이유 없이 길이 끊어지는 거대한 나무 밑동까지 계속 걸어갔다. 사방에서 거대한 침엽수들이 따뜻하고 습한 공기 속으로 200미터 가까이 솟아올랐다.

배 안의 시퍼는 고양이의 눈으로 밖을 보고 동료들에게 몇 가지를 지적했다. "미송(美松)의 특성이 일부 있는데, 확실히 침엽수야. 저 나무껍질을 봐. 전형적인 유칼립투스인데… 껍질을 덮은 부드러운 붉은색 포자가 눈에 띄지. 저런 건 한 번도 본 적이 없어. 마치 나무를 녹이는 것처럼 보여. 사실…."

시퍼가 나무들이 온통 그 붉은 포자에 덮여 있다고 말하려는 찰나, 그 붉은 포자가 고양이를 공격했다.

포자들은 나무를 타고 흘러내려 와서 아래쪽 껍질을 덮었는데, 각각이 고양이 머리통만 한 크기였고 서로 닿으면 젤리처럼 결합했다. 그 붉은 젤리는 나무 밑동에 다다르자 다른 나무에서 흘러내린 붉은 젤리와 결합했다.

"이봐…."

"괜찮아, 키커. 나도 보고 있어."

고양이는 뒷걸음질 치기 시작했다. 천천히, 조심스럽게. 그는 결합하는 진홍색 젤리를 쉽게 따돌릴 수 있었다. 그는 공터 가장자리로 후퇴했다. 필로니 우주선이 내려앉을 때 까맣게 타서 생명이라곤 없어진, 땅 위에 거대한 나무 그루터기 하나 남지 않고 나무들은 반들반들한 지표면에 비치는 그림자로만 존재하는 거대한 원 안으로. 후퇴.

'생명 속에서 벗어나서… 죽음 속으로 후퇴라.'

고양이는 멈칫했다. 대체 무엇 때문에 그런 생각을 했을까?

"고양이! 저 포자들… 정체가 뭔지는 몰라도… 결합해서 단단한 형상을 띠고 있어…."

'생명 속에서 벗어나서… 죽음 속으로 후퇴.'

내 이름은

베일리이고 나는

여기, 네 안에 있어.

난 강탈당했어.

내	그놈은,	같은	그자는…
몸을	그것	것	별들 속에서
서큐버스	은	인데	모집을
라는	일종의	원해	빼내
자에게	인형사	어딘가에서	

✳

피처럼 붉은 포자는 5미터 가까운 키에 형태도 모양도 없이 계속 변하면서 고양이를 향해 다가왔다. 정찰 고양이는 움직이지 않았다. 내면에서 싸움이 벌어지고 있었다.

"고양이, 이봐! 돌아와! 돌아오라고!"

우주는 필로니인의 것이었지만, 그 우주의 한 조각을 잃기 직전에야 그들은 자신들의 도구가 얼마나 중요해졌는지 깨달았다.

베일리는 고양이의 정신을 통제하려고 싸웠다.

수백 년의 훈련이 그에게 맞서 싸웠다.

포자가 고양이에게 다다라서 그 주변으로 뚝뚝 떨어졌다. 필로니인들의 스크린은 시뻘게졌다가, 텅 비었다.

숲에서 흘러내린 것은 고양이를 끌고 숲으로 돌아가서는, 잠시 진동하다가 사라졌다.

고양이는 한쪽 눈의 초점을 맞췄다. 그리고 다른 눈도. 차례차례 서른 개의 눈을 떠서 초점을 맞췄다. 누워있는 공간이 완전히 밝아졌다. 그는 지하에 있었다. 일정한 형태가 없는 벽에서 수액과 몇 가지 색깔의 찐득한 액체가 뚝뚝 떨어졌다. 나무껍질 아래로 뚝뚝 떨어지는 액체는 종유석 같은 형태를 취했고, 결이 길게 늘어지며 반짝이다가 바늘 끝처럼 가늘어졌다. 고양이가 누운 표면은 대패질한 나무로, 산호색 동심

원 중앙에서부터 바깥쪽으로 우아하게 나뭇결이 퍼져나갔는데, 중심은 산호색이었고 바깥쪽으로 갈수록 어두운 티크색을 띠었다.

포자들은 분열해서 방 안에 쌓여 있었다. 사방으로 터널이 이어졌다. 큰 터널은 너비가 6미터에 달했다.

고양이의 그물모자는 사라지고 없었다.

고양이는 몸을 일으켰다. 베일리는 그 속에서 완전히 깬 채 고양이와 대화를 나누고 있었다.

"내가 필로니인들과 차단된 건가?"

"그래, 그런 것 같아."

"숲 속이고."

"그렇지."

"그 포자는 뭐지?"

"나는 뭔지 알지만, 네가 이해할지 잘 모르겠군."

"난 정찰병이야. 평생을 외계 생명체와 외계 생태를 분석하며 살았어. 이해할 거야."

"그것은 이동형 공생생물로, 이 나무들의 껍질과 결합해 있어. 단독으로는 말미잘형 혐기성 박테리아를 제일 많이 닮았고, 이분화하기 쉬워. 청각이 없고, 동결 소생하고, 기억이 있고, 거의 십이지장충만 먹고 살아."

"십이지장충이라면, 갈고리충?"

"커다란 갈고리충이지. 아주 큰 갈고리충."

"그 끌린 자국?"

"그 벌레들이 움직인 자국이야."

"하지만 말이 안 돼. 그건 불가능해."

"예르반의 환생도 불가능하긴 마찬가지지만, 일어나는 일이야."

"이해가 안 가."

"넌 이해 못 할 거라고 했잖아."

"넌 어떻게 이걸 다 알지?"

"넌 이해 못 할 거야."

"그 말은 받아들이겠어."

"고맙군. 그나저나 저 포자와 나무들엔 뭔가가 더 있어. 아주 중요한 부분이야."

"그게 뭔데?"

"그 둘이 결합하면, 지각 비슷한 게 있는 게슈탈트가 돼. 나무 숙주들에게서 힘을 빌려와서 의사소통할 수 있지."

"그건 더더욱 미심쩍은데!"

"그건 나하고 논쟁하지 말고 창조자와 해."

"창조자란, 제1원인 말이겠지."

"네 마음대로 불러."

"내 머릿속에서 뭘 하는 거야?"

"빠져나가려고 용을 쓰고 있지."

"어떻게 빠져나갈 건데?"

"네 임무를 엉망으로 망쳐서 필로니인들이 서큐버스에게 날 빼내 달라고 하게 할 거야. 아무래도 넌 필로니인들에게 상당히 중요한가 봐. 그놈들 꽤 새가슴이지?"

"새가슴이 무슨 말인지 모르겠어."

"감각 형태로 옮겨볼게."

£ ■■■■■]

"아. 그거라면 ●●◖[—."

"그거야. 새가슴."

"흠, 필로니인과 정찰 고양이들 사이는 언제나 그랬어."

"넌 그런 식이 좋고?"

"난 물고기가 좋아."

"네 필로니인들은 신 노릇 하기를 좋아하지. 안 그래? 이 세계 저 세계를 자기네 입맛에 맞게 바꾸고 말이야. 비슷했던 다른 놈들이 생각나는군. 정당한 주님들이라고 불렸지. 서큐버스도 그래. 혹시 얼마나 많은 개체와 종족들이 신 노릇 하기를 좋아하는지 생각해 본 적 있어?"

"지금은 여기에서 나가고 싶어."

"그거야 쉽지."

"어떻게?"

"체슈메와 친구가 되면 돼."

"나무들 아니면 포자들?"

"양쪽 다야."

"공생 관계를 가리키는 이름이야?"

"그들은 조화를 이루고 살아."

"갈고리충만 빼고 말일 테지."

"어떤 사회도 완벽하진 않아. 규칙 19번이지."

고양이는 엉덩이를 깔고 앉아서 혼잣말했다.

"저것들과 친구가 되란 말이지."

"좋은 생각 같지 않아?"

"어떻게 친구가 되라는 거야?"

"그들에게 뭔가를 해주겠다고 제안해. 그들이 직접 할 수는 없는 뭔가를."

"예를 들면?"

"필로니인들을 없애주겠다고 하면 어때. 지금 그들에게 가장 압박감을 주는 건 그거거든."

"필로니인들을 없애라고."

"그래."

"내 머릿속에 미치광이를 넣어 놨군."

"흠, 시작도 하기 전에 그만둘 거라면…."

"정확히 어떻게 하라는…. 어, 혹시 이름이 있어?"

"말했잖아. 베일리라고."

"아, 그래. 미안하군. 좋아, 베일리. 나보고 정확히 어떻게 이 행성에서 1만3천 톤이 넘는 항성간 우주선을 없애라는 거지? 내가 정확히 가늠할 수도 없을 만큼 오랫동안 내 종족의 지배자 위치를 점하고 살아온 장교와 생태학자들은 또 어쩌고? 난 그자들을 존경하도록 조건화되어있어."

"그다지 존경하는 것처럼 들리진 않는데."

고양이는 멈칫했다. 그 말대로였다. 상당히 달라진 기분이었다. 그는 필로니인들을 몹시 싫어했다. 정확히는 증오했다. 그의 종족이 헤아릴 수 없는 세월 동안 증오했던 것처럼 그들을 증오했다.

"이상하군. 혹시 적당한 설명이 있어?"

"흠." 베일리는 겸손하게 대답했다. "내 존재가 있지. 내 존재가 대대로 물려받은 너의 조건화를 깨뜨렸을 수도 있어."

"잘난 체가 심하군."

"미안."

고양이는 계속해서 그 가능성에 대해 생각했다.

"내가 너라면 시간을 너무 끌지 않겠어." 베일리가 그를 부추기더니, 다시 생각해 보고 덧붙였다. "사실은 내가 너구나."

"나에게 무슨 말을 하려는 것 같은데."

"내가 하려는 말은, 게슈탈트 포자가 널 붙잡은 건 침입자들이 뭘 하고 있는지 정보를 얻으려는 건데, 넌 한동안 여기 앉아서 혼자 중얼거리고 있었어. 사실은 전체의 여러 부분을 통해 동시에 의사소통을 하는 거지만, 그들은 그런 개념을 이해 못 해. 그래서 널 소화할 준비를 하고 있어."

정찰 고양이는 30개의 눈을 아주 빠른 속도로 깜박였다. "그 포자가?"

"그래. 포자가 먹는 건 갈고리충뿐이지만, 나무껍질이 상당한 흥미를 품고 널 보기 시작했어."

"누구한테 말해야 하지? 빨리!"

"그러면 필로니인들을 별로 존경하지 않는다는 결론을 내린 거지?"

"서둘러야 한다고 한 것 같은데!"

"그냥 궁금해서."

"누구한테 말해야 해!?!"

"바닥."

그래서 정찰 고양이는 바닥에 대고 말을 했고, 그들은 거래하기로 했다. 한쪽으로 심하게 치우친 거래긴 해도, 거래는 거래였다.

7

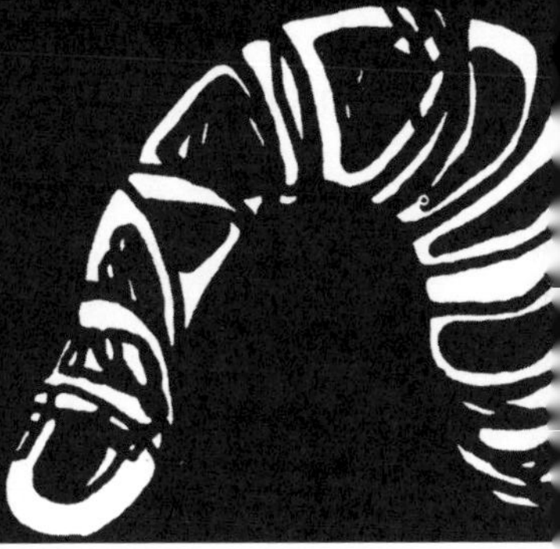

갈고리충은 고양이가 예상했던 것보다 훨씬 빨리 터널을 통과했다. 마치 미끄러지는 것 같았지만, 고양이가 지켜보는 동안에도 자벌레처럼 몸을 접었다가 앞으로 쭉 뻗으면서 다시 한 번 몸을 미끄러뜨렸다. 갈고리충이 지나가자 나무 터널 벽에 독하고 습한 냄새가 스며 나왔다. 갈고리충은 자신의 분비물로 미끄러운 길을 만들어 움직이고 있었다.

너비가 2.5미터에 분절된 몸은 지저분한 회색이었고, 얼굴로 통할 부분에는 누런 점액을 뚝뚝 흘리는 찢어진 입밖에 없었다. 그 긴 구멍 주위를 섬모 같은 촉수 수백 개가 둘러쌌고,

그 구멍 위 울퉁불퉁한 줄을 이룬 네 가닥의 윤기 나는 돌출부는 아마도 "눈"에 해당하는 기관 같았다.

빵조각을 흘려 길을 표시한 헨젤의 이상한 버전처럼, 고양이 등에 붙어 있던 포자들이 흘러내리기 시작했다. 첫 번째 포자가 흘러내리고, 다른 포자가 또 흘러내렸다. 고양이는 터널을 후퇴했다. 갈고리충은 다가오면서 살덩어리 남근처럼 생긴 머리통을 낮추고 앞에 놓인 포자를 킁킁거렸다. 그러더니 섬모 같은 촉수가 달라붙고 포자는 쉽사리 찢어진 입안으로 미끄러져 들어갔다. 역겹도록 질척한 소리가 나더니, 갈고리충이 다시 앞으로 나갔다. 다음 포자에도 같은 과정이 되풀이되었다. 그다음에도, 그다음에도. 갈고리충은 정찰 고양이를 따라 터널을 움직였다.

몇 킬로미터 떨어진 곳에서는 필로니인들이 화면을 노려보고 있었다. 화면에는 이상한 붉은 포자들의 행렬이 길고 굵은 밧줄 같은 형태를 이루며 숲을 빠져나와 우주선 주위를 둘러싸는 모습이 비쳤다.

"리펄서를 쏠까?" 키커가 물었다.

"아직 아니야. 적대적인 움직임은 취하지 않았어." 호머가 말했다. "고양이가 어떻게든 저것들을 이겼을 수도 있어. 그렇다면 이건 환영 의식일 수 있지. 기다려보자."

우주선에서 15미터 거리를 두고 포자들이 완전한 원을 그렸다. 필로니인들은 고양이 친구를 믿고 기다렸다.

그리고 까마득히 지하에서는 정찰 고양이가 갈고리충을 끌고 구불구불 터널을 따라 추격전을 벌이고 있었다. 어떤 터널은 고양이와 그 뒤를 쫓는 갈고리충이 들어서기 몇 분 전에 만들어지기도 했다. 그리고 그 터널들은 언제나 약간 위쪽으로 기울어졌다. 고양이는 등에 타고 있던 포자들을 떨구면서 거대한 벌레를 아슬아슬하게 끌고, 그러나 잡히지는 않고 계속 달렸다.

그러다가 마지막 터널에 들어선 고양이는 앞쪽의 평평한 노두에 뛰어올랐다가 터널 천장에 난 작은 구멍으로 빠져나갔다.

필로니인들은 불탄 땅에서 붉은 포자들이 서로 연결되어 기다리고 있는 원 바로 바깥에 난 구멍으로 정찰 고양이가 빠져나오자 환성을 질렀다.

"저것 봐! 우리 착한 고양이야!" 드라이버가 동료들에게 외쳤다.

그러나 고양이는 우주선 쪽으로 가지 않았다.

"환영 의식이 끝나기를 기다리는 거야." 호머가 확신에 차서 말했다.

그러더니 스크린으로 붉은 포자가 차례차례 사라져서 아래 땅속으로 빨려 들어가는 모습이 보였다.

포자는 차례차례 사라졌고, 필로니인들은 스크린으로 포자가 사라지는 모습을 따라갔다. 90도를, 180도 반원을, 250도를 따라가자 땅이 흔들리기 시작했다.

그리고 갈고리충이 360도를 다 돌면서 저녁거리를 빨아 먹기 전에 1만3천 톤짜리 필로니 우주선 아래 땅이 내려앉았고, 우주선은 특별히 수직으로 파놓은 터널 속으로 요란한 소리를 내며 떨어졌다. 곤두박질치면서 우주선의 금속판이 갈라져 열렸다. 갈고리충은 곧 붉은 포자보다 훨씬 더 달콤한 먹이를 알게 될 터였다.

필로니인들은 목숨을 구하려 했다.

그들이 할 수 있는 일은 거의 없었다. 드라이버는 고양이를 욕하며 서큐버스와 마지막으로 접촉했다. 자동 접속이라 우주선을 이륙시키기보다 그쪽이 훨씬 쉬웠다. 특히나 지하 400미터에서 이륙하기보다는 훨씬.

갈고리충이 우주선을 뚫고 들어갔다. 체슈메는 기다렸다. 갈고리충이 실컷 먹고 나자 체슈메가 움직여서 갈고리충을 죽였고, 그런 다음 만찬을 즐겼다.

하지만 베일리는 그곳에 남아서 성대한 만찬을 지켜보지 못했다. 필로니 우주선이 요란한 소리를 내며 땅속으로 떨어진 직후에 베일리는 영혼이 뜯겨 나가는 섬뜩한 느낌을 받았고, 정찰 고양이는 다시 한 번 텅 빈 채로 남겨졌으며(그렇게 해서 심하게 치우친 거래에서 승자는 도박장뿐이라는 점을 증명했고) 윌리엄 베일리의 영혼은 벨리알을 떠나 미지의 세계로 날아갔다.

나무 터널 깊은 곳에서는 생물들이 먹이를 먹기 시작했다.

자신을 만져보려고 했지만, 어디를 만져야 할지 몰랐다. 얼굴에 손을 뻗어보았다. 베일리의 얼굴이 있던 자리에. 아무것도 만져지지 않았다.

가슴을 만져보려고 했다. 그는 저항에 부딪혔다가, 부드러운 무엇인가를 뚫고 들어갔다. 밀고 들어간 게 털인지 피부인지 가죽인지 젤리인지 수분인지 천인지 금속인지 식물성 물질인지 거품인지 아니면 무거운 기체인지조차 구분할 수 없었다. 자신의 "손"도 "가슴"도 느껴지지 않았지만, 그곳에 뭔가가 있기는 했다.

그는 움직이려고 했고, 움직였다. 하지만 구르고 있는지 뛰고 있는지 걷고 있는지 미끄러지고 있는지 날고 있는지 추진하고 있는지 추진을 받고 있는지 알지 못했다. 어쨌든 그는 움직였다. 그리고 자신을 만지는 데 이용했던 뭔가를 아래로 뻗어보니, 아래쪽에는 아무것도 느껴지지 않았다. 다리 같은 것은 없었다. 팔도 없었다. 파랬다. 너무나 파랬다.

한쪽 방향으로 가능한 한 멀리 움직여보았더니, 그를 막는 것은 아무것도 없었다. 언제까지나 저항 없이 그 방향으로 움직일 수 있었다. 그래서 그는 다른 방향으로, 반대 방향으로 최대한 멀리 움직였다. 최대한 가보았지만, 경계가 없었다. 그는 위로 올라가고 아래로 내려가고 원을 그리며 돌았다. 아무것도 없었다. 어디까지도 아무것도 없었다.

그래도 자신이 어딘가에 있음은 알았다. 텅 빈 우주 공간은 아니었다. 어딘가 별도의 공간이었다. 하지만 그 공간이 몇 차원인지는 알 수 없었다. 그리고 스스로가 무엇인지도 알 수 없었다.

당황스러웠다. 그는 핑크의 몸에서도, 정찰 고양이의 몸에서도 당황하지 않았다. 하지만 지금 들어간 생명체는 뭔가 불안했다.

왜 그럴까?

뭔가가 다가오고 있었다.

그 정도는 알았다.

그는 여기에
있었다

그리고

뭔가 다른 것이
저 바깥에서
그를 향해
다가오고 있었다.

그는 공포를 알았다. 파란 공포였다. 깊고 보이지 않는, 파란 공포. 그게 빠르게 다가오고 있다면 곧 도착할 것이다. 느리게 오고 있다면 조금 늦게 도착할 것이다. 어쨌든 오고 있었다. 그게 오고 있음을 느끼고 감지하고 직관할 수 있었다. 그는 변하고 싶었다. 다른 뭔가가 되고 싶었다.

이것이 되거나

아니면 **이것**이 되거나

아니면 *이것*이 되거나

아니면 이것이 되거나

어쨌든 뭔가 다른 것이, 다가오고 있는 것을 견딜 수 있는 뭔가가 되고 싶었다. 그게 무엇일지 알 수 없었다. 그가 아는 것이라고는 기관이 필요하다는 것뿐이었다. 그는 베일리의 생각, 베일리의 정신을 뒤져서 무엇이 필요할지 알아내려 했다.

	송곳니　독입김
	눈　뿔
	유연성
	물갈퀴 발
	장갑　갈고리발톱
그에게 필요할지도 모르는 것	위장능력　날개
	등딱지　근육
	성대　비늘
	자가 재생력
	가시침　바퀴
	다중뇌
그가 이미 가지고 있는 것	없음

그것이 가까이 다가오고 있었다. 아니면 멀어지고 있나? (그리고 멀어져감으로써 그에게 더 위협이 되고 있나?)(그가 그쪽으로 간다면 더 안전할까?)(그 자신이 어떻게 생겼는지, 아니면 어디에 있는지, 아니면 무엇이 필요한지 알 수만 있다면!)(적응해!)(젠장, 적응해, 베일리!) 그는 암청 속 깊은 곳에, 쭉 뻗어, 태아처럼,

기다리고 있었다. 형태 없이. (형태…)(그게 필요한 걸 수도?)

파랑 속에 뭔가 파란 것이 번득였다.

그것은 파랑 속에서 그를 향해 헤엄쳐오며, 번득이고 반짝이면서 점점 더 크게 다가왔다. 그것은 그에게 전율을 보냈다. 전에 없던 공포가 그를 사로잡았다. 그를 향해 다가오는 파란 형상은 그가 기억할 수 있는 가장 공포스러운 광경이었다. 그리고 그는 기억했다:

다른 인간과 함께 모라비아를 찾았던 날 밤. 그들은 어느 파티에서 옷장 안에 서서 섹스를 하고 있었다. 그녀의 드레스는 허리까지 말려 올라갔고, 그는 발끝으로 서서 그녀를 밀어붙였다. 그녀는 눈을 감고 깊은 쾌락에 빠져 울고 있었다.

전쟁이 끝난 날, 따뜻한 금속 참호 속에서 그의 왼쪽에 있던 사람의 머리 위쪽을 레이저가 잘라내 버렸다. 아직도 연황색 젤리 속에서 맥동하던 그 모습.

그가 자신의 가망 없는 미래를 알게 된 순간. 죽음을 찾아 센터에 가기로 결심했던 그 순간.

그것은 형태를 바꾸더니 번쩍번쩍 빛나는 파랑과 공포의 파도를 내보냈다. 그는 벗어나려고 몸부림쳤지만 그 파도는 그를 휩쓸었고, 그는 벗어나려고 몸을 뒤집고 또 뒤집었다. 파란 그것이 더 가까이 다가오며 시야에 커졌다. (시야? 몸부림? 공포?) 그것은 갑자기 전보다 더 빨리 그를 향해 쓸려왔다. 마치 첫 공격(공포의 파도)을 시도했는데 실패했다는 듯, 이제는 돌진을 해왔다.

그는 높이 뛰어오르고픈 충동을 느꼈다. 실제로 자신이 그러는 것을 느꼈고, 시야가 훅 올라가더니 추진 기관이 낮아지고, 그는 더 길고 더 높고 더 커졌다. 그는 달아났다. 그는 번쩍이는 파란 악마를 달고 파랑 속을 뚫고 내려갔다. 뒤쫓는 상대는 길어지더니 한쪽으로 확 그를 지나쳤다. 높이도, 크기도 없는 수평선에 백열하는 점에 불과할 때까지 앞서갔다가, 그를 향해 되돌아 질주하며 불투명해질 때까지 몸을 가늘고 길게 뻗었다. 파란 초평면에 찬란히 빛나는 부레풀처럼, 그 몸에 주위의 파랑이 투과하여 어둡게 빛날 때까지.

그는 공포에 부르르 떨며 작아졌다. 그는 몸을 둥글게 말고 수축하고 쪼그라들어 유한한 지점까지 자신을 끌어당겼고, 소용돌이치는 위험은 그에게 돌진하여 그대로 통과하더니 왔던 곳으로 사라져버렸다.

베일리는 지금 들어간 몸속에서 뭔가가 비틀리고 찢기는 것을 느꼈다. 정신력이 헐거워지고 있었고 그는 정신이 무너져 내리고 있다고 확신했다. 그는 감각 몰수실을 기억했고, 그런 곳에 너무 오래 놓여 있던 사람들에게 무슨 일이 일어나는지 기억하고 있었다. 이것도 마찬가지였다. 어떤 형태도, 크기도 없고 자신이 무엇인지 알지도 못하며 어디에 있는지도 모르고 촉각이든 후각이든 청각이든 시각이든 간에 제정신을 붙들어둘 닻이라곤 없었다. 그래도 그는 생존하고 있었다.

암청색 악마는 계속 새로운 공격을 준비했고, 그는 몇 초 안에 (초?) 그게 돌아오리라는 것을 의심치 않았다. 그는 계속 그런 공격에서 벗어날 정확한 방법을 실행했다. 하지만 어느 시점엔가 이 새로운 몸의 본능적인 반응으로는 부족해질 거라는 느낌이 (느낌?) 들었다. 이 새로운 역할에 그의 베일리스러움을, 그의 인간 정신과 생각을, 그가 자신의 큰 부분으로 이해하기 시작한 교활함을 발동시켜야 했다. (그런데 왜 베일리였을 때는, 그 가망 없는 인생을 보내던 동안에는 그 교활함을 이해하지 못했던가?)

옆쪽 한참 위 어딘가에서 그것이 다시 번쩍거리며 빠른 속도로 다가왔다.

베일리는 알지 못하는 뭔가를 준비했다. 최선을 다해서.

굉장해, 아니크! 어떻게 그걸 되살린 거야? 아, 네가 한 일인 건 확실히 알아. 그런데 어떻게 해낸 거야? 제발! 다섯!?! 정말 이기고 싶은 거구나. 안 그래? 쯧쯧. 나도 알아. 넌 이걸 게임으로 보지 않지. 나도 그래. 그건 그저 네가 앨더스로 태어났기 때문이야. 그것도…, 그게 뭔가 의미가 있었던 게 언제야? 그래, 하지만 시간은 흐르지. 혼란스러워? 내 친애하는 아니크, 어떻게 그런 말을 할 수가 있어? 1만 테닐도 너무 길지는 않아. 허더에게는 아니야. 멈춰 달라는 거야, 친구? 항복하겠어? 왜? 네 챔피언이 그 몸에 들어간 엉뚱한 영혼이라서? 정말이지, 아니크, 날 얼간이나 바보로 여기는 게로군! 죽어! 그런 다음에 프레임이나 보관해둬. 난 이제 신경 못써. 나의 지나친 확장에 대해선 내가 걱정하게 놔둬! 넌 내가 널 박살 내는 순간까지 그걸 걱정하겠지. 우리의 싸움은 계획된 거였어. 네가 그만두고 싶다면, 가! 장담하는데 너의 대리 챔피언에겐 아무 승산이 없어, 아니크!

[redacted]

내가 그러려고 상당한 값을 지불했다는 점은 믿어도 좋아, 친애하는 야퀼. 서큐버스였어, 야퀼. 다섯 테닐의 생명이 들었지. 좋을 대로 잔소리해…. 너와 달리 난 방관하지 않아…. 하지만 넌 관조하지. 넌 언제나 그걸 게임으로 여겼어. 허더로 태어났으면서도 말이야. 그게…. 그리고 우리가 남았던 때가 있었어. 상투적인 말로 날 당황하게 할 순 없어! 난 이 말을 할 수 있어. 우린 이 전투를 너무 오래 해왔기 때문이지. 하지만 앨더스로서야. 종료 선언을 해, 야퀼! 지금 선언해. 항복은 무슨. 난 그냥 빨리 끝내라고 말하겠어. 그래, 테닐은 지나가고 열은 떠나고 우린 죽으니까! 그래, 죽는다고! 그리고 난 내가 감당할 수 있는 것보다 더 많은 프레임을 썼어. 너무 늦기보단 지금이 낫지. 넌 자신을 너무 확장했어. 뻔뻔스럽고 무례하게도… 어떻게 네가 전투원이 됐는지…. 나에게 대안을 남겨주지 않는군. 프레임은 관두라 해, 싸워! 그리고 내가 안정할 필요 없는 패배를 인정하라고? 계속 싸워. 난 너에게 기회를 제공했어. 대화할 시간은 끝났어!

파란 악마는 에너지를 타닥거리며 계속 그를 급습했다. 그는 믿기 힘들게도 백만 군데를 쏘이는 통증과 맹렬한 힘을 느꼈다. 그러다가

그랬다. 이제 베일리는 자신이 무엇인지, 무엇을 해야 하는지 알았다. 그는 가만히 누워서 끝이 없는 파랑 속을 헤엄쳤다. 그는 부드러웠고 단일체였다. 파란 악마가 떼 지어 다가왔다. 마지막으로. 그리고 파란 악마가 사방을 둘러싸자, 베일리는 그것이 자신을 마시게 놓아두었다. 그는 그 깊은 파랑과 그 공포와 그 번쩍임이 자신을 급습하여 집어삼키도록 놓아두었다. 파란 악마는 폭식하며 점점 커지고 부풀더니 움직이지 못하게 되었다. 벗어나지 못하게 되었다. 베일리는 자신의 아메바 몸으로 그놈을 채웠다. 그는 몸을 갈라 다른 몸을 만들었고, 파란 악마는 몸을 확장하여 그의 두 번째 몸을 먹어치우기 시작했다. 이제는 사방에 발산하는 번쩍이는 공포와 파랑의 물결이 더 짙고, 더 느렸다. 다시 분열. 이제는 넷이

되었다. 파란 악마는 먹고 먹으며 그 공동과 원천-싹들을 채웠다. 다시, 분열. 이제 여덟이었다. 그리고 파란 악마는 색을 잃기 시작했다. 베일리는 다시 분열하지 않았다. 그는 어떻게 해야 할지 알았다. 그도 파란 악마도 이 전투에서 이길 수 없었다. 둘 다 죽어야 했다. 먹어치우기는 계속되고, 마침내 파란 악마는 가득 차서 소모된 채 움직이지 못하고 죽었다. 그리고 그도 죽었다. 파랑 속은 다시 한 번 텅 비었다.

프레임도, 테닐도, 충만한 전투도 끝났다. 그리고 마지막 순간에 남아 있던 지각으로 베일리는 바깥 어딘가에서 두 결투자의 향기로운 절망의 통곡을 들었다고 상상했다. 그는 흡족했다. 이제 그들은 윌리엄 베일리가 된다는 게 어떤지, 절망하고 외롭고 두려운 상태가 어떤 것인지 알았다.

그는 잠시 흡족해하다가, 소용돌이와 함께 그곳을 떠났다.

9

이번에는 휴식이 짧았다. 서큐버스에게 바쁜 철이었다. 베일리는 스노우드리프트 성단 소행성들에 사는 83개 종족의 여성들로 우리를 채운 대(大) 노예상의 빈 껍질을 채우러 나갔다. 베일리는 남성 우월주의는 가증스러운 것이라고 노예상을 설득하는 데 성공했고, 그 여성들은 비밀 조직으로 묶여서 다양한 소행성으로 돌아가 남성들로만 이루어진 정부를 거꾸러뜨리고, 자칭 '독립 페미니스트 군집'을 선언했다.

그는 그 몸에서 끌려 나와 커크가 항성들을 신성으로 바꿔서 동력을 얻는 데 쓰는 공격자의 전파 "몸"에 들어갔다. 베일리는 그 공격자를 지배하는 데 성공하여 커크의 고향 항성을 터뜨렸다.

그는 다시 끌려 나왔다가 1만 살짜리 거북이의 껍데기 속에 들어갔다. 이 거북이는 무작위 건설 정보를 보유하고 있어, 펑거 프린지 심부 너머에 있는 항성계들을 변형하는 이름 없는 창백한 회색 종족이 후원하는 행성 재편을 감독하는 데 누구와도 바꿀 수 없는 귀중한 존재였다. 베일리는 이 거북이가 행성들을 자기네 궤도로 끌고 오는 세계변경자들에게 부정확한 자료를 주게 만들었고, 그렇게 해서 배치 전체가 그 항성계에서 제일 크고 무거운 행성의 궤도 안으로 무너져내리게 했다. 그 결과 일어난 폭동으로 창백한 회색 종족은 절멸했다.

그는 다시 끌려 나와….

마침내는 서큐버스처럼 대단하고 복잡한 존재마저도, 신경 쓸 일과 골칫거리가 백만 개는 되는 사실상 신과 같은 존재마저도 알아차릴 수밖에 없었다. 서큐버스의 파일 속에 완벽함을 망치는 영혼이 하나 있었다. 서큐버스가 명성을 쌓은 기반을 몹시 싫어하는 영혼이 하나 있었다. (있을 수 없는 일이지만) 그에게 해코지하려 드는 영혼이 있었다. 모든 것을 무너뜨리는 영혼이 있었다. 부적절한 영혼이 있었다. (다시 한 번, 있을 수 없는 일이지만) 의도적으로 서큐버스가 평생을 들여 굴리고 있는 일을 망치려 드는 영혼이 하나 있었다. 베일리라는 영혼이 있었다.

그리고 서큐버스는 당장 급한 계약들을 다 치우고 나서 렌즈 아래 놓고 자세히 조사할 수 있을 때까지, 그 영혼을 영혼 림보에 위탁했다.

그래서 베일리는 림보로 가게 되었다.

10

영혼 림보에 있다는 건 대충 이렇다.

물렁물렁하고 창백한 구더기 같은 하양. 넘실거림. 간절히 보려고 드는 것들의 소리가 가득. 미끄러운 발밑. 발은 없음. 숨이 가빠 숨을 쉬려고 몸부림. 폐쇄. 압력에 질식할 때까지 어마어마한 무게에 눌리는 갑갑함. 하지만 숨을 쉴 능력이 없음. 코르크가 되도록 납작 눌려, 뻥뻥 뚫린 구멍으로 곧 부서질 느낌. 그러다가 끓는 액체가 쏟아져 들어옴. 모든 섬유와 유리 섬유에 통증. 축축한 것이 뼛속에 자리를 잡고 뼈를 재와 반죽으로 바꿔놓음. 짙고 고약한, 역겨운 달큼함을 혀에 대고

삼키고는 부풀어 오름. 부풀어 오르다가 펑 터짐. 납골당 냄새. 솟아오르는 연기가 감각 조직을 태우고 또 태움. 영원히 잃어버린 사랑, 아무것도 다시는 의미 있을 수 없다는 사실을 아는 고통. 너무나 소유욕 강해서 안으로 깊이 비틀고 들어와 한 번도 기능할 기회가 없던 기관들을 쥐어트는 멜랑콜리아.

차가운 타일.

검은 주름 종이.

석판을 긁는 손톱.

단추 아픔.

민감한 곳에 생기는 자잘한 상처.

연약함.

쿵쿵 두드리는 꾸준한 아픔.

서큐버스의 영혼 림보에 있다는 건 그런 식이었다. 징벌이 아니라 그저 막다른 길이었다. 그곳은 연속체가 완성되지 않은 장소였다. 그곳은 지옥이 아니었다. 지옥에는 형태와 실체와 목적이 있으니 말이다. 이곳은 뻥 뚫린 구덩이, 진공, 쓸모없는 것들이 가득 찬 창고였다. 그곳은 과거 현재 미래가 하나이고 애매할 때 보내지는 곳이었다. 그야말로 지독한 곳이었다.

베일리가 미쳤다면, 여기야말로 미쳐버린 곳이었으리라. 그러나 그는 미치지 않았다. 미치지 않을 한 가지 이유가 있었다.

11

1만 영겁 후, 서큐버스는 급한 일처리를 끝내고, 모든 주문서를 채우고 일반적인 서신에 답하고 목록 작성을 끝낸 후 오랫동안 필요했던 휴가를 떠났다. 그는 휴가에서 돌아와서 새로운 일에 임하기 전에 림보에서 윌리엄 베일리의 영혼을 꺼내어 렌즈 아래 넣었다.

그리고, 그 영혼이 뭔가 다르다는 사실을 알았다.

그가 훔쳐낸 수백 수천만의 다른 영혼들과는 상당히 달랐다.

그 차이가 무엇인지 정확히 집어낼 수는 없었다. 힘도 아니고, 발산물도 아니고, 질이 다른 것도 아니고, 잠재성도 아니고, 외형도 아니고, 감각도 아니고, 능력도 아니고, 딱 집어낼 수 있는 그 무엇도 아니었다. 그리고 물론 그런 차이는 대단히 귀중할 수도 있었다.

그래서 서큐버스는 예비품과 원단 보관처에서 껍데기 하나를 가져와서 베일리의 영혼을 집어넣었다.

이것이 완벽하게 '텅 빈' 껍데기였다는 점을 이해해야 한다. 그 안에는 아무것도 살지 않았다. 깨끗하게 청소한 껍데기였다. 베일리가 이제까지 쑤셔박혔던 수많은 몸과는 달랐다. 이제까지 들어갔던 몸들은 영혼을 강탈당한 상태였다. 그래서 모두 억눌린 잠재성과 인격 기억, 보이지는 않지만 실재하는 구속이 존재했다. 이 껍데기는 이제 베일리였다. 오직 베일리, 자유롭고 완전한 베일리였다.

서큐버스는 베일리를 자기 앞에 소환했다.

베일리라면 서큐버스가 어떤 존재인지 묘사할 수 있었을지도 모르지만, 그에게는 그러고픈 마음이 전혀 없었다.

검사가 시작되었다. 서큐버스는 빛과 어둠, 선과 구체, 부드러움과 단단함, 계절 변화, 망우초(忘憂草)의 물, 내민 손, 기억의 속삭임, 보정, 계산, 현탁, 침해, 보복과 열세 가지 다른 방법을 이용했다.

그는 이 영혼을 **그는 몰랐지만** 자신에게 도움을 요청한 수많은 종족들에게 약속을 이행하기 위해 훔쳐냈던 **베일리를** 모든 다른 영혼들과 다르게 **조사하는 동안** 거칠고 위험한 존재로 만드는 **베일리도** 차이점을 분리해내기 위해 **그를 조사하고** 있었다.

그러다가, 서큐버스가 필요로 하는 모든 지식을, 모든 비밀스러운 장소, 모든 말하지 못한 약속들, 바라고 구체화한 모든 우울을 알게 되자, 베일리 안에 도사린 힘이… 둘 중 누구도 억누르려 하거나 억누르고 싶어 하기도 전에… 언제나 베일리 안에 도사리고 있던 힘이… 터져 나왔다.

(그것은 언제나 그곳에 있었다.)

(시간의 여명부터, 그곳에 있었다.)

(언제나 존재했다.)

우주는 신성(神性)을 향해 움직인다. 우주는 신성에서 시작했고 신성으로 돌아가고 싶어 한다. 우주는 거대하기 한이 없는 원을 그리며 그리로 끌려간다. 신성은 휴면기에 있지만 모든 것을, 모든 작고 연약한 피조물의 모든 사소한 것들을 기억한다. 모든 살아 있는 것은 욕구에 따라 신이 된 놀이를 해야 한다. 그런 욕구가 내재해 있다. 기본 기질 속에, 종족 기억 속에, 피의 맥동 속에 아니면 다들 아무것도 아니었던 시절을 기억한다는 생각 속에. 그러나 그 누구도 신은 아니다. 그러므로 온갖 것들이 가늠할 수도 없는 운명을 향해 서툴게 용을 쓰고, 불가능한데도 신이 되려 몸부림치는 우주가 되어버린다—신이 되려는 의욕이 넘치는 종족들을 낯선 패턴으로 밀고 당겨, 자신들은 결코 알지 못하고 거의 이해하지도 못하는 음률에 맞춰서 빛도 즐거움도 없이 고통과 절망 속에 춤을 추게 하는 조종자와 이용자와 형편없는 조련사들로 가득한 우주. 가장 저열한 민족과 유행과 도덕 제정자들부터 온 우주 종족 중 가장 강대한 장기말 조종자들에 이르기까지 모든 것, 모든 존재가 신의 기질을 지녔던 때의 기억을 향해 맹목적으로 밀려간다. 모든 것이 다른 모든 것의 삶을 다스리려 든다. 그리고 차례로 그 신들은 다른 신들에게 이용당한다. 그리고 그 신들은 더 큰 신들에게 조종당한다. 그렇게 계속, 계속이다. 무한 그 너머까지 포개어진 꼭두각시 인형사들의 도미노. 갈수록 더 이기적이고 부패한 미치광이 신들의 우주다. 그중 누구도 절대신은 아니기에, 태초의 신성에 대한 기억의 둥근 조각들에 불과하다. "베일리"였던 존재의 "영혼" 안에 숨어 있던 것은 최초에 모든 것을 창조한 힘이었다. 그 힘은 언제나 그곳에서 때를 기다렸다. 다시 나타나서 시작한 일을 마무리 지을 때를 기다렸다. 잠들어 묻혀서 상상도 할 수 없는 영겁의 영겁 동안 식물, 돌, 물고기, 구름, 매개물을 거쳐 베일리에게 전해졌다. 제1원인? 그렇지도. 절대신? 그렇지도. 어떤 이름이든 족하리라. 그 힘이 절대신이라면, 무신론자의 신랄한 냉소도 타당하기 때문이다. 베일리인 그 절대신은 제정신이 아니고, 완벽하고도 영원히 미쳤으므로. 미치지 않고서야 누가 모든 것을 창조한 후에 스스로를 휴면시켜 잠을 자겠는가. 어느 영원한 "영혼" 속에 묻혀서 퇴락하는 시간 속에 전해진 미치광이. 여기저기 사방에 묻혀서도 평형에 대한 압력, 미친 절대신이 창조한 미친 세상보다 더 정신 나간 뭔가의 균형을 맞출 필요가 발생했을 때 다시 태어나려 분투했다. 그러나 이제 병에서 풀려난 사악한 지니처럼 풀려난, 절대신이었던 힘은 깨어났전히 피어났다. 그동안 잔 덕분에 우주를 창조했던 시절보다 더 젊고 더 강해졌다. 그리고 풀려난 그 힘은 영겁 이전에 시작한 일을 마무리하는 데 착수했다.

베일리는 그에게 시작이 되었던 안락사 센터를 기억했다. 죽음을 기억했다. 재생을 기억했다. 자살 센터에 가기 전에 살았던 부족하고 무기력하고 가망 없던 삶을 기억했다. 끝나지 않는 전쟁 속에서 외눈박이 곰으로 살았던 시간을 기억했다. 정찰 고양이었던 시간을 기억했고 말할 수도 없는 섬뜩한 것의 죽음을 기억했다. 파랑을 기억했다. 다른 모든 삶을 기억했다. 그리고 베일리 자신보다 덜 절대신이었던 모든 신을 기억했다. 정당한 주님들. 필로니인들. 몬타그인들. 틸인들. 체슈메.

결투자들. 갈고리충. 노예상들. 커크. 이름 없는 창백한 회색 종족. 그리고 무엇보다도 그는 서큐버스를 기억했다.

자신이 절대신이라고 생각한 서큐버스. 마치 '도둑들'이 자신을 신으로 여기는 것과 같았다. 그러나 그 누구도 신성의 모든 기억 중에 아주 작고 작은 부분도 소유하지 못했고, 베일리는 절대신이었던 힘의 최종 저장소가 되어 있었다. 그리고 이제 구속을 끊고 풀려나 모든 시간 중에서도 바로 이 심판의 날에 소용돌이쳐 강림한 베일리는 신성을 풀고 태초에 시작했던 일을 마무리했다.

창조에는 오직 하나의 결말만 있다. 창조된 것은 파괴되며, 그리하여 완전한 원이 완성된다.

절대신 베일리는 자신이 쌓은 모래성을 죽이는 데 착수했다. 자신이 창조한 우주를 파괴하는 작업.

한 번도 없었던 것처럼.

모든 노래가 불리지 않은 때로 돌아간다.

정화되는 일도 없이 그저 씻겨나간다.

소모된 꿈들도 찾아올 방문자들도.

수렁 속을 빠져나와.

서늘한 믿음의 바람에 실려 흘러내린다.

열기가.

풀려난다.

창조된 모든 것, 동등한 모든 것, 생각하는 모든 것, 모든 광대함이.

밤으로 사라진다.

절대신이었고 베일리였던 힘은 작업을 시작했다. 베일리가 살던 껍데기는 그 힘에 잠겨 사라졌다. 유예를 부르짖고 이유를 알려달라 비명 지르고 풀어주거나 설명을 해달라 외치던 서큐버스도 그 힘에 잠겨 사라졌다. 영혼 정박지도 잠겨 들어갔다. 고향 행성도 잠겨 들어갔다. 고향 행성의 태양계도 잠겨 들어갔다. 은하계와 모든 은하계와 은하 우주들과 먼 섬 같은 우주들과 변경 차원들과 태초까지 돌아가서 그 너머를 돌아 원을 그리며 지금까지 이어진 과거, 그리고 모든 그림자 장소들과 모든 사고(思考)의 후미와 영원(永遠) 자체의 바탕과 본질에 이르기까지… 모든 것이, 전부 다… 잠겨 들어갔다.

그 모든 것이 절대신인 베일리의 힘 안에 담겼다.

그리고 절대신 베일리는 엄청난 의지력을 딱 한 번 행사하여 그 모든 것을 파괴하고, 한 바퀴의 원을 완성하며 하려고 태어난 일을 끝내고, 사라진다.

그리고 이제 남은 것이라곤 베일리뿐이다.

사이 영역에서

죽은.

버질 오덤과 동극東極에서

With Virgil Oddum at the East Pole

1986년 로커스상 수상

그 남자가 꽁꽁 얼어붙은 '얼음땅'을 기어서 빠져나오던 날, 느릿느릿 거대한 절벽을 내려가던 빙하는 녹색 바다빛이었고, 안에 불을 밝힌 듯 환한 작은 면들이 무수히 이어진 에메랄드빛 끝없는 강이었다. 무산된 기회들의 기억이 얼음 안에서 빛났다. 때는 낮이었다. 나는 '더운땅'의 자주색 하늘이 은빛 초승달 지대의 땅콩밭에 설치된 자외선램프 광선을 통과하다 죽어 떨어지는 풍선 포자들로 가득했던 것을 선명하게 기억한다. 그래, 낮이었다. 선명하게 기억한다. 엎어놓은 거대한 루비색 유리 그릇 같은 천체 아르고스가 더운땅 지평선에 웅크리고 있던 것을.

남자는 내가 '현자 아모스'라고 부르는 늙은 퍽스와 나를 향해 기어왔다. 그는 기어서, 글자 그대로 기어서 얼음땅과 '명상섬'을 잇는 연륙교(連陸橋)를 건너왔다. 진눈깨비와 반쯤 녹은 진창과 명암경계선 지대 섬 중에 제일 큰 이 명상섬의 호박색 진흙을 뚫고서. 그의 보온복은 더러운 데다 벌써 찢어지는 중이었다. 의복을 수습할 생각 따위는 없이, 그는 벨크로 입마개를 홱 열어젖히더니 썩어가는 인주솜풀 포기를 향해 기어갔다.

나는 그가 그걸 먹을 작정이라는 걸 깨닫고 재빨리 다가가 인주솜풀에 손을 대지 못하도록 그의 앞에 쭈그리고 앉았다.

"나라면 저걸 입에 넣지 않을 거야." 내가 말했다. "저걸 먹으면 죽어."

그는 아무 말도 없이 네발로 기는 자세로 가만히 멈춰서 자초지종이라도 말하는 듯한 표정으로 나를 올려다보았다. 그는 굶주렸다. 내가 뭔가 인주솜풀을 대신해서 먹을 만한 걸 즉시 대령하지 않는다면 그는 어떻게 해서든, 설사 먹고 죽는 한이 있더라도 그 인주솜풀을 먹을 작정이었다.

우리가 메데이아 행성에 인류의 경이들을 부려놓은 지 겨우 119년이 지났고, 내가 명상섬에서 참회 기간을 보내는 중이긴 했지만, 나는 다른 인간을 친구로 두고 싶은지에 대해 그다지 확신이 없었다. 난 그 빌어먹을 퍽스들과 소통하는 것만으로도 충분히 힘든 시간을 보내고 있던 참이었다. 낯선 인간의 삶을 책임지고 싶지는 않았다. 고작 목숨을 부지하게 해주는 아주 하찮은 책임일지라도 말이다.

사람의 마음을 스쳐 가는 것들을 생각하면 재미있다. 그 순간, 그처럼 절박하게 나를 쳐다보는 그를 보면서 예전에 봤던 만화가 떠올랐던 게 기억난다. 전형적인 '목마른 남자가 사막에서 기어 나오는' 만화였다. 수염이 덥수룩한 수척한 방랑자 뒤로 기어 온 자국이 길게 수평선까지 뻗었다. 그리고 앞에는 말을 탄 한 남자가 손톱이 마구 자란 한 손을 구걸하듯이 내민 그 죽어가는 불쌍한 악마를 내려다보고 서 있었다. 말에 탄 남자는 미소를 지으며 목마른 남자에게 말한다. "땅콩버터 샌드위치 어때?"

그가 그 만화를 아주 재미있어할 것 같지는 않았다.

그래서 나는 내가 없는 사이에 손대는 일이 없도록 그 인주 솜풀을 뽑아 들고는 재빨리 내 오두막으로 갔다. 나는 그에게 줄 땅콩 치즈 한 덩어리와 소량의 물을 챙겨와서 그를 일으켜 앉히고 먹는 걸 도왔다.

먹는 데는 제법 시간이 걸렸다. 다 먹었을 때쯤에는 당연히 둘 다 분홍색과 흰색 포자에 뒤덮여 있었다. 냄새가 끔찍했다.

나는 그를 부축해 일으켜 세웠다. 몸을 제대로 가누지 못했다. 나는 그를 오두막까지 데려가 내 에어매트리스에 눕혔다. 그는 눈을 감고 즉시 잠들었다. 어쩌면 기절한 것인지도 모르겠지만, 알 수 없는 일이다.

그의 이름은 버질 오덤이었다. 하지만 그때는 그것도 몰랐다.

난 그에 대해서 많은 걸 알지 못했다. 그때도, 나중에도, 지금조차도.

세상 사람들이 모두 그가 한 일을 알면서도 그가 왜 그 일을 했는지, 아니면 그가 누구인지조차 모르는 게 웃기다. 그리고 최근까지 아무것도, 그의 이름조차 몰랐다는 사실도.

한편으로, 나는 사람들이 나를 아는 유일한 이유가 내가 그를, 버질 오덤을 알기 때문이라는 사실에도 화가 난다. 사람들은 나라는 인간이나 내가 겪은 일들은 신경 쓰지 않는다. 그저 버질 오덤뿐이다. 그가 한 일뿐이다. 내 이름은 포그, 윌리엄 로널드 포그다. 나도 중요한 사람이다. 이름을 알아주는 건 중요하다.

그가 깼을 때는 어스름한 하늘을 가로지르며 테세우스를 쫓는 이아손이 명암경계선 바로 위를 지나는 중이었다. 죽은 풍선 포자 구름이 지나갔고, 하늘은 다시 호박색이 되었다. 거대한 아르고스를 가로지르는 색색의 띠들이 보였다. 나는 현자 아모스와 얘기하려 애쓰는 중이었다.

나는 대개 늘 현자 아모스와 얘기하려 애쓰는 중이었다.

은색 초승달 지역 퍼듀 농장에 있는 본부기지 외계인류학자들은 퍽스와의 소통을 '엑스타시스'라 부른다. 글자 그대로 풀자면 '자신의 바깥에 서다'라는 뜻으로, 일종의 강화된 감정이입 상태에서 개념과 감정적 상태를 전달하는 것을 말한다. 하지만 전달되는 것이 글자나 그림 같은 형태는 아니다. 앉아서 퍽스를 응시하면 퍽스도 앞발을 세운 자세로 웅크리고 앉아 나를 마주 응시하곤 했다. 그러면 우리는 서로가 생각하는 것들로 채워졌다. 모호한 느낌과 전반적인 감정의 상태를 어느 정도 받아들이고 나면, 펵스가 사냥꾼이었을 때의 기억들과 암컷이었을 때 떼어버린 여분 뒷발이 있던 때의 기억들과 '고리 위 일곱 기둥' 근처에서 딱 한 번 본 높이가 1킬로미터나 되는 물결의 기억과 암컷을 쫓아다니며 끝없이 짝짓기했던 기억들이 밀려들었다. 모든 기억이 거기에 있었다. 펵스에게는 오랜 삶인 15메데이아년의 매 순간이.

하지만 하나같이 밋밋했다. 엄청난 기술력을 동원해 만들었지만 영혼이 담기지 않은 영화들처럼. 생각은 정돈되지 않아 들쭉날쭉한 데다 지속성도 흐름도 없었다. 색깔도 없고 해석도 없었다. 그 모든 기억이 펵스에게 어떤 의미인지 알 수 없었다.

엉성하고 점잖지 못했다. 그건 그저 데이터일 뿐이었다.

그래서 아모스와 '대화'하려는 시도는 컴퓨터에게 아주 독창적이고 의미 있는 시를 쓰게 만드는 일과 같았다. 때때로 나는 아모스가 날 어르기 위해 '배정'된 게 아닌가 싶은 느낌을 받았다. 내게 뭔가 할 일을 주기 위해서 말이다.

아모스더러 캐스터 C에 대해 펵스들이 갖는 종교적 유대감의 본질을 체계적으로 정리하도록 유도하고 있을 때, 그 남자가 오두막에서 나왔다. 아모스를 포함한 펵스 종족은 쌍성인 캐스터 C의 두 별을 외할아버지와 친할아버지라 생각했다. 인간은 그 두 별을 프릭소스와 헬레라고 부른다.

아모스에게 색깔의 변화에 따른 생각의 흐름과 감정적 부담을 이해시키려 애쓰는데 우리 사이에 이중 그림자가 떨어졌다. 나는 고개를 들어 뒤에 선 남자를 돌아보았다. 그와 동시에 픽스와 나 사이의 엑스타시스가 느슨해지는 게 느껴졌다. 어딘가 다른 수신처가 있어서 힘이 그쪽으로 빠져나가는 느낌이었다.

남자는 불안정하게 비틀거리며 서서 균형을 잡으려 애쓰면서 아모스를 쳐다보았다. 둘이 소통하는 건 분명했지만, 둘 간에 무엇이 오가는지는 알 수 없었다. 그러더니 아모스가 일어나 뒷발을 포기한 나이 든 수컷들에게서 흔히 보이는 액체가 구르는 듯한 걸음걸이로 멀어졌다. 나는 힘들게 일어섰다. 메데이아에 온 이후로 무릎에 가벼운 관절염을 앓게 되어서 책상다리를 하고 앉으면 무릎이 뻣뻣해졌다.

내가 일어서는 사이에 얼음땅을 기어 나오느라 아직 너무 허약한 상태였던 그가 쓰러졌다. 나는 그를 품에 받아 안았다. 처음으로 든 생각이 성가시다는 것이었음을 실토해야겠다. 이제 걱정거리가 또 하나 생겼다는 사실을 알게 되었기 때문이었다.

"어이, 이봐." 내가 말했다. "진정해."

나는 그를 부축해 오두막으로 데려가서 에어매트리스에 눕혔다. "이봐, 형씨." 내가 말했다. "냉정하게 굴고 싶은 건 아니지만, 난 여기 혼자 나와서 지내는 중이야. 앞으로 넉 달 정도는 식량 보급도 없을 테니, 형씨를 여기에 둘 순 없어."

그는 아무 말도 하지 않았다. 그저 나를 쳐다볼 뿐이었다.

"대체 당신 누구야? 어디서 왔어?"

그는 나를 쳐다보기만 했다. 나는 남의 표정을 매우 정확하게 읽는 편이다. 그는 나를 빤히 쳐다보았다. 혐오를 품고서.

난 그를 알지조차 못했다. 그는 내게 무슨 일이 있었는지, 내가 왜 이곳 명상섬에 나와 있는지 짐작조차 하지 못할 터였다. 그가 날 미워할 이유는 어디에도 없었다.

"여기 어떻게 오게 됐지?"

그는 나를 쳐다보았다. 그에게서는 한마디의 말도 나오지 않았다.

"이거 보세요, 선생님. 내가 요점을 얘기할게요. 난 누구한테 연락해서 당신을 데려가라고 할 방법이 없어. 식량이 충분치 않기 때문에 당신을 여기에 둘 수도 없어. 그리고 난 당신이 여기 내 눈앞에서 쫄쫄 굶도록 놔두지도 않을 거야. 왜냐하면 어느 정도 시간이 지나면 당신이 내 식량을 탐할 게 뻔하고, 나는 당신과 싸워야 할 것이고, 우리 둘 중 하나는 죽을게 불을 보듯 뻔하니까 말이지. 난 그런 상황을 만들지 않을 참이야. 알아듣겠어? 지금 날이 춥다는 건 알지만, 당신은 가야 해. 며칠 쉬면서 힘을 좀 비축해. 곧장 동쪽 구덩이를 가로질러서 꾸준하게 더운땅을 지나가다 보면 누가 밭에 물 주러 나왔다가 당신을 발견할지도 몰라. 가능성이 의심스럽긴 하지만, 어쩌면 말이지."

아무 반응이 없었다. 그는 그저 나를 쳐다보며 미워할 뿐이었다.

"어디서 왔어? 저기 얼음땅에서 온 건 아니겠지. 거기선 아무것도 살 수 없으니까. 거긴 기온이 영하 30도야." 침묵뿐이었다. "거기엔 빙하밖에 없어."

정적. 나는 주체할 수 없이 화가 치밀어올랐다.

"이봐, 형씨. 난 이런 거 좋아하지 않아. 내 말 이해하겠어? 난 이런 거 진짜 좋아하지 않는다고. 당신은 가야 돼. 난 당신이 몽테크레스포 백작이나 스랑스의 잃어버린 왕자라고 해도 관심 없어. 기어갈 힘이 생기는 즉시 여기서 나가." 그는 나를 올려다보았고, 나는 그 개자식한테 제대로 한 방 날려주고픈 충동을 느꼈다. 나는 스스로의 화를 다스려야 했다. 내가 이 명상섬에 처박히게 된 이유가 그런 거니까.

그를 치는 대신 나는 쭈그리고 앉아 오랫동안 그를 지켜보았다. 그는 한 번도 눈을 깜박이지 않았다. 그저 나를 바라보기만 했다. 마침내, 나는 아주 부드럽게 말했다. "그 퍽스한테 뭐라고 했어?" 문가에 이중 그림자가 졌다. 나는 힐끗 쳐다보았다. 현자 아모스였다. 팔에 뭔가를 잔뜩 든 놈이 꼬리로 출입구 차단막을 내렸다. 손마다 달린 세 개의 길고 튼튼한 손가락에 모두 여섯 마리의 갓 잡은 화살고기가 꽂혔다. 입구에 선 놈의 푸른 털에 하늘의 코로나에서 쏟아지는 핏빛이 쏟아졌다. 그러고는 놈이 손가락에 꿴 물고기를 내밀었다.

내가 명상섬에 있은 지 6개월이었다. 그동안 나는 매일 화살고기를 잡아보려고 애썼다. 냉동식품과 땅콩 치즈와 상자에 든 비상식량은 금방 질린다. 은색 포장지만 봐도 토하고 싶어졌다. 난 신선한 음식이 먹고 싶었다. 6개월 동안 나는 매일 살아 있는 뭔가를 잡아보려 했지만, 화살고기는 너무 빨랐다. 놈들이 '느린고기'라고 불리지 않는 이유가 그래서겠지. 퍽스들이 사냥하는 나를 지켜보곤 했다. 하지만 어떻게 하면 그 고기를 잡을 수 있는지 귀띔이라도 해주는 퍽스는 하나도 없었다. 그런데 지금 이 늙은 중성체 아모스가 나한테 화살고기를 여섯 마리나 내밀고 있다. 나는 남자가 아모스에게 뭐라고 말했는지 알게 되었다.

"넌 대체 뭐하는 놈이야?" 난 완전히 비뚤어질 참이었다. 난 그를 조금 두들겨 패서 얼굴에 드러난 증오에 찬 표정을 그다지 신경 쓰지 않아도 될 표정으로 바꿔놓고 싶었다. 그는 한마디도 하지 않고 그저 날 쳐다보기만 했다. 하지만 아모스가 오두막 안으로 들어왔다. 놈이 오두막 안으로 들어온 건 처음이었다. 빌어먹을, 놈의 편파적인 시선이란! 놈이 화살고기를 내민 채 우리 사이를 돌아다녔다.

그러니까 저 자식이 어떤 식으로든 저 원주민 퍽스를 조종하는 거야! 저 자식은 한마디도 하지 않았지만, 아모스는 뭔가를 아는 듯이 우리 사이에 끼어들어 나더러 물고기를 받으라고 종용했다. 그래서 나는 물고기를 받았다. 들리지 않게 둘을 저주하면서.

화살고기를 뒤적거리는데 늙은 퍽스가 나를 흐름 속으로 끌어당기는 느낌이 왔다. 여태 엑스타시스를 하면서 경험했던 것보다 강한 흐름이었다. 현자 아모스가 알려주었다. 이놈이, 얼음땅을 기어서 빠져나온 이놈이 매우 성스러운 존재라고, 아주 잘 대해주는 게 좋을 거라고, 아니면… '아니면' 무슨 일이 생길지 실마리는 전혀 주지 않았지만, 강한, 정말로 강한 흐름이었다.

그래서 나는 그 물고기를 식료품실에 갖다두고는 얼마나 고마운지 모르겠다고 퍽스에게 알렸다. 하지만 퍽스는 내게 각다귀 한 마리 만큼의 관심도 보이지 않았다. 그리고 흐름은 사라졌다. 아모스는 내 오두막이 제 안방인 양 편안하게 누운 손님과 엑스타시스를 했다. 그러고는 돌아서서 미끄러지듯 오두막을 나가 어디론가 사라졌다.

나는 그날 밤 대부분의 시간을 앉아서 그를 지켜보면서 보냈다. 그는 한순간 나를 빤히 쳐다보고 있다가 잠시 후에 보면 잠들어 있곤 했다. 나는 그냥 앉은 채 놈이 나타나지만 않았으면 내가 잤을 잠자리에 널브러진 놈을 지켜보면서 첫날 밤을 새웠다. 잠을 자면서도 그는 나를 미워했다. 하지만 깨어나 그 증오를 생생하게 즐기기엔 몸이 너무 약했다.

그래서 나는 그를 쳐다보면서 대체 뭐하는 놈일까 궁금해하는 데에 골몰했다. 그러다 더는 계속할 수 없는 지경이 되자 아침이 가까워진 어느 시점에 그냥 그를 두들겨 패버렸다.

퍽스들이 계속 먹을 것을 가져왔다. 물고기뿐만 아니라 듣도 보도 못한 식물들과 늘 썩은 양배추 냄새가 풍기는 동쪽 더운땅에서 나는 것들도 있었다. 어떤 식물은 요리해야 했고,

어떤 것들을 그냥 날로 먹어도 맛있었다. 하지만 그가 없었다면 놈들은 그런 걸 내게 보여주지조차 않았으리라는 사실을 나는 잘 알았다.

그는 한 번도 내게 말을 하지 않았고, 처음 캠프에 온 날 밤에 맞았다는 얘기를 펵스들에게 하지도 않았다. 그의 태도는 전혀 바뀌지 않았다. 아, 물론 난 그가 멀쩡하게 말할 수 있다는 걸 안다. 잘 때 뒤척거리고 몸부림을 치면서 뭔가를 외쳤기 때문이다. 나는 한마디도 알아들을 수 없었다. 뭔가 다른 세상의 언어였다. 무슨 내용이었는지는 모르겠지만 그걸 기억하는 게 그로서는 아주 힘든 것 같았다. 그는 잠을 자면서도 괴로워했다.

그는 머무르기로 결정했다. 난 그 다음 날부터 알았다. 비축 물품을 훔치는 그를 붙잡았으니까.

아니다. 그건 정확한 표현이 아니다. 그는 대놓고 가져갔다. 내가 그를 붙잡은 것도 아니다. 그는 이동용 헛간들에 숨겨놓은 물품을 뒤지는 중이었다. 대부분은 당분간 필요하지 않거나 더는 필요가 없어서 넣어둔 것들이었다. 저장고로 통하는 굴을 파는 그를 발견했을 때 그는 이미 몇몇 물건들을 빼놓은 상태였다. 폭풍에 쓰러진 펠터 나무를 이용해 오두막을 짓기 전에 썼던 니트가죽 텐트와 여분의 에어매트리스와 명상섬에 온 첫 달에 기분전환용으로 일본 전통 가면극과 코넌드라마를 볼 때 썼던 홀로그램 프로젝터였다. 그 홀로그램들은 금방 싫증이 났다. 내 참회의 삶에 마땅히 있어야 할 부분이 아닌 듯했다. 그는 프로젝터를 꺼냈지만, 홀로그램 영상이 저장된 레이저 구슬들은 꺼내지 않았다. 그런 것들이 모두 저장고에서 끌려 나와 한쪽에 쌓여 있었다.

"무슨 짓을 하는 거야?" 난 주먹을 쥐고 그의 등 뒤에 서서 그가 뭔가 퉁명스럽게 말을 꺼내기를 기다렸다.

그는 전날 밤에 내가 걷어찬 갈비뼈 부근을 손으로 부여잡으며 어렵사리 몸을 일으켰다. 그는 돌아서서 침착하게 나를 쳐다보았다. 나는 놀랐다. 그 전날만큼 나를 미워하지 않는 것 같았다. 내가 몸집이 더 클뿐더러 원할 때는 그를 두들겨 팰 수도 있고, 내키면 그를 내팽개칠 수도 있다는 사실을 이미 보여줬는데도 그는 나를 두려워하지 않았다. 그는 그저 내가 그 태도의 의미를 알아차리기를 기다리며 나를 뚫어지게 쳐다볼 뿐이었다.

그 의미는 그가 당분간 이곳에 있을 거라는 뜻이었다.

내가 좋든 싫든 말이다.

"그냥 내 앞에서 꺼져." 내가 말했다. "난 널 좋아하지 않고, 바뀌지도 않을 거야. 내가 저 인주솜풀을 뽑는 실수를 하긴 했지만, 더는 실수하지 않아. 내 식량창고에서 꺼져. 나한테 가까이 오지 마. 그리고 나와 펙스들 사이에 끼어들지 마. 난 해야 할 일이 있는데 네가 끼어들면… 널 찍어눌러서 저 물에 던져버릴 거야. 그러면 바구니고기가 널 뜯어먹을 테고, 남은 잔해는 저 얼어붙은 만으로 밀려가겠지. 알아들었어?"

나는 그냥 입에서 나오는 대로 지껄이고 있었다. 이미 내 삶을 망친 이 비이성적인 행동을 반복하고 있다는 사실보다 더 나쁜 건 내가 그저 헛소리를 지껄이고 있다는 사실을 그도 안다는 점이었다. 그는 나를 쳐다보았고, 내가 더는 존엄에 상처를 입은 체할 수 없을 정도로 오래 기다렸다가 허접쓰레기들을 뒤지는 작업으로 돌아갔다. 난 심문을 할 퍽스들을 찾아 나섰지만, 놈들은 그날따라 나를 피해 다녔다.

그날 밤에 벌써 그는 자신만의 거처를 세웠다.

그리고 다음 날 아모스가 암컷 두 마리를 데려왔다. 둘은 여덟 개의 다리를 벌려 그럭저럭 앉는 것 같은 자세를 취했다. 그러자 늙은 중성체인 아모스가 외할아버지와 그들 종족과의 관계를 설명하려는 노력의 일환으로 그 둘이 나와 흐름을 맺을 것이라고 알려왔다. 그는 둘을 가리킬 때 혼기가 찼다는 의미를 담은 엑스타시스 이미지를 사용했다. 그 종족이 자발적으로 도와주려는 행동을 보인 것은 6개월 만에 그때가 처음이었다.

나는 그게 내 불청객이 그 빈약한 시설에 대해 치르는 숙박비라는 사실을 알았다.

그리고 그날 늦게 오두막을 지을 때 사용한 길이조절 버팀목에 에메랄드베리 관목의 가시투성이 가지 하나가 꽂힌 걸 발견했다. 가지에는 열매가 잔뜩 달렸다. 원주민들이 완전히 망가진 이 지역 어디에서 그걸 발견했는지는 모를 일이었다. 열매가 상해가는 중이었지만 난 가시에 손을 찔려가며 탐욕스럽게 열매를 따서 그 바다빛 녹색 즙을 입에 짜 넣었다.

나는 그 또한 내 불청객이 그 빈약한 시설에 대해 치르는 숙박비라는 사실을 알았다.

우리는 그런 식으로 지냈다. 그는 살금살금 다니며 몇 시간씩 아모스와 다른 퍽스들과 앉아서 얘기를 나누었다. 나는 '장원을 거느린 지주' 역할에 충실하게 쿵쾅거리며 돌아다녔다. 주의 깊게 경청하는 퍽스 종족에게 철학적 개념들을 전달하려는 내 노력에는 별 성과가 없었다. 그들은 외할아버지의 갈망을 이해하지 못하는 나를 덜떨어진 존재로 여긴다는 인상을 뚜렷하게 전해주었다.

그러던 어느 날, 그가 사라졌다. 그때는 환절기 초입이라 매서운 바람이 멀리 더운땅에서 불어왔다. 오두막에서 나온 나는 홀로 남았다는 사실을 알았다. 하지만 굳이 그의 텐트까지 가서 안을 들여다보았다. 예상대로 비어 있었다. 근처 언덕에 수컷 퍽스 둘과 늙은 중성체 하나가 부지런히 땅을 두드리고 있었다. 나는 그들에게 어슬렁거리며 다가가 다른 남자가 어디 있느냐고 물었다. 사냥꾼들은 나와 흐름에 합류하기를 거부한 채 모종의 의식처럼 계속해서 땅을 두드렸다. 늙은 퍽스가 짙은 푸른색 털을 긁으며 그 성스러운 존재가 얼음땅으로 가버렸다고 말했다. '다시' 말이다.

나는 서쪽구덩이 끝까지 걸어가서 빙하에 덮인 황량한 땅을 건너다보았다. 지금은 좀 따뜻해지긴 했어도 그곳은 완전히 황폐했다. 미끄러지며 걸어간 그의 발자국이 희미하게 보였지만 난 그를 쫓아갈 의향이 없었다. 죽고 싶다면, 그건 그가 알아서 할 일이다.

난 뭔가 불합리한 상실감을 느꼈다.

30초 정도 그랬다. 그리고 나는 웃었다. 그러고는 늙은 픽스에게로 돌아가 대화를 시도했다.

8일이 지난 후 남자가 돌아왔다.

그제야 나는 그가 두려워지기 시작했다.

보온복을 기운 것 같았다. 여전히 찢어지고 무용지물이 되기 일보 직전으로 보였지만, 그는 강인한 움직임으로 멀리서부터 빠르게 다가왔다. 부츠에 달린 날이 그를 앞으로 신속하게 밀어냈다. 그러다 질척하게 눈이 녹은 곳에 이르렀다. 그는 거의 걸음을 멈추지도 않은 채 몸을 숙여 날을 떼고는 계속 걸었다. 그는 캠프를 향해 곧장 서쪽구덩이 지대를 올랐다. 외투에 달린 모자는 뒤로 벗겨졌다. 그는 수월하게 움직였고, 숨도 헐떡이지 않았으며, 말처럼 긴 얼굴은 내내 걸어온 덕에 상기됐다. 거의 2주분의 수염이 자라 언뜻 메데이아 우주공항 주변에 널린 우주인 바에서 점토 파이프를 피우고 수퇘지 오줌을 꿀꺽꿀꺽 마셔대는 용병들처럼 보였다. 영웅적이었고, 모험가 같았다.

그는 진창과 모자반이 가득한 서쪽구덩이 지대를 벗어나더니 그대로 나를 지나쳐 자기 텐트로 들어갔다. 그러고는 온종일 모습을 보이지 않았다. 하지만 그날 밤, 내가 오두막 바깥에 앉아서 세상의 꼭대기에 앉은 아르고스와 가까운 더운땅에서 거센 바람에 실려 오는 이런저런 냄새를 맡고 있는데, 현자 아모스와 다른 늙은 펵스 둘이 언덕을 넘어와 그의 텐트로 내려가는 게 보였다. 나는 그 영웅적인 모험가가 나와서 그들과 원을 그리며 쭈그려 앉는 것을 뚫어지게 쳐다보았다.

그들은 움직이지 않았고, 그들은 아무 몸짓도 하지 않았으며, 그들은 빌어먹을 아무 짓도 하지 않았다. 그저 흐름에 합류하여 인상들을 주고받을 뿐이었다.

그리고 다음 날 아침, 덜커덕거리는 소리에 잠이 깬 나는 수면팩을 열고 나와 그가 부속품들을 땅땅 때려 맞춰가면서 모종의 임시 썰매를 만드는 걸 보았다. 그는 부츠 날과 이동용 창고들에서 가져온 선반과 화물운반자들이 화물을 묶을 때 사용하고 남은 고무띠를 한데 긁어모았다. 썰매는 흉하고 미덥지 못하게 생겼지만 일단 진창 너머로 끌고 나가면 곧잘 미끄러질 것처럼 보이긴 했다.

그제야 그가 저것들을 얼음땅으로 가져갈 계획이라는 생각이 머리를 스쳤다. "어이, 그만." 내가 말했다. 그는 일을 멈추지 않았다. 나는 성큼성큼 다가가 그의 엉덩이를 걷어차며 말했다. "내가 말했지. 그만하라고!"

그가 오른손을 내밀어 내 왼쪽 발목을 낚아챘다. 문득 정신을 차려보니 난 이미 반쯤 넘어진 채 공중에 붕 뜬 상태였다. 2미터나 날아간 나는 바닥에 누워 가까스로 숨을 내쉬며 고개를 들었다. 그는 여전히 등을 돌린 채 일을 했다.

난 일어서서 그에게 달려들었다. 그가 고개를 드는 걸 본 기억은 없지만 그랬을 게 분명했다. 안 그러면 내가 달려드는 방향을 어떻게 가늠했겠는가?

헐떡이며 입안의 흙을 뱉고 나서 몸을 뒤집어 앉으려는데 누가 내 등을 밟았다. 그라고 생각했는데, 누르는 힘이 느슨해진 틈을 타 어깨너머로 돌아보니 웬 파란 털에 덮인 사냥꾼 퍽스가 근골질 왼팔에 창을 들고 서 있었다. 창끝으로 날 겨누지는 않았지만 여차하면 어느 때라도 곧장 겨냥할 태세였다. 저 성스러운 존재한테 대들지 마, 그것이 놈의 메시지였다.

한 시간 후에 그는 썰매에 연결한 고무띠 세 줄을 가슴에 두르고 썰매를 끌면서 얼음땅과 이어진 연륙교로 내려가 진창 속으로 들어섰다. 그는 좀 더 단단한 얼음에 닿을 때까지 썰매가 죽 같은 진창에 빠지지 않도록 애쓰느라 몸을 잔뜩 굽혔다. 그는 쟁기에 연결된 가죽띠를 이마에 두르고 쟁기를 끌던, 옛날 홀로그램에서나 보았던 농장 잡일꾼 같았다. 그는 멀어져 갔지만 나는 그가 영원히 가버렸다고 생각할 만큼 멍청하지는 않았다. 썰매는 텅 비었다.

그가 돌아올 때 썰매에는 무엇이 채워져 있을까?

그건 1.5미터쯤 되게 잘린 두터운 둥근 관이었다. 그가 20년간 쌓인 얼음을 대충 긁어내고 나서야 나는 그게 무엇인지, 어디서 온 것인지 알았다. 그가 가져올 거라고는 전혀 예상치 못한 물건이었다.

그것은 북부발전지구에서 쏘아 올린 지 2년 만에 알 수 없는 이유로 궤도에서 이탈해 추락한 다이달로스 발전위성에서 떼어낸 레이저 핵심부였다. 해안 거주지들을 압박하는 빙하를 빙산으로 쪼개기 위해 고안된 것이었다. 위성은 거의 정확하게 20년 전에 동극(東極)과 얼음통 중간 어디쯤인 파이코스 얼음땅에 떨어졌다. 엔리케에서 호송될 때 나는 그 지점을 지났다. 극지 항공기 조종사가 잠깐 관광을 시켜주기로 마음먹은 덕분에 우리는 그때 벌써 바람과 폭풍에 깎인 복잡한 얼음 조각의 일부가 된 그 잔해를 굽어볼 수 있었다.

그리고 대체 어떻게 했는지는 모르겠지만, 내 사생활을 침해한 이름도 모르는 이 개자식이 거기까지 가서 그 빔 장치를, 그리고 관 끝에 놓인 제법 큰 보따리를 제대로 본 거라면, 그 전력 집적기를 뚱땅거리며 떼서는 대체 얼마인지도 모를 거리를 끌고 온 것이다. 대체 왜?

두 시간 후에 나는 중수소 핵융합 시설인 캠프 발전소 출입구로 내려가는 그를 발견했다. 중수소 탱크는 16개월마다 보충해주어야 했다. 내겐 재처리 시설이 없었다.

그는 캠프에 난방과 전기를 공급하는 전력 빔 장치를 살펴보았다. 그가 무얼 하려는지 전혀 알 수가 없었다. 하지만 나는 심사가 삐뚤어져서 멍청한 짓을 하다가 둘 다 얼어 죽기 전에 거기서 꺼지라고 그에게 소리를 질렀다.

그는 한참 시간이 지난 후에 나와서 승강기를 봉하고 그 허접쓰레기 레이저를 수선하러 갔다.

난 그 후 몇 주 동안 그와 거리를 두려고 애썼다. 그는 캠프 주변에서 찾을 수 있는 온갖 소소한 물건들을 이것저것 훔쳐서 레이저를 고쳤다. 다이달로스가 떨어질 때 연약한 태양광 집적판들이 타면서 추락 속도가 늦춰진 건 분명했지만, 그래도 빔 장치가 심각한 손상을 입는 것은 막지 못했다. 난 왜 그가 그걸 수선하는지 전혀 짐작도 못 했지만, 그게 작동하게 되면 그가 이곳을 떠나 다시는 오지 않을지도 모른다는 희망을 품었다.

그러면 난 우상을 만들 줄 모르는 생명체들과 홀로 남아 예전처럼 그림을 그리거나 노래를 부르거나 춤을 구상하며 지내게 될 것이다. 퍽스들에겐 예술이라는 개념이 없었다. 그들은 미학적 차원에서 소통하려는 내 시도를 제정신이 아닌 늙은 종조모의 농담을 들은 손주들 같은 무신경한 무관심으로 대응했다.

내겐 그야말로 참회의 시간이었다.

그러던 어느 날, 마침내 그가 일을 마쳤다. 그는 그 레이저를, 원래의 둥근 관에다 내 홀로그램 프로젝터와 고무띠와 고정벨트와 삼각 버팀대를 이어붙여 만든 무슨 대용 에너지 수신기 같은 것을 썰매에 싣고는 발전소 승강구로 기어 내려가 한 시간쯤 머물렀다. 그는 밖으로 나와 무언의 소환이라도 받고 온 듯한 아모스에게 뭔가 말 없는 말을 전하고는 자기가 만든 운반용 삭구 장비를 메고 천천히 끌고 갔다. 그가 어디로 가는지 궁금해서 따라나서려는데 아모스가 막았다. 놈이 내

앞에 나서더니 엑스타시스를 보냈고, 나는 그 성스러운 존재를 성가시게 하지 말고 발전기에 새로 이어붙인 연결장치를 건드리지 말라는 충고를 받았다.

물론 말은 한마디도 없었다. 모든 것이 모호한 느낌과 불완전한 이미지들뿐이었다. 낌새, 인상, 희미한 제안, 직관적인 충동. 하지만 난 그 메시지를 받았다. 나는 혼자였고, 내가 명상섬에 있으려면 퍽스들의 묵인이 있어야 했다. 갑자기 어디선가 나타나 나를 미칠듯한 분노에 떨게 한 그 성스러운 모험가를 방해하지 않는 한, 퍽스들은 나를 묵인할 터였다.

그래서 나는 마침 귀찮은데 잘됐다 싶어서 얼음땅은 잊어버리고 대신 쓸모없는 내 삶에서 뭔가 의미를 찾아보려 했다. 그가 누구든 간에 난 그가 돌아오지 않으리라는 걸 알았고, 내가 얼마나 시간을 낭비하며 사는 존재인지 깨닫게 했다는 이유로 그를 미워했다.

그날 밤 나는 암컷 상태에 있는 어느 청록색 퍽스와 역시나 절망스러운 대화를 나눴다. 다음 날 나는 수염을 싹 밀었고, 이내 다시 길러야겠다고 결심했다.

다음 2년 동안 그는 11번을 오갔다. 그가 얼음땅 어디에서 어떻게 사는지 나로서는 짐작도 가지 않았다. 게다가 그는 돌아올 때마다 더 야위고 지쳐 보였지만 갈수록 희열에 넘쳤다. 마치 거기서 신이라도 찾은 듯했다. 첫해가 끝나기 전에 퍽스들이 얼음땅을 오가기 시작했다. 놈들은 그를 보기 위해 그 광대한 그늘진 얼음땅으로 나섰고, 며칠 후에 돌아와서는 자기들끼리 뭔가를 얘기하곤 했다. 나는 놈들이 단체로 거기에 몰려가서 무엇을 하는지 아모스에게 물어보았다. 그가 엑스타시스를 통해 말했다. "그는 살아야 해, 그렇지 않아?" 그 말에 나는 대답했다. "그렇겠지." 하지만 난 말하고 싶었다. 꼭 그렇지만은 않다고.

한번은 그가 새 보온복을 얻으러 왔다. 그새 보급팀이 들러 최신 모델을 주고 갔다. 그래서 나는 그가 내 낡은 보온복을 가져갈 때 반대하지 않았다.

한번은 현자 아모스의 장례식에 왔는데, 그 의식을 집전하는 것 같았다. 난 놈들과 함께 둥그렇게 둘러서서 아무 말도 하지 않았다. 누구도 내게 도움을 요청하지 않았기 때문이었다.

한번은 핵융합 발전기의 연결 상태를 확인하러 왔다.

그런 이후로 얼마나 먼지 알 수도 없는 곳에서부터 걸어온 퍽스들이 명상섬으로 몰려들어 연륙교를 통해 얼음땅으로 들어갔다. 수백, 수천의 퍽스들이 와서는 나를 지나쳐 영원한 겨울 나라로 사라졌다. 그러던 어느 날, 한 무리의 퍽스가 내게 다가왔다. 그리고 이름이 '옛 시대의 벤'인 우두머리가 나와 흐름에 합류하여 말했다. "우리와 함께 성스러운 존재에게 가자." 내가 거기에 가려고 할 때마다 나를 막아서던 퍽스들이었다.

"왜? 왜 지금에 와서 나더러 가자고 하지? 지금껏 거기 못

가게 날 막은 주제에." 새삼스레 화가 마구 끓어올라 가슴 근육이 단단해지고 저절로 주먹이 쥐어졌다. 내 눈에 흙이 들어가기 전에 내가 그 형편없는 개자식을 찾아가나 봐라!

그때 그 늙은 퍽스가 한 일을 보고 나는 기절초풍할 듯이 놀랐다. 지난 3년 동안 퍽스들 때문에 놀란 일이라고는 그 남자의 요청에 따라 먹을 걸 가져왔을 때 말고는 없었다. 하지만 그때 그 늙은 퍽스가 가는 손가락이 달린 손을 오른쪽으로 뻗자 밝은 푸른색 털에 덮인 거대한 사냥꾼 수컷 하나가 창을 건네주었고, '옛 시대의 벤'은 그 창끝을 내 발치께 뭉친 진흙 바닥에 대고 단 몇 번의 손놀림으로 형상 두 개를 그렸다.

손을 잡고 나란히 선 두 인간의 그림이었다. 한 명의 머리 주변에는 방사상으로 뻗어 나가는 선들이 있었다. 그 퍽스는 두 형상을 둘러 원을 그리고는 바깥으로 퍼져나가는 유사한 선들을 그었다.

그건 내가 처음으로 목격한, 메데이아의 생명체가 의도를 가지고 창작한 첫 예술작품이었다. 내가 알기로는 원주민이 만든 첫 작품이기도 했다. 그리고 그 사건이 내가 지켜보는 가운데 일어났다. 심장이 빠르게 뛰었나. 내가 해낸 것이다! 마침내 내가 이 생명체에게 예술이라는 개념을 심어준 것이다.

"그를 보러 같이 갈게." 내가 말했다.

연옥에서의 내 시간이 끝나가는 듯했다. 그게 내 속죄의 수단일 수도 있었다.

*

나는 추위에 떨지 않도록 내 보온복에 에너지를 쏘아줄 핵융합 발전 시설을 점검하고, 식량 지급기를 털어 은박 포장지로 가방을 가득 채우고는 그들을 따라나섰다. 그들의 성스러운 존재를 방해할까 봐 감히 나에게는 허락되지 않았던 곳으로 말이다. 음, 이제 우리는 둘 중에 누가 더 중요한 사람인가를 알게 될 것이다. 나에게 고마워하는 법도 없이 내키는 대로 오가는 그 이름도 모르는 침입자인가, 아니면 메데이아인들에게 예술을 알려준, 나 윌리엄 로널드 포그인가!

수년 만에 처음으로 나는 가뿐하고 산뜻하고 가치 있는 사람이 된 것 같은 기분이었다. 난 늙은 퍽스가 진흙에 그린 그 그림문자에 고정제를 뿌렸다. 포그민속예술박물관이 세워지면 가장 값진 전시품이 될 터였다. 난 그 실없는 생각에 킥킥 웃고는 소규모 퍽스 무리를 따라 얼음땅으로 들어갔다.

환절기가 가까워져서 갈수록 바람이 심해지고 폭풍도 심술궂어졌다. 한 달 후였다면 얼음땅으로 건너가는 게 아예 불가능했겠지만, 이미 상황은 충분히 나빴다.

우리는 명상섬에서 바라다보이는, 지도제작자들이 '쇠라'라고 이름 붙인 얼음 등뼈 같은 첫 빙하를 넘어섰다. 이제 우리는 '이름없는 얼음틈'을 올랐다. 퍽스들은 창과 발톱으로 얼음을 콱콱 찍어 손발 디딜 곳을 만들었고, 나는 으르렁거리는 얼음용 장비로 구멍을 파며 나아갔다. 얼음 틈새로 녹색 그늘이 드리웠다. 어느 순간 우리는 틈새를 기어 올라와 석양빛을 받으며 섰지만 이내 눈앞의 형체도 알아볼 수 없게 되었다. 사정없이 메다꽂을 듯이 휘몰아치는 바람이 아래에 뚫린 얼음 틈새를 긁어내리는 동안, 우리는 한 시간이나 얼음 표면에 납작하게 붙어 있었다.

주위에서 이중 그림자들이 깜박거리며 춤을 추었다. 모든 것이 붉게 변하면서 바람이 잠잠해졌다. 우리는 이제 핏빛이 된 그림자들을 뚫고 쇠라 너머의 얼음 산마루에 닿았다.

눈앞에 긴 사면이 펼쳐졌다. 사면은 얼음과 슬러시 구덩이로 뒤덮인 평원으로 뻗어 있었다. 여기에서 한참 서쪽으로 가야 나오는, 생명체라곤 찾아볼 수 없도록 꽝꽝 얼어붙은 드넓은 라사이드 벌판과는 확연히 달랐다. '밝은날'이 빠르게 '어두운날'로 바뀌었다.

평원 너머 툰드라에서 피어오른 싸늘한 안개 장벽이 시야를 가렸다. 그 독기를 뚫고 명암경계선 지대와 얼어붙은 무(無)의 공간인 '먼곳'을 가르는 마지막 장벽, 하늘로 몇 킬로미터나 솟아오른 거대한 얼음 산 리오델루즈의 엄청난 덩어리가 어렴풋하게 보였다. 리오델루즈는 '빛의 강'이란 뜻이다.

우리는 서둘러 그 사면을 내려갔다. 몇몇 퍽스들은 둘 또는 넷, 또는 여섯 다리를 모은 채 평원까지 이르는 길을 그냥 줄줄 미끄러져 내렸다. 나는 두 번 넘어져 굴렀다. 엉덩이를 깔고 미끄러지다가 간신히 일어서려는 참에 다시 중심을 잃고 비틀거리자 가방을 썰매로 이용해야겠다는 생각이 들었다. 우리가 평원에 닿은 무렵에는 거의 어두운날이 돼 있었다. 안개가 바닥을 가렸다. 우리는 밝은날이 될 때까지 야영하기로 하고 툰드라에 잠자리 구덩이를 판 다음 각자의 몸을 묻었다.

눈을 감고 보온복의 온기 속으로 빠져드는 사이, 머리 위에서는 사나운 오로라가 빨강과 녹색과 자주색을 뿜어냈다. 그 '성스러운 존재'는 대체 무엇 때문에 날 이렇게 고생시키는 걸까?

우리는 안개 장벽을 뚫고 나아갔다. 회녹색 증기로 얼굴을 가린 리오델루즈가 어렴풋이 번득거렸다. 나는 우리가 명상섬에서 30킬로미터 이상을 왔다고 추정했다. 이제는 확연히 더 추워져서 푸른 펙스 털에 붙은 얼음 결정이 루비와 에메랄드처럼 반짝였다. 그리고 기이하게도, 일종의 숨 막힐 듯한 기대감이 원주민들 사이에 감돌았다. 그들은 칼날처럼 에이는 바람과 발밑의 슬러시 구덩이들 따위는 염두에도 두지 않고 갈수록 더 빨리 움직였다. 그들은 빛의 강과 거기서 뭔가 내 도움을 바라고 있는 남자에게 빨리 가야 한다는 조급함에 서로를 밀치곤 했다.

긴 행군이었다. 대부분의 시간 동안 나는 툰드라 위로 적어도 1.5킬로미터 이상 솟아오른 가혹한 얼음장벽의 형태 말고는 거의 아무것도 볼 수 없었다. 하지만 안개가 옅어지고 우리가 그 얼음산 기슭에 더 가까이 다가갈수록 나는 앞에 놓인 그

것을 더 자주 외면해야 했다. 하늘에서 영구적으로 빛나는 오로라가 얼음을 비추며 도저히 견딜 수 없는 번쩍이는 섬광을 흩뿌렸기 때문이었다.

그리고 그때 퍽스들이 앞으로 달려나가기 시작했다. 뒤처진 나는 리오델루즈를 향해 혼자서 성큼성큼 툰드라를 가로질렀다.

드디어 안개에서 벗어났다.

그리고 나는 앞에 솟은 것을, 성난 하늘을 찌를 듯 솟아올라 좌우로 끝없이 펼쳐진 것을 올려다보고 또 올려다보았다. 느낌으로는 높이가 수백 킬로미터는 될 성싶었지만, 그건 불가능했다.

나는 내 신음소리를 들었다.

하지만 눈을 찔러오는 그 광경에서 눈을 뗄 수가 없었다.

끊임없이 변화하는 메데이아의 하늘빛을 받은, 폭발할 듯 떨어지며 시시각각 무늬를 바꾸며 얼음을 씻어내는 그 천 가지 색깔을 받은 리오델루즈는 모양이 바뀌었다. 그 남자가 지난 3년 동안 대체 몇 킬로미터에 이르는지 헤아릴 수도 없는 그 산의 천연 얼음을 녹이고 자르고 조각하여 고매한 예술작품으로 바꾼 것이다.

유려하게 흐르는 핏빛 말들이 은빛 빛의 계곡을 달려나갔다. 섬세하게 얽힌 소용돌이 속에서 별들이 태어나고 숨을 쉬고 소멸했다. 마주 선 기둥에 뚫린 천 개의 구멍으로 비치는 호박색 광휘가 다이아몬드를 박은 듯한 얼음벽에 무수한 파편이 되어 부서졌다. 가능할 성싶지 않을 만큼 얇은 요정 같은 탑들이 그늘진 골짜기에서 솟아오르며 층층이 색깔을 바꿨다. 무지개 다발이 귀한 보석들이 흐르는 폭포처럼 봉우리에서 봉우리로 쏟아져 내렸다. 눈이 가는 데마다 모양과 형체와 공간들이 합쳐지고 자라고 사라졌다. 얼음 틈새에는 죽음의 사자처럼 검고 불길한 음각이 새겨졌다. 하지만 갑자기 빛이 날아들어와 산산이 깨지며 아래에 놓인 사발 속으로 흘러내리자 불길하던 음각은 금빛 희망을 전하는 거대한 새가 되었다. 거기엔 하늘도 있었다. 하늘의 모든 것이 끌려와 포획된 새로운 하늘이 이전의 하늘과 나란히 대면한 채 서로를 비추었다. 아르고스와 먼 항성들과 프릭소스와 헬레와 이아손과 테세우스와 텅 빈 공간들을 지배했던 항성들과 더는 기억조차도 아닌 항성들의 기억들이. 색을 바꾸며 보글거리고 노래하는 어느 웅덩이를 지켜보며 나는 지나간 시간의 꿈을 꾸었다. 내 마음은 어릴 적 이후로는 알지 못했던 느낌들로 가득 찼다. 그리고 그 느낌은 끝이 나지 않았다. 밝은 푸른색 화염 불꽃들이 물결치듯 이어지는 조각된 얼음벽들을 스친 다음 확실한 파괴를 향해 깊게 팬 연못으로 내달리다가 잠시 가장자리에서 멈추고는 녹색 망각 속으로 훌쩍 날아올랐다. 나는 나도 모르게 신음하는 소리를 듣고 시선을 돌려 안개와 툰드라 너머에 솟은 산등성이를 돌아보았다. 그러나 난 아무것도 보지 못했다. 아무것도! 그가 이뤄놓은 것에서 시선을 떼기가 너무 고통스러웠다. 나는 얼음 태피스트리에 펼쳐진 장엄한 행렬의 순간을 놓칠지도 모른다는 공포로 목구멍이 꽉 막혀오는 걸 느꼈다. 나는 다시 고개를 돌렸다. 생전 처음 보는 듯 완전히 새로웠다. 나는 조금 전처럼 전혀 처음 보는 듯이, 또 줄곧 보아온 듯이 그 광경을 보았다. 조금 전이 맞나? 그 고인 꿈을 얼마나 오래 쳐다보았던가? 몇 년이 지났을까? 그리고 남은 생을 거기 서서 사방에 날뛰는 아름다움을 호흡하며 보낼 정도의 행운이 내게 있을까? 난 너무 오래 숨을 쉬지 않았다는 생각이 들 때마다 폐에 공기를 끌어들이며 아무 생각도 못 하고 서 있었다.

그때 나는 뭔가가 날 끄는 것을 느끼고는 뭐가 됐든 내게서 그 압도하는 마취의 순간을 빼앗아 갈 손아귀에 저항하여 울부짖었다.

하지만 나는 끌려나가 빛의 강기슭으로 떠밀렸다. 나를 붙잡은 건 '옛 시대의 벤'이었다. 그는 나를 산을 등지고 앉게 했다. 아주 오랜 시간 동안 숨을 쉬기 힘들 정도로 흐느낀 후에야 나는 내가 거의 무아지경에 빠졌다는 걸, 그 꿈의 장소가 나를 압도했다는 걸 이해했다. 내 영혼은 당장에라도 뛰쳐나가 그 아름다움을 영원히 보고 싶은 갈망에 아파했다.

그 퍽스가 나와의 흐름에 합류했고, 엑스타시스를 통해 내가 몸을 비틀고 흔들던 걸 멈추는 게 느껴졌다. 머릿속에서 색깔이 흐릿해졌다. 나는 다시 윌리엄 포그가 될 때까지 강력한 흐름을 받으며 자신을 진정시켰다. 나는 얼음산의 노래에 공명하는 도구가 아닌 포그, 다시 포그인 나로 돌아왔다.

그리고 나는 고개를 들었다. 퍽스들이 '성스러운 존재'의 시체 주변에 쭈그리고 앉은 게 보였다. 그들은 손톱으로 얼음에 그림을 그리는 중이었다. 그리고 나는 그들에게 아름다움을 알려준 사람이 내가 아니라는 걸 깨달았다.

그는 한 손을 여전히 그 레이저 관에 댄 채 엎어져 있었다. 홀로그램 프로젝터에는 얇은 카드형 컴퓨터가 부착됐다. 홀로그램 프로젝터는 여전히 전체 조각의 이미지를 번쩍이며 보여주었다. 거의 전체가 붉은 선으로 표시된 도안이 기지에서 보내오는 전력 상황에 따라 깜박거리고 희미해졌다가 다시 돌아오곤 했다. 하지만 거의 불가능해 보이는 각도로 치솟은 다리와 첨탑 꼭대기 부분의 작은 영역만은 여전히 푸른 선으로 표시됐다.

나는 한동안 꼼짝없이 그것을 쳐다보았다. 그때 벤이 날 그곳에 데려온 이유가 바로 저것이라고 말했다. 그 성스러운 존재는 꿈의 공간을 완성하지 못하고 죽었다. 그리고 맹렬하게 밀려드는 흐름 속에서 벤은 그 조각의 어느 부분에서 그들이 처음으로 아름다움이 무엇인지, 예술이 무엇인지, 왜 그것들이 하늘에 있는 조부모들과 하나인지 이해하게 됐는지를 내게 보여주었다. 그리고 그는 선명하고 순수한 상을 하나 그렸다. 하늘로 날아올라 아르고스와 하나가 되는 남자의 상이었다. 그가 진흙에 그린 막대기 형상이 그것이었다. 머리 주변으로 뻗어 나가는 선들을 두른 그 불청객이었다.

그 퍽스의 엑스타시스에는 애원하는 어조가 담겼다. 우리를 위해 이 일을 하라. 신성한 존재가 미처 끝낼 시간을 갖지 못했던 과업을 끝내라. 그걸 완성하라.

나는 완성되지 못한 붉고 푸른 홀로그램 이미지를 깜박깜박 투사하며 거기 누운 레이저를 쳐다보았다. 부피가 크고 무거운, 길이가 1.5미터나 되는 관이었다. 여전히 켜진 채였다. 그는 일하던 중에 쓰러졌다.

나는 퍽스들이, 가장 어린 치들까지 자신의 첫 번째 그림을 끄적거리는 걸 쳐다보면서 속으로 울었다. 할 만큼 했다고 생각했는데, 그게 충분치 않았다는 사실만 발견한 셈이었다. 그리고 나는 내가 하지 못한 일을 한 그가 미웠다. 그러면서도 나는 그가 그걸 완성했더라면 어둠 속에서 신속하게 죽기 위해 '먼땅'의 광막함 속으로 걸어 들어가 참회는 물론이요, 그 이상의 것도 완료했으리라는 것을 알았다.

퍽스들이 끄적거리던 걸 멈췄다. 마치 벤이 뒤늦게라도 내게 관심을 보이라고 그들에게 주문이라도 한 것 같았다. 지금 퍽스들은 눈꼬리가 치켜 올라간 그 여우 같은 눈에 장난기와 놀라움을 담고서 나를 쳐다보았다. 나는 그들을 마주 바라보았다. 왜 내가? 대체 왜 내가? 무엇을 위해서? 날 위해서는 아니잖아, 그건 확실해!

그 남자가 일군 그 꿈의 공간에 경의를 표하기 위해 온 우주가 가장 훌륭한 빛을 비추는 동안, 우리는 오래도록 삼삼오오 그곳에 앉아 있었다.

회개자의 사체가 내 발치에 누워 있었다.

나는 이따금 조각하기 편한 자세로 레이저를 고정해주는

벨트를 발로 쿡쿡 찔러 보았다. 어깨에 메는 끈에 피가 묻어 있었다.

잠시 후에 나는 일어서서 그 벨트를 들어 올렸다. 예상했던 것보다 훨씬 무거웠다.

이제는 사람들이 사방에서 그걸 보러 몰려든다. 이제는 사람들이 그걸 리오델루즈가 아니라 '오덤의 태피스트리'라 부른다. 이제는 모두가 그 마법 같은 광경을 얘기한다. 오래전에 그가 어딘가 다른 곳에서 수천 명을 죽음에 몰아넣었던 듯하지만, 사람들은 그게 의도적인 일은 아니었다고 말한다. 그가 메데이아인들에게 가져다준 것은 의도적이었다. 그러니 누구나 버질 오덤이라는 이름을 아는 것은, 그리고 그가 동극에 무엇을 창조했는지 아는 것은 아마 옳은 일일 것이다.

하지만 사람들은 나도 알아야 한다. 나도 거기 있었다! 나도 그 과업의 일부를 담당했다.

내 이름은 윌리엄 로널드 포그이고, 나는 중요했다. 나는 늙었지만, 그래도 중요하다.

이름을 알아주는 건 중요하다.

와츠 타워를 창조한 천재 사이먼 로디아에게 바친다.

허깨비

Eidolons

1989년 로커스상 수상

대륙의 말단, 바다와 맞닿은 유럽 남서쪽 끝단의 그 미지의 땅에 고대 지리학자들은 사뭇 신비로운 의미를 부여했다. 마리누스와 프톨레마이오스는 그곳을 '프로몬토리움 사크룸, 신성한 곳'이라 생각했다. 그 막다른 곳 너머에는 아무것도 없었다. 아니면 두렵고 알 수 없는 곳이 있었다. 매일이 2월 30일이거나 31일인, 언제나 25시인 곳이 있었다. 그곳은 언제나 금빛 찬란한 버섯나무들이 나직이 속삭이는 달의 얼굴을 향해 뻗어가는 잃어버린 섬들로 가득한 바다였고, 그곳은 장난기 가득한 생명이 남자나 여자보다는 매끈한 공단이나 부스스한 재에 가까운 존재들과 짐승을 낳은 곳이었으며, 경솔한 자들이 꿈꾸며 길을 나섰다가 다시는 돌아오지 못하게 되는 꿈의 영토였다.

내 이름은 비징치이고, 여기서 구구절절 설명하기에는 너무나 대단한 이력을 가지고 있다. 하나만 언급해도 충분할 것이다. 브라운 씨가 내 품에 안겨 죽기 전까지, 나는 대부분의 문화권에서 대체로 사형집행인과 교수대를 만나게 되는 직업과 행위로 이름을 날렸다. 브라운 씨가 내 품에 안겨 죽기 전까지의 내 이력에서 가장 건전한 항목이라 해봐야 당나라 태종의 도살장 겸 무덤의 관리자이자 유일한 잡일꾼으로 일한 경력이었다. 대륙 전체가 나의 접근을 금지한 곳이 여럿이었고, 가장 가까운 지인들인 '스코틀랜드의 빈' 일족들조차 나와의 사회적 교류를 피하는 길을 선택했다. 스코틀랜드의 빈 일족은 천 명이 넘는 사람들을 살해해서 먹어치운 중세 인물들인데도 말이다.

나는 버림받은 자였다. 내가 머물기로 한 땅은 어디든 어둠의 땅이 되었다. 브라운 씨가 내 품에서 죽기 전까지, 나는 열정도 인정도 없는 존재였다.

사냥개를 풀어 나를 쫓지 않을 대륙은 세 개밖에 남아 있지 않았다. 그중 하나인 오스트레일리아 시드니에 있는 동안 나는 진짜 군대 모형들, H. G. 웰스가 애지중지했던 종류의 장난감 병사들을 파는 가게가 있는지 물어보고 다녔다. 서점 점원 하나가 문득 기억을 떠올리며 말했다. "특별 주문을 넣는 고객 한 분이 그런 비슷한 걸 물어본 적이 있어요. 좀 특이한 사람이죠… 브라운 씨는."

나는 그 점원을 통해 브라운 씨를 찾아냈고, 그를 보러 집으로 가게 되었다. 문을 열고 나와 눈이 마주치는 순간, 그는 겁에 질렸다. 우리가 함께했던 그 짧은 시간 동안 그가 잠시도 나를 두려워하지 않은 적은 없었다. 역설적이게도 그는 이 행성의 이족보행 생명체 중에서 내가 아무런 해를 끼칠 의도를 가지지 않은 몇 안 되는 생물 중 하나였다. 장난감 병정을 모으는 건 내 취미였고, 나는 그것들을 만들고, 칠하고, 모으거나 파는 이들을 상당히 높게 쳐주었다. 브라운 씨가 내 품에서 죽기 전, 내가 비징치였던 때, 장난감 병정과 그 애호가들을 아낀 것은 내 천성에서 유일하게 건전한 측면이었다고 말할 수 있다. 그래서 알다시피, 그에겐 날 두려워할 아무 이유가 없었다. 오히려 그 반대였다. 숱한 전과와 여전히 날 체포하려는 숱한 영장에도 불구하고, 나는 내가 브라운 씨의 죽음과는 아무런 관계가 없다는 것을 입증하기 위해 이런 얘기를 하는 것이다.

그는 들어오라고 말하지는 않았지만 벌벌 떨면서도 옆으로 비켜서서 입구를 내주었다. 그의 공포를 알았던 나는 그가 문을 잠그는 것을 보고 놀랐다. 문을 잠근 그는 더욱 공포에 떨며 어깨너머로 나를 힐끗 돌아보고는 벽을 허물어 엄청나게 넓게 확장한 주 응접실로 안내했다. 브라운 씨는 그 방에 있는 평평한 면이라는 면마다 한치도 빠짐없이 내가 여태껏 본 중에 가장 놀라운 장난감 병정 모형들을 줄줄이 세워놓았다.

아주 사소한 데까지 완벽하고, 어찌나 교묘하게 칠했는지 붓 자국 하나조차 보이지 않는 데다 색과 농담과 색조가 정교하기 짝이 없는 금속 모형들은 처음부터 물감으로 만든 것처럼 보였다. 그런 모형들이 대대와 부대와 연대와 결사대와 여단과 분대를 이뤄 바닥과 탁자와 장식장과 선반과 창턱과 계단과 진열장과 층층이 쌓인 셀 수 없이 많은 전시용 상자를 조금의 빈틈도 없이 채웠다.

나는 마음을 홀랑 빼앗겨 끝없이 줄지어 늘어선 전사들을 더 자세히 보려고 몸을 숙였다. 노르망디 기사들과 독일 란츠크네히트와 일본 사무라이와 프로이센 용기병과 프랑스 근위보병과 스페인 정복자들이 있었다. 북아메리카 원주민들과 전쟁을 벌인 미국 제7 기병연대가 있었고, 오라녜 공작 마우리츠의 군대가 스페인 합스부르크 왕가에 대항해 기나긴 독립전쟁을 벌일 때 함께 행진했던 네덜란드 머스킷 총병과 창병들이 있었으며, 청동 투구를 쓰고 빳빳한 흉갑을 두른 그리스 장갑 보병들이 있었고, 치명적으로 정확한 펜실베이니아 장총으로 버고인 군대를 격퇴한 삼각 모자를 쓴, 모건이 이끈 버지니아 라이플 군단의 총잡이들이 있었으며, 이륜마차를 탄 이집트 창기병과 프랑스 외인부대와 샤카 줄루의 군대에 속한 줄루족 전사들과 아긴코트 전투 때의 영국 대궁사수들과 제1차 세계대전 때의 오스트레일리아-뉴질랜드 연합군 병사들과 페르시아 이모탈 부대와 아시리아의 투석병들과 코사크 기병들과 비단으로 덧댄 사슬갑옷을 입은 사라센 전사들과 미군 82공수사단과 이스라엘 제트기 조종사들과 제2차 세계대전 때의 독일 기갑부대 사령관들과 러시아 보병들과 폴란드 제

5 기병연대의 검은 후사르들이 있었다.

그리고 한 줄 한 줄 경이와 환희의 안갯속을 떠다니는 동안, 나는 그런 예술적인 장관을 앞에 둔 외경심마저 눌러버릴 결정적인 사실 하나를 알아차렸다.

각각의 형체가, 터번을 쓴 마지막 키시아인과 바지를 입은 스키타이인과 나무 투구를 쓴 콜키스인과 황소가죽 방패를 든 피시디아인까지, 모두가 하나같이 지극히 정교한 공포와 절망의 표정을 띠고 있었다. 각각의 병사들이 죽음을 맞는 그 순간, 또는 더욱 끔찍하게는 자신의 죽음을 알아차리는 그 순간의 고통으로 일그러진 얼굴로, 눈물로 흐려진 눈으로, 비명을 지르려 반쯤 벌린 입으로, 구사일생을, 집행유예를 바라는 실낱같은 희망을 품고 내게 손을 뻗으며 나를 올려다보았다.

그냥 그려 넣은 표정들이 아니었다.

얼굴 하나하나가 개성적이었다. 모공 하나하나, 땀방울 하나하나, 얼어붙은 고통의 찡그림 하나하나가 다 보였다. 갑작스레 중단된 저항의 외침을 마저 지를 수도 있을 것 같았다. 그 모형들은 마치, 금방이라도 눈 깜짝할 사이에 살아나 본래의 의도대로 마저 쓰러져 죽을 수도 있을 것 같았다.

브라운 씨는 카펫을 뒤덮은 어마어마한 군단들 사이에 좁은 통로를 남겨놓았다. 여전히 공포에 사로잡힌 채 뒤에 바짝 따라붙은 작은 남자를 이끌고 나는 신발을 가릴 정도로 병사들이 무성한 응접실 초원으로 더 깊이 들어갔다. 나는 생명의 숨결이 고요해진 순간의 고통에 찬 자세로 얼어붙은 베트콩

습격대를 살펴보다가 몸을 일으키고는 브라운 씨를 돌아보았다. 브라운 씨로 하여금 무심결에 사실을 실토하게 할 만한 뭔가가 내 표정에 있었던 게 틀림없다. 하지만 모처럼 듣고 싶었던 고백을 내가 막을 리는 없었다.

그것들은 금속 모형이 아니었다. 그것들은 백납으로 변한 육체였다. 브라운 씨에게는 때마다 전장에서 군인들을 낚아채 금속으로 굳힌 다음 작게 축소하여 파는 딱 하나의 능력 말고는 아무런 예술적 재능이 없었다. 특공대원과 창을 든 병사들 각각이 전장에서 사로잡혀 축소되었고, 죽음의 순간에 이르러서야, 바로 그 순간이 돼서야 천국이든 발할라든 자신이 믿었던 뭔가가 배반했다는 것을 깨달았다. 축소 모형에 갇힌 영원한 죽음이었다.

"당신은 내가 꿈꿨던 그 어떤 존재보다 훨씬 대단한 악귀로군요." 내가 말했다.

그때 공포가 그를 집어삼켰다. 왜일까. 나는 모르겠다. 난 그에게 아무 나쁜 뜻이 없었다. 아마도 그의 존재를 요약한 내 말, 긴 일생 동안 말할 수 없는 즐거움을 가져다주었고, 마침내는 그를 집어삼킨 그 극악무도한 취미를 내가 알아냈다는 사실이 문제였을 것이다.

그는 등뼈 아래쪽을 큰 망치로 얻어맞은 것처럼 갑자기 경련을 일으키고는 눈을 휘둥그레 뜬 채 앞으로 쓰러졌다. 정교한 형체들이 망가지지 않도록 나는 쓰러지는 그를 두 팔로 받아 조심스럽게 비좁은 통로에 내려놓았다. 그랬는데도 축 처진 그의 왼쪽 다리가 나란히 선, 칭기즈칸을 따라 동쪽으로는 중국해까지 서쪽으로는 오스트리아 관문까지 진군했던 13세기 몽골 병사 몇을 쓰러뜨렸다.

엎드린 그의 뒷덜미에 피 한 방울이 보였다. 뭔가를 말하려고 고개를 옆으로 돌리려 애쓰는 그를 보고 가까이 몸을 숙였는데, 머리털이 난 언저리 바로 밑, 급격하게 혈색을 잃어가는 피부를 뚫고 나온 작디작은 석궁 화살이 보였다.

그가 뭔가를 말하려 해서 나는 무릎을 꿇고 그 죽어가는 숨소리에 귀를 가까이 가져다 댔다. 그는 자신의 삶을 비탄했다. 일반적으로 용인되는 도덕적 행위의 현실적인 제한을 지키며 그 안에 머무르는 사람이라면 자신을 괴물이라 판단하고도 남겠지만, 자신은 나쁜 사람이 아니었기 때문이었다. 물론 무언가에 사로잡힌 사람인 건 맞지만, 나쁜 사람은 아니었다. 그리고 그걸 증명하기 위해 그는 더듬더듬 '성스러운 곳'을 얘기했고, 거기로 가는 길을 발견하게 된 경위와 어떻게 거기에서 힘들게 돌아왔는지 얘기했다. 그는 그곳에서 발견한 생명체들과 지혜와 경이들을 내게 말했다.

그리고 그는 희미한 마지막 몸짓으로 그 두루마리를 어디에 숨겨놨는지 알려주었다. 그를 그런 취미에 빠뜨릴 정도의 대단한 지식을 담은, 그가 가져온 두루마리. 그는 그 희미한 마지막 몸짓으로 비밀 벽감에서 두루마리를 꺼내 자신이 평생 쌓은 업보를 풀어줄 수 있는 용도로 사용하라고 나를 재촉했다.

말을 더 들어보려고 돌려 눕히는 와중에 그가 내 품에서 숨을 거뒀다. 나는 그를 나치 늑대인간 부대와 영국 제23 근위보병연대 사이에 난 좁은 통로에 내버려두고 정식 무도회라도 너끈히 치를 정도로 넓은 응접실을 가로질렀다. 나는 비밀 벽판 뒤에서 그가 숨긴 두루마리를 찾아 꺼냈고, 세상 끝 경계 너머에서 찍은 사진을 보았다. 그 땅을 찍은 역사상 유일무이한 사진이었다. 살랑거리는 달, 금빛 버섯나무들, 공단처럼 매끄러운 바다, 생각에 잠긴 채 앉은 그곳의 생명체들.

나는 두루마리를 가지고 멀리 떠났다. 신성한 아카루 바위 너머 꿈의 시대가 지배하는 아웃백 황야로. 그리고 나는 브라운 씨의 두루마리에 담긴 지혜를 익히느라 수많은 세월을 보냈다.

하나의 본질적 통찰이라 불러도 과장이 아닐 것이다.

내가 다시 인간들 속으로 내려와 섞였을 때, 나는 다른 비징치였다. 나는 이전과는 다른 성질로 재주조되었다. 이전의 나였던 모든 것, 이전의 내가 했던 모든 것, 내가 지나온 길에 남았던 모든 황폐함… 그 모든 것이 누군가 다른 사람의 타락한 삶의 모습 같았다. 나는 이제 브라운 씨가 죽어가며 남긴 소원을 받들 수 있는 몸과 마음을 갖추었다.

그리고 나는 지난 수백 년 동안 그 목표를 위해 살았다. 그 두루마리를 꼼꼼하게 읽는 사람이라면 불멸을, 아니 원하는 만큼의 불멸을 안겨줄 각주 하나를 볼 것이다. 그래서 나는 긴 수명이라는 여분의 축복을 이용해 앞서 내가 해치고 파괴했던 이 세계 생명체들의 삶의 조건을 개선하는 데에 수십 년을 바쳤다.

소멸의 순간이 임박한 지금, 상황이 이러니 자세한 말은 하지 않겠다(채소들과 녹에 관한 세세한 얘기들로 부담을 줄 필요는 없을 것이다). 잠시 후면 비징치는 존재하지 않을 것이다. 그리고 내가 한 모든 선행에 더해 내가 할 마지막 선행이 있을 것이다. 나는 존재하기를 멈출 것이고, 그 두루마리도 가져갈 것이다. 이 점에서는 내 판단을 믿어주기 바란다.

하지만 난 아주 오랫동안 당신들의 수호천사였다. 나는 셀 수도 없을 만큼 여러 번 당신들의 삶을 좋은 방향으로 돌려놓았다. 맞다, 지금 이 글을 읽는 당신의 삶도. 난 바로 지난주에 당신의 운을 좋은 쪽으로 돌려놓았다. 돌이켜 보면 당신의 삶을 더 멋지게 만들어준 뜻하지 않은 작은 기적이 생각날 것이다. 그게 나였다.

그리고 나는 작별 선물로 성스러운 곳의 두루마리에 담긴 가장 중요한 사상과 기술 몇 가지를 간추려 남기려 한다. 그 놀라운 문서에 담긴 가장 강력한 주문들이다. 그러니 그 주문들은 불을 지르기보다는 따뜻하게 데우는 역할을 할 것이다. 적절하게 인용되기만 하면, 더욱 현대적인 보편적인 용어로 말하자면, 천천히 판독되고 소화되고 이해된다면 말이다. 순전히 당신들을 위한 일이다. 그것들은 딱히 금언도 아니고 수수께끼도 아니다. 단순한 언어로 적혔으되 그 근원에 도달하면 풍부해지고 구체화될 것이다. 어쩌면 그것들이 각성제가 될지도 모르겠다.

당신들은 지금부터 나 없는 삶을 꾸려야 하므로 지금 선물을 하도록 하겠다. 당신들은 수천 년간 그랬던 것처럼 다시 한 번 홀로 남는다. 하지만 당신들은 할 수 있다. 브라운 씨가 내 품에서 죽은 그 순간부터 인간의 비참함과 그 끝없는 비애와 오스트레일리아 시드니의 어느 집 카펫에 놓인 스파르타 병사의 얼굴에 나타난 절망의 표정을 영 뇌리에서 지울 수 없게 되었기 때문에, 나는 이제 그것들을 당신들에게 내놓는다.

1

태양의 어둠이다. 벌레들이 서정시를 노래하고, 찻잎들이 한때 우리가 나무들과 나누던 언어로 자신의 이야기를 하고, 세상의 모든 바람이 자신에게 생명을 불어넣어 준 그 거대한 목구멍으로 돌아오는 시간이다. 침묵의 핵에서 온 전언들이다. 지금은 가버린 친구가 저 너머에서 오는 소식을 전하려고 필사적으로 애쓰지만, 유령의 힘은 미약하다. 그가 할 수 있는 일이란 고작 어렵사리 먼지 티끌을 움직여 괴로울 정도로 느리게 단어들을 구성하는 일뿐이다. 소식은 일 년도 더 전에 어쩌다 탁자에 올려두고 잊어버린 반질반질한 책표지 위에 구성되었다. 힘들게, 티끌 하나하나가 모여 만든 그 소식은 여전히 살아 있는 친구에게 우정은 반드시 위험을 내포한다고,

시험을 받지 않으면 우정은 그저 말장난에 불과하다고, 아무것도 잃을 게 없다면 아무나 친구라 스스로 칭할 수 있다고 말한다. 그 소식이 간결하게 표현되었다. 저승에서, 지금은 죽은 친구의 그림자는 기다리고 희망한다. 그는 피할 길 없는 일들을 두려워한다. 그의 살아 있는 친구가 무질서와 먼지를 경멸하기 때문이다. 혹시라도 친구가 하얀 장갑을 끼고 있다가 탁자에 놓고 잊어버린 책을 발견하기라도 하면 어쩔 것인가?

2

차가울까? 어제를 속삭이는 산들바람은, 세상의 꼭대기 근처에 숨은 계곡에서 불어오는 바람은? 쓰라릴까? 낮에 네 가슴 밑바닥에 누운 흐릿한 생각들은, 밤에 떠도는 나무 연기처럼 소용돌이치는 생각들은? 자정에 가까워 피로가 널 집어삼킬 때, 네게 소리치는 앞서 죽은 이들의 기억이 들리는가? 그들은 바람이고, 생각이고, 각성과 몽상 사이에 놓인 시간들을 지배하는 기억의 목소리들이다. 그리고 세상의 다른 쪽에는 똑같은 노래를 듣는 단 하나뿐인 너의 진정한 사랑이 있다. 지금은 가버린, 너희를 아끼는 이들이 너희 둘을 묶어주려 애쓴다는 걸 그는 너만큼이나 알아채지 못한다. 너희 둘을 갈라놓은 세상을 넌 돌파할 수 있을까?

3

이것은 비상사태를 알리는 속보다. 우리는 현상에 몇 가지 필요한 변화를 가했다. 다음 몇 주 동안 세상에는 광기가 없을 것이다. 어리석은 믿음도 없을 것이다. 논리적으로 결함이 있는, 논리적으로 영글지 않은, 논리적으로 시대에 뒤떨어진 사고도 없을 것이다. 무작위적인 잔인함도 없을 것이다. 다음 몇 주 동안에는 제대로 작동하지 못하는 모든 사고가 균형상태에 고정될 것이다. 수많은 멋진 지적 존재들이 정기적으로 둥그런 우주선을 타고 지구로 온다는 소리를 믿으라고 종용하는 일도 없을 것이다. 예티와 빅풋과 사라진 털북숭이 도살자 종의 탈주 얘기도 없을 것이다. 안전한 수단들이, 돌멩이들이, 흐르는 물이나 별들이 네 최선의 노력에 반항하리라는 경고도 없을 것이다. 인도네시아어로 '잠 카레트', 길게 늘여진 시간이라 알려진 여분의 시간이다. 다음 몇 주 동안에 당신은 자유롭게 숨 쉴 수 있고, 카뮈라 불린, 너무 늦게 깨달은, 지금은 떠나버린 이가 한 "보호해야 할 것은 인간이 아니라, 인간 안에 깃든 가능성이다"라는 말을 완전히 처리할 수 있을 것이다. 앞으로 몇 주 동안 너희를 방해하는 건 아무것도 없을 것이다. 재빨리 움직여라.

4

여닫이창이 훌쩍 열렸다. 악몽이 파수병들 사이로 빠져나갔다. 악몽은 대못이 박힌 담을 넘어 여기 네가 있는 이곳으로 들어왔다. 불빛이 꺼졌다. 기온이 급격하게 떨어진다. 네 몸 안의 뼈들이 한숨을 쉰다. 너와 악몽, 둘뿐이다. 너는 벽을 등지고 서서 이쪽저쪽을 경계한다. 어이, 심술궂은 겁쟁이처럼 굴지 마. 정면으로 마주하고 배를 갈라버려. 너한테는 시간이 있었어. 언제나 시간이 있었지만, 공포 탓에 너는 느리게 움직였고 맥을 못 추게 돼버렸지. 하지만 지금은 여분의 시간이고, 너에겐 기회가 있어. 무엇보다, 널 죽이는 건 네 의식밖에 없어. 그만 떨고 주먹을 들어. 이번에는 놈을 때려눕힐 수 있을지도 몰라, 이제 넌 약간의 숨 쉴 만한 공간이 있다는 걸 아니까. 이 특별한 시간에는 일어난 적이 있는 일은 무엇이든 다시 일어날 수 있어. 다만, 이번엔 네가 그 모든 위험을 무릅써야 할 차례야.

5

마라코트 심해 대성당에서 너는 되지 못한 모든 빛나는 사상가들을 기리는 음악 같은 종소리가 울린다. 입 밖으로 전해지지 않은 위대한 사상의 기억들이 물속 무덤에서 일어나 수면으로 떠오른다. 기억들이 도착하자 바다는 들끓고, 요동치는 수면 위 하늘에 집요한 갈매기들이 모여든다. 작은 고깃배에 탄 어부들이 전에는 한 번도 귀 기울이지 않았던 것처럼 귀를 기울이고, 처음으로 모든 것이 분명해진 듯하다. 그건 인간들이 만들어낸 태풍에 대한 경보다. 폭풍우와 물보라, 쓰나미와 비극의 색을 띤 피 흘리는 대양에 대한 경보다. 인간의 혀가 움직이지 않았기 때문에, 그리고 더 위대한 사상들이 입 밖으로 나오지조차 않고 스러질 것이기 때문에 울리는 경보다. 지금도, 여분의 시간에서조차도, 과거는 잊히지 않으려 말없이 소리친다. 듣고 있어? 아니면 넌 바다에서 영영 길을 잃어버린 거야?

6

너의 오늘은 발에 박힌 못 같은 그런 날들의 하루였는가? 영원히 지구를 도는 허깨비 힌덴부르크호에서 네 어머니 유령이 떨어뜨린 익수룡의 사체가 네 유리 관뚜껑을 박살 내버렸는가? 네가 저녁으로 게걸스레 먹은 뉴욕 스테이크가 갑자기 바늘처럼 날카로운 이빨이 가득 찬 입을 쩍 벌리고 네 포크 끝을, 아나스타샤가 사람들에게 끌려나가 총살당할 때 네 손에 박아넣었던 그 마지막 순금 포크 끝을 덥석 물었는가? 네 아파트 건물 밑에 깔린 석판이 더는 잠시도 그 무게를 견디지 못하겠다고 신음하고, 건물은 늘어나면서 삐걱거리는가? 오늘 네 좋은 친구는 너를 배신했는가, 아니면 그 좋은 친구는 그저 입을 닫고 네 곤란을 모른 척했는가? 지금 바로 이 순간, 넌 면도날을 목에 대고 있는가? 용기를 내, 안식이 눈앞에 있어. 지금은 여분의 시간이야. 잠 카레트. 우리가 기병대야. 우리가 여기 있어. 알약들을 치워. 우리가 이 유혈 낭자한 밤을 견디게 해줄 거야. 다음번은, 네가 우리를 도울 차례야.

7

밤에, 지난밤에 네가 잠에서 깨어 보니 웬 뼈만 앙상한 불타는 손이 네 어두운 침실에 신비로운 암호들을 새기는 중이었다. 손은 공중에 불타오르는 글자들을, 답을 요구하는 메시지들을 새겨넣었다. '백 마디 말보다 한 번 보는 것이 낫다'라고 그 손은 썼다. "어림도 없어." 넌 어둠과 그 불을 향해 말했다. "내 개가 독가스에 질식했을 때 내 기분이 어땠는지 한 장의 그림으로 보여줘 봐. 난 백 마디까지 쓰지 않고도 널 벼랑가에 쭈그리고 앉은 마지막 네안데르탈인이 종족의 소멸을 깨닫는 순간을 생각하며 울게 만들 수 있어. 한 장의 그림으로 보여줘 봐. 그녀가 우리 사이는 다 끝났다고 말했던 순간에 내가 어떤 기분이었는지 말이야. 어림 반푼어치도 없어, 손뼈다귀 씨." 그래서 여기 우리는 다시 한 번 어둠 속에, 이 여분의 시간에 말 말고는 아무것도 없이 앉았다. 달콤한 말들과 가혹한 말들과 태어나려 자기 발에 걸려 구르는 말들. 그림은 네 마음의 캔버스에 맡겨둔다. 더없이 공정하다.

8

특이한 패턴으로 비가 내렸다. 비가 그렇게 내리는 게 믿기지 않았다. 나는 집 반대쪽으로 달려가 창밖을 내다보았다. 거기엔 태양이 빛났다. 스스로 주삿바늘로 변해버린 마약중독자 같은 벌새가 나무에 달린 복숭아에 뾰족한 부리를 박은 게 보였다. 벌새가 부리를 깊숙이 박고 빨자 풋복숭아에서 그림자들이 흘러나와 몽롱한 안개처럼 새를 감싸는 바람에 새는 뭔가 기쁨에 넘쳐 날뛰는 사악한 형체처럼 보였다. 내가 창문에 바싹 얼굴을 들이대자 부리 끝에 완벽한 모양의 반짝이는 과일즙 방울을 단 새가 노란 눈으로 나를 쳐다보았다. 꺼져, 새가 말했다. 난 뒤로 물러서 햇빛 찬란한 거리 한 곳에만 비가 내리는 집 반대쪽으로 달려갔다. 나는 마음속 깊은 곳에서 궂은 날이 꼭 슬픔을 의미하지는 않으며, 가장 화창한 날조차도 환멸을 품고 있음을 알았다. 난 이 모든 일에 의미가 있지만 해석해달라고 요청할 수 있는 사람이 이 세상에 아무도 없다는 걸 알았다. 그저 모호한 정보들뿐, 나보다 더 아는 사람은 아무도 없다. 정말이다. 이거야말로 지독한 일이 아닌

가. 필요한데도 참고할 수 있는 것이 아무것도 없다니 말이다.

9

우리는 밤의 격랑을 헤치고 얼음처럼 차가운 바람에 깃발을 펄럭이며 진격했다. 헐떡거리며 앞서가는 우리 짐승들의 입김은 적들이 흘린 마지막 피로 우리 이름을 남겨주겠다며 의기충천한 우리의 존재를 적에게 알려주는 연기 신호 같았다. 우리는 예술을 위해 진격한다! 노래하는 창조적인 영혼을 위해! 우리의 근거는 정당하다. 예술이야말로 추구하다 죽을 가치가 있는 유일한 근거니까. 예술 외의 모든 것은 고작 추구하며 살 가치가 있을 뿐이다. 그들이 분노에 찬 창을 겨눈 채 저 검은 수평선 위에 있다. '상업을 위해.' 그들이 한목소리로 외친다. '상업을 위해!' 그리고 우리는 그들을 덮친다. 금속과 금속이 부딪히는 소리와 돌 바닥에 부딪히는 말발굽 소리와 몸뚱이들이 터지는 소리가 뒤섞인 전투는 거친 원양 거래다. 우리는 마침내 언덕과 계곡과 죽은 자들 말고는 아무것도 남지 않을 때까지 끝없는 한밤을 미친 듯이 싸워나갔다. 그리고 마지막에, 우리는 졌다. 우리는 늘 진다. 그리고 나는, 나 혼자 그때를 전하기 위해 남겨졌다. 꿈의 높이를 가늠하기 위해 전투에 나섰던 그 많은 이들 중에서 나 혼자만이 여기 이 확고한 침묵 속에서 네게 말해주기 위해 남았다. 너는 왜 초라해졌다고 느끼는가… 넌 그곳에 있지 않았다… 그건 너의 전쟁이 아니었다. 아무 관련 없는 사람의 분노가 제일 무서운 법이다.

10

음악을 들어라. 온 힘을 다해 들어라. 그러면 팅커벨이 코마에 빠지는 걸 막으려고 계속 손뼉을 칠 필요가 없다. 음악이 팅커벨의 장밋빛 뺨을 되찾아줄 것이다. 그러고는 그 멜로디가 어디서 나오는지 찾아라. 길게, 깊게 보아라. 그러면 웅얼거리는 세상 어딘가에서 이야기꾼을 발견할 것이다. 거기 양배추 잎 밑에서 혼자 노래하는 그녀를. 아, 여성이었던가? 아마 남성일 것이다. 여성이든 남성이든, 사람이든 아니든, 그 불쌍한 존재는 몸이 불편할 것이다. 이제 그게 보여? 비틀어진, 구부러진, 그 기괴한 모양, 그 뿌연 눈, 그 굽은 등. 이제는 알아보겠어? 하지만 네가 참여하려고 하면, 경이를 안고 함께 하려 하면, 노래는 멈춘다. 귀뚜라미를 놀라게 하면 귀뚜라미의 교향곡은 멈춘다. 예술은 결단으로 이루어지지 않으며 무의식적 욕구충족으로 이루어지지도 않는다. 그건 여분의 시간 속에서, 모든 노래가 불리는 시간 없는 시간 속에서 나오는 것이다. 전기 콘센트가 없는 곳에서. 그리고 가수나 노래를 움켜잡으려 해봐도 네가 손에 쥐는 건 나방이 풀잎에 남기는 흔적만큼이나 고운 반짝이는 먼지뿐이다. 벌은 어떻게 나는가,

빛은 어떻게 나아가는가, 수수께끼는 어떻게 삶을 풍성하게 하고, 설명은 어떻게 열의를 식게 하는가… 음악은 어떻게 만들어지는가… 이런 것들은 우리가 알 수 있는 것이 아니다. 그리고 노래를 들을 수 없는 바보들만이 규칙을 밝혀야 한다고 요구한다. 음악을 들어라. 그리고 즐겨라. 하지만 울지 말아라. 누구나 높은 다 음 위의 라 음을 낼 수 있는 건 아니니까.

11

아, 저 시절 육지에는 거인들이 있었다. 상냥한 얼굴과 달콤한 목소리를 지닌 바버라 와이어라는 이름의 여자애가 있었는데, 누구도 그녀를 바브 와이어(가시 철사)라고 부를 마음이 없었으므로 우리는 그녀를 낸시라 불렀다. 그녀는 어떻게 되는지 궁금해서 불도마뱀을 창문 환풍기에다 집어 던진 적이 있다. 어릴 때 헤밍웨이의《태양은 다시 떠오른다》에 빠져서 불구의 숫총각들에게 자신의 몸 구석구석을 육체적으로 알아가는 기쁨을 주는 걸 필생의 사명으로 여기는 소피라는 여자애가 있었다. 그녀는 언청이와 문둥이와 하반신마비자와 분홍색 눈을 가진 알비노와 실어증 환자를 자기 침대로 맞아들였다. 자르지 않고 통째로 튀긴 닭을 한입에 넣고 입술을 벌리거나 침을 흘리지 않고 씹은 다음 고비 사막처럼 말끔하고 깨끗하게 온전한 뼈대를 조심스럽게 뱉어내는 마리사라는 애가 있었다. 퍼디타는 초상화를 그렸다. 그녀는 사람을 앞에 앉히고는 스케치북과 목탄으로 그 사람이 가진 명예와 윤리와 의식의 가장 심각한 결점들을 그 깊이와 특징까지 재빨리 포착해냈다. 그게 얼마나 정확한지, 너라면 누가 네 부패한 내면을 보기 전에 그 그림을 갈가리 찢어버릴 것이다. 방치된 폐차장에서 살면서 차를 훔쳐 금속 조각품으로 만들어 파괴된 잔해들 사이에 세워놓는 욜란다, 잠을 자지 않고 끝없이 새들한테서 들은 공중에서 본 것들에 관한 백일몽을 얘기하는 페기, 세상의 죄악에 조금이라도 책임을 지기 위해 백인이지만 흑인으로 사는 나오미. 아, 그 시절 육지에는 거인들이 있었다. 하지만 난 그 방을 나섰고, 여분의 시간이 새어 나오지 못하도록 문을 닫았다. 그리고 끝없이 문을 열고 또 열어봤지만 다시는 그 방을 찾지 못했다. 어쩌면 난 엉뚱한 집에 있는지도 모른다.

12

내 숨소리를 견디며 가만히 누워 있기에는 너무 무력한 데다 평범한 꿈들에 질리기도 해서 나는 새벽 세 시에 일어났다. 발가벗은 채 나는 차박차박 고요한 집 안을 돌아다녔다. 난 혀가 내 입안 구조를 알 듯이 집 안을 속속들이 알았다. 조리대에는 옛 파피루스 두루마리들이 놓여 있다. 난 그것들을 어두운 벽장 위에 둬야겠다고 생각했다. 그러고는 큰 소리로 그 생각을 말했다. 집은 고요했고, 난 허공에 대고 말할 수 있었다. 나는 높은 걸상을 벽장으로 가지고 가서 파피루스를 챙겨 넣었다. 그러다 거미줄을 보았다. 은색이 아닌 회색 거미줄이 천장 한구석 어두운 곳에 걸려 흔들렸다. 내 집에서는 허용할 수 없는 것이었다. 그게 나를 위협했다. 난 걸상에서 내려와 칠흑같은 어둠을 헤치며 창고에 둔 도구들을 힘들게 뒤적여 깃털 먼지떨이를 찾아 서둘러 돌아왔다. 그러고는 너울거리는 거미줄을 박멸한 뒤 벽장을 떠났다. 깃털 먼지떨이를 청소해야겠다고 나는 생각했다. 나는 뒷마당 담까지 가서 먼지떨이를 흔들었다. 그러고 돌아오는데 믿을 수 없는 고통이 나를 덮쳤다. 매끈하게 긴 가시를 단 어린 선인장이 맨발인 내 오른 발바닥 앞쪽에 박혔다. 고환이 쪼그라들고 눈에 눈물이 맺혔다. 무의식중에 한 걸음을 내딛자 가시가 더 깊이 박혀 들었다. 그 격심한 고통을 없애려 손을 뻗었더니 엄지손가락에도 가시가 박혔다. 난 소리를 질렀다. 아팠다. 나는 절뚝거리며 주방으로 갔다. 주방 불빛 아래에서 가시들을 뽑아내려 했다. 가시에는 톱니가 있었다. 가시가 빠져나올 때마다 약간의 살점이 붙어 나왔다. 독은 이미 몸속에 퍼졌다. 심하게 아팠다. 난 상처에 살균제나 진통제를 바르려고 비틀거리며 욕실로 갔다. 피가 줄줄 흘렀다. 나는 혼자서 자가치료를 마친 후에 아무것도 모른 채 잠든 아내를 미워하며 침대로 돌아왔다. 난 집 반대편에 누워 꿈을 꾸는 내 친구를 미워했다. 난 잠시 누운 채 모든 자연질서를 미워했다. 그러고는 잠에 빠졌다. 안심되었다. 너울거리는 거미줄과 함께 지겨움도 섬멸됐다. 어찌 되든 우주는 늘 필요한 것을 제공해 준다.

13

사람이 다 그렇듯이 우리 아버지도 어떤 측면에서는 모순적이었다. 대공황이 시작된 지 채 2~3년도 안 됐을 때, 우리 가족이 여전히 돈 몇 푼을 위해 빈 병을 돌려주고, 그렇게 받은 잔돈을 커다란 우유병에 모을 때, 우리 아버지는 내가 아는 한 가장 사람 좋은 일을 했다. 아버지는 운영하던 가게 조수로 한 남자를 고용했다. 정말로 필요하지도 않고 감당할 수도 없는 조수였다. 아버지는 애가 셋이나 딸린 그 남자가 일거리를 찾지 못하자 그를 고용한 것이었다. 그로부터 채 일주일도 지나지 않은 어느 토요일, 우리가 밤늦게 그 문방구 문을 잠그고 따뜻한 구운 쇠고기 샌드위치와 감자튀김과 감자튀김을 찍어 먹을 여분의 시골풍 그레이비 소스가 기다리는 저녁 식사를 하러 길을 걷기 시작할 때, 길에 서 있던 또 다른 남자가 우리에게 다가오더니 죽 한 그릇만 사게 25센트를 달라고 했다. 그러자 아버지가 으르렁거리며 말했다. "안 돼! 저리 꺼져!" 난 아버지의 말이나 행동을 보고 그때만큼 놀란 적이 없었다. 그리고 그 이후로도. 왜냐하면 아버지가 그해를 넘기지 못하고 돌아가셨기 때문이었다. 고작 열두 살이었던 내가 그때 이런 표현을 알았더라면, 나는 '어안이 벙벙하다'고 느꼈을 것이다. 신사였던 내 아버지가, 나나 누구한테도 목소리를 높인 적이 한 번도 없는 아버지가, 무례하기가 하늘을 찌르는 손님한테도 변함없이 친절하고 정중했던, 내게는 영원한 자비의 모델 같으셨던 내 아버지가 아무 죄 없는 낯선 이를 그렇게 얼음처럼 차갑고 냉혹하게 대하다니. "아빠." 그 쓸쓸한 남자에게서 멀어지면서 난 아버지에게 물었다. "왜 저 사람한테 죽을 살 25센트를 주지 않으셨어요?" 아버지는 늘 닫혀 있던 방을 틈새로 엿보는 것처럼 나를 내려다보면서 말했다. "저 사람은 죽을 사려는 게 아니야. 술을 더 사려는 것뿐이지." 아버지가 내게 거짓말을 한 적이 한 번도 없었기 때문에, 아버지에게는 자식한테 언제나 진실만을 말한다는 것이 중요한 무엇이라는 걸 알았기 때문에, 난 더는 아무것도 물어보지 않았다. 하지만 난 그 저녁을 절대 잊지 못한다. 그리고 그 저녁의 사건은 아버지를 생각하며 돌려보고 또 돌려보는 다정한 기억들의 필름에 절대 들어맞을 수 없었다. 이해는 못 하더라도 어쨌든 나는 느낀다. 그때가 아버지를 숭배하도록 허락된 12년의 시간 중에서 인간의 나약함과 자비에 대해 알려준 가장 중요한 순간이었음을.

여기까지가 내 선물이다. 성스러운 곳 두루마리에서 뽑은 글귀가 여섯 개 더 있지만, 여기다 옮겨 놓아봐야 도움보다는 해가 될 가능성이 크다고 나는 판단했다. 솔직하게 말해보라.

당신들은 타인을 자기 마음대로 휘두르는 힘이나 순식간에 세계 어느 곳으로든 갈 수 있는 능력이나 거울을 통해 미래를 읽는 재주를 정말로 원하는가? 아닐 것이다. 나는 아니라고 생각한다. 내가 여기에 전해준 지혜들이 그 정도까지 당신들을 일깨워준 걸 보게 되어 기쁘다.

그리고 당신들은 이제 무지개를 만들 줄 알게 됐으니, 무지개를 보내고 사로잡을 수 있는 재주를 가졌으니, 그걸로 무엇을 할 것인가? 당신들은 이미 세상이 미처 알지 못했던 그런 힘과 능력을 가졌다. 이제 이미 알려준 것들을 익힐 만한 시간을 당신들에게 남겼으니, 다른 능력들을 얻지 못했다고 슬퍼하지는 말아야 한다. 만족할 줄 알아라.

이제 나는 떠난다. 순식간에 사라지는 종류의 죽음이 준비되었다. 내가 이룬 나, 비징치는 마침내 앞서는 거부되었던 여행길에 오른다. 브라운 씨가 죽어가면서 남긴 요구를 충족시키기 전까지는 나 자신을 만족시키는 것이 공정하지 않다고 나는 느꼈었다. 하지만 이제 나는 그 성스러운 곳으로 간다. 두루마리를 돌려주려. 그 황금빛 버섯나무들 둥치에 앉아 놀라운 생명체들과 담소를 나누기 위해. 어쩌면 카메라를 가져갈지도 모르고 사진 한두 장을 찍어 보내는 수고를 할 수도 있겠지만, 그럴 듯싶지는 않다.

내가 젊을 때 저지른 그 모든 범죄에도 불구하고, 나는 내가 알던 곳보다 더 아름다워진 이곳을 남기고 만족스럽게 떠난다.

그리고 마지막으로, 당신들 중에서 부모님께 검사를 받고서야 저녁 식탁에 앉는 아이들이 나오는 영화를 보고, '가서 귀 뒤를 씻어라'는 말을 듣는 아이들이 나오는 만화를 기억하고, '가서 귀 뒤를 씻어라'는 훈계에 신경을 썼기 때문에 어린 아이들처럼 늘 귀 뒤쪽을 씻으면서도 언제나 왜 그것이 중요한지, 무엇보다 귀는 머리와 상당히 가깝게 붙어 있는데, 대체 귀 뒤에 뭐가 있을 수 있는지, 커다란 진흙 덩어리나 위험한 세균 무리가 있을 수 있는지, 아니면 식물이 진짜로 거기에 뿌리를 내릴 수 있는지, 대체 우리가 무슨 얘기를 하는지, 왜 그렇게 웃긴 일에 이처럼 강박적으로 신경을 써야 하는지 의아해하는, 여전히 귀 뒤를 씻을 정도로 남의 말을 잘 믿었고 여전히 잘 믿는 이들을 위해, 신발 끈을 단단히 매는 일이 얼마나 긴급한 일인지 아는 이들을 위해, 채소나 녹을 전혀 두려워하지 않는 이들을 위해, 영원한 고통에 사로잡힌 채 브라운 씨네 거실 바닥에 남겨진 그 자그마한 금속 모형들의 운명을 궁금해하는 당신들의 질문에 답한다.

그 질문에는 이런 식으로 답하겠다.

어제 당신이 식료품점 계산대에 줄을 섰을 때 뒤에 한 남자가 있었다. 당신은 우연히 그가 별나기 짝이 없는 이국적인 식료품들을 이것저것 주워 담은 걸 보았다. 당신이 실수로 냉동 완두콩 꾸러미를 떨어뜨렸을 때, 그가 몸을 숙여 집어주었고, 당신은 그가 당당한, 거의 군대에서 잔뼈가 굵은 것 같은 태도를 보이는 걸 눈치챘다. 그는 냉동 완두콩을 내밀며 발꿈치를 딱 마주쳤고, 당신이 고맙다고 인사를 하니 기묘한 억양으로 응답했다.

이 점에서만은 내 말을 믿어라. 당신이 헨리 히긴스 교수라 하더라도 그 억양이 어느 지역 사투리인지는 정확하게 짚어내지 못할 것이다.

마이크 호델을 기리며

작품 해설

용암과 메스를 갖춘 독설가

0. 신이시여, 할란 엘리슨이네

할란 엘리슨의 휘황찬란한 수상 이력에도 불구하고 국내에 작품집이 소개되지 않는 이유는 그의 성질머리 때문에 저작권 계약이 지나치게 까다로운 탓이라는 소문이 있었다. 진위는 알 수 없으나 그런 뜬소문에 신빙성을 더할 만큼 할란 엘리슨은 미국 장르소설가들 사이에서 매우 악명이 높다. 그는 40년 동안 SF, 호러, 판타지 장르에서 유력한 수상 후보로 늘 사람들 입에 오르내리면서도, 사석에서는 종종 "저 빌어먹을 할란", "신이시여, 할란 엘리슨이네", "너 그 말 할란 엘리슨이 못 듣게 해"라는 말이 따라다닌 인물이다. 그가 술집에서 당구를 치다가 프랭크 시나트라와 주먹을 주고받았다든가,

월트 디즈니에 출근한 첫날에 부적절한 농담으로 해고됐다든가, 자기 글을 폄하한 교수를 때려서 입학한 지 18개월 만에 대학에서 퇴출당했다든가(엘리슨은 이후 자신의 작품이 발표될 때마다 그 교수에게 복사본을 한 부씩 보냈다고도 한다), 영화 〈터미네이터〉를 비롯해 자기 아이디어를 베꼈다고 보이는 영화 제작사들을 상대로 지독한 저작권 소송을 벌였다는 일화도 유명하다.

하지만 할란 엘리슨의 악명이 드높은 이유는 무엇보다 그가 탁월한 작가이기 때문이다. 그는 1955년 데뷔한 이래 작품을 쏟아내며 1,700여 편의 글을 썼고, 114권의 책을 쓰거나 편집했고, 12편의 시나리오를 냈다. 그의 이력은 다양한 장르를 망라하는 중·단편과 함께 TV쇼 각본, 시나리오, 코믹북 스토리, 에세이, 미디어 비평을 두루 포함한다. 엘리슨의 휴고상, 네뷸러상, 에드거상, 브램스토커상, 로커스상 등의 수상 기록은 20세기를 통틀어 최고봉에 속한다. 젊은 엘리슨에게 명성을 가져다준 〈"회개하라, 할리퀸!" 째깍맨이 말했다〉는 오 헨리의 〈동방 박사의 선물〉이나 셜리 잭슨의 〈제비뽑기〉와 함께 영어에서 가장 많이 인쇄된 이야기 10위에 들어가고, 그가 각본을 쓴 〈스타 트렉〉 '영원의 경계에 선 도시(The City on the Edge of Forever)' 에피소드는 시리즈 79편 중 최고로 꼽힌다. 아이작 아시모프는 엘리슨을 두고 "그는 자기 키가 159센티미터라고 하지만, 재능과 열정과 용기 면에서는 2미터가 넘는 거인"이라고 평한 바 있다. 이 책은 국내 최초로 소개되는 엘리슨의 대표 걸작선으로, 2014년 출간된《화산의 꼭대기(Top of the Volcano): 할란 엘리슨 수상집》을 주제에 따라 세 권으로 나누어 옮긴 것이다. 작품의 해설은 작가 소개에 맞추어 연대기별로 정리했다.

1. 미국 뉴웨이브의 전성기를 이끌다

할란 엘리슨은 로저 젤라즈니, 새뮤얼 딜레이니와 더불어 가장 스타일리시한 뉴웨이브 작가로 평가된다. 뉴웨이브는 60, 70년대에 주류를 이룬 SF의 하위 사조로, 과학기술적인 측면보다 인간 내면의 심층 세계를 중시하고 전위적인 실험으로 문학성을 추구하는 점이 특징이다. 이 중에서도 엘리슨은 용암처럼 강렬하고 감각적인 표현으로 미국 뉴웨이브의 전성기를 견인했다. 엘리슨의 초기 대표작 〈"회개하라, 할리퀸!" 째깍맨이 말했다〉(1965)는 문장을 완성하기보다 단발적으로 끝맺으며 독자를 다음으로 이끄는데, 이는 시각 효과와 서스펜스를 극적으로 활용한 A. E. 밴 보트식 작법론의 모범례라 할 만하다. 하지만 엘리슨의 현란한 서술과 심리 묘사는 뉴웨이브의 시초이자 "불꽃놀이" 같은 문체라고 일컬어졌던 앨프리드 베스터의 영향을 강하게 드러낸다. 특히 〈사이 영역〉(1969)은 어지럽게 붕괴하는 활자 배치와 이미지로 시각적인 충격을 시도하면서, 베스터의《파괴된 사나이》나《타이거! 타이거!》에서와 같은 문학적 실험을 엘리슨이 어떻게 계승했는지 시사하는 작품이다. 실제로 엘리슨은 앨프리드 베스터의 《컴퓨터 커넥션》의 추천사를 통해 죽은 작가에게 바치는 경탄과 그를 알아보지 못하는 사람들을 향해 분노한 바 있다.

그런가 하면 〈세상의 중심에서 사랑을 외친 짐승〉(1968)은 지극히 암시적인 글이다. 엘리슨은 여기서 오래된 상징체계를 차용해 SF의 방식으로 신화를 구현한다. '머리 일곱 달린 용'은 물론 성경에 등장하는 짐승이고 '열자마자 내용물이 흩어지는 상자'는 판도라의 상자다. 엘리슨은 신화가 그렇듯 '배출'이 어떻게 이루어지고 '변천'이 무엇인지 전혀 설명하지 않고 독자가 알아서 이해할 영역으로 남겨둔다. 그러나 신화와 달리 작중의 주역은 기술과 인간이며, 우주의 이쪽과 저쪽을 인과적으로 연결해 아득하고 아연한 암시를 남기는 모습은 더없이 SF답다. 이는 엄밀한 과학적 서술에 치중하는 하드 SF가 각광받기 전에 "소프트"한 뉴웨이브가 어떻게 명성을 떨쳤는지를 증명한다.

국내에도 일찍이 소개된 적 있는 〈소년과 개〉(1969)는 디스토피아와 서부 활극을 합친 비뚜름한 중편으로, 예상을 뒤집는 결말은 인간의 증오와 사랑이 주된 테마라는 엘리슨의 작품 세계를 단적으로 보여준다. 이렇듯 인간이라는 내우주(內宇宙)에 치중하는 경향은 〈랑게르한스섬 표류기: 북위 38° 54′ 서경 77° 00′ 13″에서〉(1974)에 이르면 한층 추상적이고 상징적으로 발전한다. 이 단편은 문자 그대로 주인공 속으로 들어가며, 영화 〈울프맨〉의 비극을 괴물과의 싸움이 아니라 깨달음을 향한 내면세계 여행으로 마무리한다.

2. 메스와 소실점

한편 기괴한 이야기를 그릴 때 엘리슨은 문학의 메스를 들고 인간의 터부를 헤집곤 한다. 한 줌의 희망도 없는 닫힌 세계를 헤매는 사람들, 스멀스멀 고조되는 불안감, 이해하기 어려울 정도의 악행과 광기, 일이 크게 잘못되었다는 메슥거림은 엘리슨의 단편에서 흔히 그려지는 모습이다. 그리고 이런 재난은 무엇보다 인간 자신의 결함에 기인한다는 특징을 지닌다. 콘돔을 쓰는 대신 여자에게 낙태를 시키는 남자가 버려진 아이들의 지옥에 떨어지는 〈크로아토안〉(1975)은 그야말로 자업자득이라는 말이 어울린다. 이렇듯 엘리슨의 작품에서 인간은 악의에 찬 신들의 장기말이고 놀잇감으로 희생당하면서도 직접 산제물을 바치며 재앙을 초래하는 광신도라는 이중적 면모를 보인다.

전쟁, 죽음, 파멸은 현실 세계의 것이지만 엘리슨이 그리는 그림에는 이를 흠향하는 사악한 신이 전체 구도를 지배하는 소실점처럼 자리한다. 수록작 중에는 〈나는 입이 없다 그리고 나는 비명을 질러야 한다〉(1967)가 대표적이다. 인류가 만들어낸 컴퓨터 AM이 복수심을 충족하기 위해 등장인물들을 살아 있는 채로 영원히 고통받게 만든다는 이 이야기는 두고두고 회자되며 만화, 게임, 라디오 드라마로 만들어졌다. 1995년

작 게임에 수록된 AM의 목소리는 엘리슨이 직접 담당한 것으로도 유명하다.

〈매 맞는 개가 낑낑대는 소리〉(1973)는 1968년에 실제로 있었던 유명한 살인사건을 모델로 삼은 작품이다. 키티 제노비스라는 여성이 칼을 든 남성에게 강간 살해된 사건이었다. 작중에서처럼 살인자는 제노비스가 비명을 지르자 놀라 도망쳤지만 아무도 현장에 나타나지 않자 다시 돌아와 마저 그녀를 죽였다. 신문은 그녀의 비명을 들은 주변 아파트 거주민 중 누구도 신고하지 않았다며 노골적인 비난을 토했다(실제로는 신고가 있었다고 한다). 심리학자들은 이 현상을 설명하기 위해 '방관자 효과'를 제안했다. 엘리슨은 이 사건을 '신의 부재'와 '사악한 신의 탄생'으로 형상화한다. 현대 인간이 지닌 냉혹함, 둔감함, 자기 중심성이 결국 인간들 자신을 끔찍한 새 신이 지배하는 세상으로 초대하는 것이다. 마침 당시는 아이라 레빈의 소설《로즈메리의 아기》(나중에 동명의 영화로 만들어졌다)에 나타나 있듯 우리 이웃의 평범한 주민들이 사탄숭배 집단이라는 의혹이 떠돌던 때이기도 하다.

베트남전 후유증을 드러낸 〈바실리스크〉(1972)는 전쟁과 민주화에 얽힌 70년대 미국의 부조리를 담고 있다. 베트남전 참전 경험과 들불처럼 일어난 반전 평화운동, 민주주의 운동은 미국 문화에 큰 영향을 끼쳤으며, 전쟁 후유증에 시달리는 퇴역군인들의 PTSD 연구 및 피해자 보상 문제도 함께 부상했다. 미국이 1964년 베트남전에 참전해 1973년 철수할 때까지 않은 작가가 군대에 징집되어 이러한 부조리와 마주했으며, 육군에서 대체복무로 종사한 엘리슨 역시 예외는 아니었다. 〈바실리스크〉 말미에 나오는 "민중에게 권력을(Power to the People)"은 유명한 반전 및 민주주의 운동 구호이자, 한창 평화운동가로 활동하던 존 레논이 1971년 발표한 노래 제목이다. 전쟁의 신 마르스가 이를 음미하는 대목은 인간의 나약함과 잔인함을 파헤치기를 서슴지 않았던 독설가 엘리슨다운 결정타라 하겠다.

이렇게 '사악한 신'과 인간의 관계를 밝히는 작업은 〈죽음새〉(1973)를 통해 기독교를 재해석하는 데 이른다. '불타는 덤불'로 나타나는 '미친 자'는 AM처럼 질투하고 분노하고 벌하는 하나님이다. 구약성경의 소재는 이후로도 종종 나타나는데, 〈아누비스와의 대화〉(1995)는 인간의 죄와 분노한 신이라는 테마를 변주한 단편이다.

3. 앙팡 테리블, 약간 녹은

50년에 걸쳐 풍부한 작품군을 보유한 엘리슨은 SF 작가보다는 그저 작가라고 불리길 선호한다고 말한 바 있다("SF 작가라고 불러봐, 너희 집에 나타나 네 애완동물을 테이블에 못 박아버릴 테니"). 밴 보트와 합작한 〈인간 오퍼레이터〉(1970)는 SF 팬이 기대할 법한 SF지만, 다른 스타일의 이야기도 만만찮은 비중을 차지하고 있다. 셰익스피어 소네트를 그대로 단편으로 이어간 〈괘종소리 세기〉(1978), 휴고상, 로커스상, 네뷸러상을 모두 수상하며 격찬을 받은 〈제프티는 다섯 살〉(1977), 죽음을 더없이 아름답고 경건하게 받아들이는 〈잃어버린 시간을 지키는 기사〉(1985), 상실의 아픔을 '타나토스의 입'으로 만든 〈꿈수면의 기능〉(1988) 네 편은 각기 다른 방식으로 시간의 비가역성을 애도한다.

특히 〈콜럼버스를 뭍에 데려다준 남자〉(1991)는 장르소설을 거의 뽑지 않는 〈미국 베스트 단편소설집〉에 수록되는 쾌거를 누렸다. 작중에 언급되는 셜리 잭슨의 단편은 이 중편의 전신이나 다름없으니 아직 읽지 못한 독자라면 작품의 주인공 레벤디스의 말대로 "성경을 무시하고 집으로 돌아가 셜리 잭슨의 단편 〈땅콩과 보내는 평범한 하루〉나 다시 읽는" 시도를 해봐도 좋겠다. 하루는 선행, 하루는 악행을 행하는 레벤디스의 모습을 훨씬 깊이 이해할 수 있을 것이다.

중견 작가가 되면서 인간의 증오와 사랑을 다루는 엘리슨의 관점은 장르에 매이지 않는 만큼이나 복합적이고 다면적으로 발전한다. 끔찍한 악동이라 부르기에 부족하지 않다는 점은 여전하지만, 그의 후기 작품은 나이를 먹으면서 부드러워졌다는 평을 듣는다. 아라비안나이트를 현대에 재현한 〈지니는 여자를 쫓지 않아〉(1982)는 이전 작품과 같은 작가라고 믿기 어려울 정도로 유쾌하고 행복한 우화다. 남편의 열등감을 숨김없이 지적하는 점이 여전히 심술궂긴 하지만 말이다.

〈허깨비〉(1988)의 화자인 비징치는 예의 '사악한 신'들과 다름없는 가공할 악인이지만, 인류를 지옥도에 빠뜨리는 대신 인류 스스로 바닥에서 벗어날 기회를 준다. 비징치가 두루마리에서 뽑아낸 이야기 조각들은 파멸과 선택을 앞둔 '잠 카레트', 즉 여분의 시간을 포착하고 있다. 장면 하나하나는 흔들 때마다 모습이 변하는 만화경처럼 다채로우면서 무의미하다. 그러나 이 안에는 본질을 관통하는 희미한 기회가 있다. 그 희미한 기회야말로 자신의 세계에서 납치당해 "영원한 고통에 사로잡힌 채 브라운 씨네 거실에 남겨진" 금속 군인을 어디에도 없는 억양으로 말하는 남자로 이어주는 미싱링크다.

이러한 연장선상에서 보면 후기작 〈쪼그만 사람이라니, 정말 재미있군요〉(2009)의 두 가지 결말은 매우 흥미롭다. 엘리슨이 인간에게 제시하는 길은 둘 다 냉혹하기 그지없지만, 우리한테는 끝이 정해지기 전에 숙고할 시간이 주어진다. 절망과 통곡의 도돌이표만 남았던 이전 작품들에 비해서는 훨씬 풍성한 가능성이 생긴 셈이다.

4. 고통과 즐거움을 균형 있게

할란 엘리슨은 책을 기획하고 작품을 발굴하는 데에도 뛰어난 역량을 보였다. 그의 특별 휴고상 둘은 편집자로서 받은 것이다. 《위험한 비전(Dangerous Visions)》(1967), 《다시, 위험한 비전(Again, Dangerous Visions)》(1972)은 할란 엘리슨의 이름 아래 뉴웨이브의 걸작을 모은 앤솔로지다. 《메데아: 할란의 세계(Medea: Harlan's world)》(1985)는 공동으로 허구의 세계를 창작한다는 '공유 세계'라는 발상을 초창기에 시도한 프로젝트로, 할란 엘리슨 외에도 폴 앤더슨, 할 클레멘트, 토머스 M. 디쉬, 프랭크 허버트, 래리 니븐, 프레데릭 폴, 로버트 실버버그, 시어도어 스터전, 케이트 윌헬름, 잭 윌리엄슨이 참여했다. 이는 '공유 세계' 작품 중에서도 성공적인 작품으로 꼽힌다.

잡지 중심이던 당시 SF 시장에서 앤솔로지는 상대적으로 주목을 덜 받았지만, 엘리슨의《위험한 비전》과《다시, 위험한 비전》은 뉴웨이브의 매력을 한눈에 보여주며 인상적인 위치를 점했다. 두 권의 작가 목록에는 폴 앤더슨, 레이 브래드버리, 새뮤얼 딜레이니, 필립 K. 딕, 필립 호세 파머, 딘 쿤츠, 어슐러 K. 르귄, 프리츠 라이버, 조애나 러스, 데이먼 나이트, 래리 니븐, 로버트 실버버그, 시어도어 스터전, 제임스 팁트리 주니어, 커트 보네거트, 케이트 윌헬름, 진 울프, 로저 젤라즈니 등 쟁쟁한 이름이 늘어서 있다. 수록 작가 상당수가 당시에는 신인이었다는 점을 고려하면 탁월한 안목이 아닐 수 없다.

세 번째 앤솔로지《마지막 위험한 비전(The Last Dangerous Visions)》은 앞의 두 권과는 다른 이유로 특별한 책이 되었다. 조지 R. R. 마틴의 말을 빌리면 "그 책이야말로 같은 분야의 모든 경쟁자를 제치고 SF 역사에 길이 남을 작품집"이다. 발매 지연이라는 분야에서 전설적인 게임이라 할 만한 타이틀

'듀크 뉴켐 포에버'를 압도하는 이름이기 때문이다. 엘리슨은 이를 1973년에 출간하기로 했고, 책이 곧 나온다고 거듭 장담했고, 1979년에는 수록작 목록을 갱신했으나 결국 출간하지 못했다. 엘리슨에게 원고를 보낸 작가는 약 150명에 이르며 다수가 원고를 살리지 못한 채 사망했다. 엘리슨의 거듭된 호언장담으로 고통받은 작가 중 하나인 크리스토퍼 프리스트는 급기야 《마지막 위험한 비전》의 미출간 사태를 철저히 규탄하는 〈마지막 허황된 비전(The Last Deadloss Visions)〉을 썼다. 그리고 이를 책으로 확장한 《영원의 경계에 선 책(The Book on the Edge of Forever)》으로 휴고상 논픽션 부문 후보에까지 올랐다.

엘리슨에게 이를 가는 사람들이 한둘이 아니었다 보니 농담 반 진담 반의 단체 '엘리슨의 적들(EoE, Enemies of Ellison)'이 만들어지기도 했다. 가입비를 낸 회원들은 배지와 뉴스레터를 받을 수 있었다. 이 단체는 '적'이라는 단어가 적당하지 않다는 이유로 나중에 '엘리슨의 희생자들(Victims of Ellison)'로 이름을 바꾸었다. 한편, 만일 엘리슨의 친구이고자 하면 이에 대항하는 단체 '엘리슨의 친구들(FoE, Friends of Ellison)'에 지지를 보낼 수도 있었다. 우리의 마음 따뜻한 이웃 엘리슨에게 감동했던 사연을 보내면 배지와 뉴스레터를 받는 식이었다. 인크레더블 헐크, 아쿠아맨 등의 코믹스를 만든 피터 데이비드가 시작한 이 단체는 '적들'보다 10배의 편지를 받았다.

엘리슨이 비록 까다로운 기준과 무자비한 평가로 많은 이들에게 고통을 선사했더라도, 좋은 글은 솔직하게 칭찬했던 것도 사실이다. 그는 후배 작가 양성에도 결코 무관심하지 않았다. 엘리슨이 미국 극작가 협회에서 주최하는 오픈 도어 프로그램 강사로 있을 때 가난한 작가 지망생이었던 옥타비아 버틀러를 지도한 일은 그의 평생의 자랑거리였다. 인종 분리 정책의 잔재가 남아 있던 시기임에도 엘리슨은 흑인 여성인 버틀러가 작가가 될 수 있도록 전폭적으로 지원했으며, 그녀는 최초이자 가장 유명한 흑인 여성 SF 작가가 되었다.

"작가는 모든 것을 알아야 한다"는 말답게 엘리슨은 현장에 뛰어드는 일도 주저하지 않았다. 청소년 범죄에 관해 쓰기 위해 가짜 신분으로 브루클린 갱단에 들어갔고, 롤링 스톤즈 등과 함께 여행한 뒤 로큰롤을 묘사했다. 그에게 작가로서 활동하는 일과 사회 활동은 별개가 아니었다. 1978년 성별에 따른 차별을 금지하는 성평등 헌법 수정안(ERA, Equal Rights Amendment)을 지지하며 벌였던 독특한 시위가 그 예다. 엘리슨이 애리조나 피닉스에서 열리는 월드컨에 주빈으로 초대받았을 때인데, 당시 애리조나 주의회는 ERA를 비준하지 않으며 반대 측에 선 상태였다. 엘리슨은 이에 항의하는 뜻으로 애리조나에서는 단 한 푼도 쓰지 않겠다고 공표했다. 그는 컨벤션에서 제공하는 호텔을 거부하고 모든 생필품을 실은 자신의 RV에 머무르며 체류 기간 내내 정말로 한 푼도 쓰지 않았다. 그렇다고 그가 페미니스트냐 하면, 2006년 그랜드마스터 칭호를 받으면서는 진행자인 코니 윌리스에게 짜증을 내며 가슴에 손을 댄 사건도 있으니 평가하기가 쉬운 노릇은 아니다. 엘리슨은 자주 사람들이 이전 시대의 역사를 모르고 바보가 되어 간다고 분노했고, 속어, 외설, 신조어를 능수능란하게 사용하며 미디어 비평을 쏟아냈다. 그의 비평은 《유리 젖꼭지(The Glass Teat)》, 《다른 유리 젖꼭지(The Other Glass Teat)》로 묶여 휴고상 논픽션 후보 부문에 올랐다. 그는 자유주의자이고, 인권단체를 지지하고, 평생 검열 반대 활동을 했다. 국제작가 연맹(PEN international)은 예술의 자유에 공헌한 엘리슨의 노력을 기리는 의미로 그에게 실버 펜을 수여했다.

할란 엘리슨에게 감탄하기는 쉽지만 그를 좋아하기는 쉽지 않다. 하지만 엘리슨의 글을 좋아하기는 매우 쉽다. 그는 나폴레옹보다 작고 히틀러보다는 더 작은, 어릴 때부터 혼자 힘으로 생계를 꾸렸던, 아직도 수동 타자기로 글을 쓰는, 자기 이름이 상표로 등록되어 있는 사람이다. 워싱턴 포스트는 엘리슨에게 "가장 위대한 미국 단편 작가 중 하나", 로스앤젤레스 타임스는 "20세기의 루이스 캐롤"이라는 별명을 달아주었다. 할란 엘리슨 전기 영화 〈날카로운 이빨의 꿈들(Dreams with Sharp Teeth)〉(2008)은 그를 이렇게 칭한다. 천재, 괴물, 전설이라고.

— 심완선, SF 칼럼니스트

옮긴이 소개 (가나다 순)

신해경 〈바실리스크〉, 〈세상의 중심에서 사랑을 외친 짐승〉, 〈매 맞는 개가 낑낑대는 소리〉, 〈버질 오덤과 동극에서〉

더 즐겁고 온전한 세계를 꿈꾸는 전문번역가. 대학에서 미학을 배우고 대학원에서 경영학과 공공정책학을 공부했다. 생태와 환경, 사회, 예술, 노동 등 다방면에 관심을 가지고 있으며, 옮긴 책으로는 《혁명하는 여자들》, 《사소한 정의》, 《내 플란넬 속옷》, 《마지막으로 할 만한 멋진 일》(공역), 《아랍, 그곳에도 사람들이 살고 있다》, 《버블 차이나》, 《덫에 걸린 유럽》, 《침묵을 위한 시간》, 《북극을 꿈꾸다》, 《발전은 영원할 것이라는 환상》, 《제대로 된 시체답게 행동해》(공역) 등이 있다.

이수현 〈죽음새〉, 〈아누비스와의 대화〉, 〈사이 영역〉

SF작가이면서 번역가로, 인류학을 공부했다. 옮긴 책으로는 제임스 팁트리 주니어의 《체체파리의 비법》, 코니 윌리스의 《양 목에 방울 달기》, 옥타비아 버틀러의 《킨》과 《블러드차일드》, 어슐러 르 귄의 《빼앗긴 자들》과 《로캐넌의 세계》 등의 헤인 연대기와 서부해안 시리즈, 테리 프레쳇과 닐 게이먼의 《멋진 징조들》, 알렉산더 매컬 스미스의 《꿈꾸는 앵거스》와 《천국의 데이트》, A. M. 홈스의 《사물의 안전성》, 제프리 포드의 《유리 속의 소녀》와 《환상소설가의 조수》, 로저 젤라즈니의 《고독한 시월의 밤》, 존 스칼지의 《작은 친구들의 행성》과 '노인의 전쟁' 3부작, 닐 게이먼의 그래픽노블 '샌드맨' 시리즈, 릭 라이어던의 '퍼시 잭슨과 올림포스의 신' 시리즈 등이 있다.

할란 엘리슨 걸작선 ❸ 잃어버린 사랑
세상의 중심에서
사랑을 외친 짐승

초판 1쇄 발행 2017년 7월 25일
초판 2쇄 발행 2024년 9월 15일

지은이 할란 엘리슨
옮긴이 신해경, 이수현
펴낸이 박은주
디자인 김선예, 이수정
마케팅 박동준

발행처 (주)아작
등록 2015년 9월 9일(제2023-000057호)
주소 07236 서울특별시 영등포구 의사당대로 38 102동 1309호
전화 02.324.3945-6 팩스 02.324.3947
이메일 arzaklivres@gmail.com
홈페이지 www.arzak.co.kr
ISBN 979-11-87206-61-3 04840
979-11-87206-58-3 04840 (세트)

책 값은 표지 뒤쪽에 있습니다.
잘못 만들어진 책은 구입하신 서점에서 교환해 드립니다.